JN064886

〜流れ星かがやく夢の国〜

イリュジオンランドで遊ぼう!

チケット料金

		料金
入園券	おとな(中学生以上)	1,000円
	子ども(3歳〜小学生) 3歳未満は無料	800円
フリーパス (入園+のりもの乗り放題)	おとな(中学生以上)	3,800円
	子ども(3歳〜小学生)	3,000円

アトラクション

	身長・年齢制限	料金
お子さまが楽しめる!		
イリュジオンメリーゴーランド	制限なし	300円
イリュジオンコーヒーカップ	制限なし	300円
イリュジオンホッパー	100cm〜	300円
ギャラクシアントレイン	制限なし	300円
絶景 & ミステリアス!		
ギャラクシアン大観覧車	制限なし	500円
イリュジオンパラシュート	小学生〜	300円
ミステリーゾーン	小学生〜	300円
ミラーハウス	制限なし	300円
スピード & スリル満点!		
ギャラクシアンジェットコースター	130cm〜	700円
ギャラクシアンパイレーツ	120cm〜	500円
イリュジオンスピン	110cm〜	300円
イリュジオンハイウェイ	小学生〜	300円

だれでも無料で楽しめる!

ギャラクシアンパーク/ふれあい動物ランド/ギャラクシアン展望台

前売りチケット発売中! 園内インフォメーションでもお求めいただけます。

落とし物や迷子のお呼び出しなど、園内でお困りの際は、お近くのスタッフにお声がけいただくか、園内インフォメーションまでお越しください。

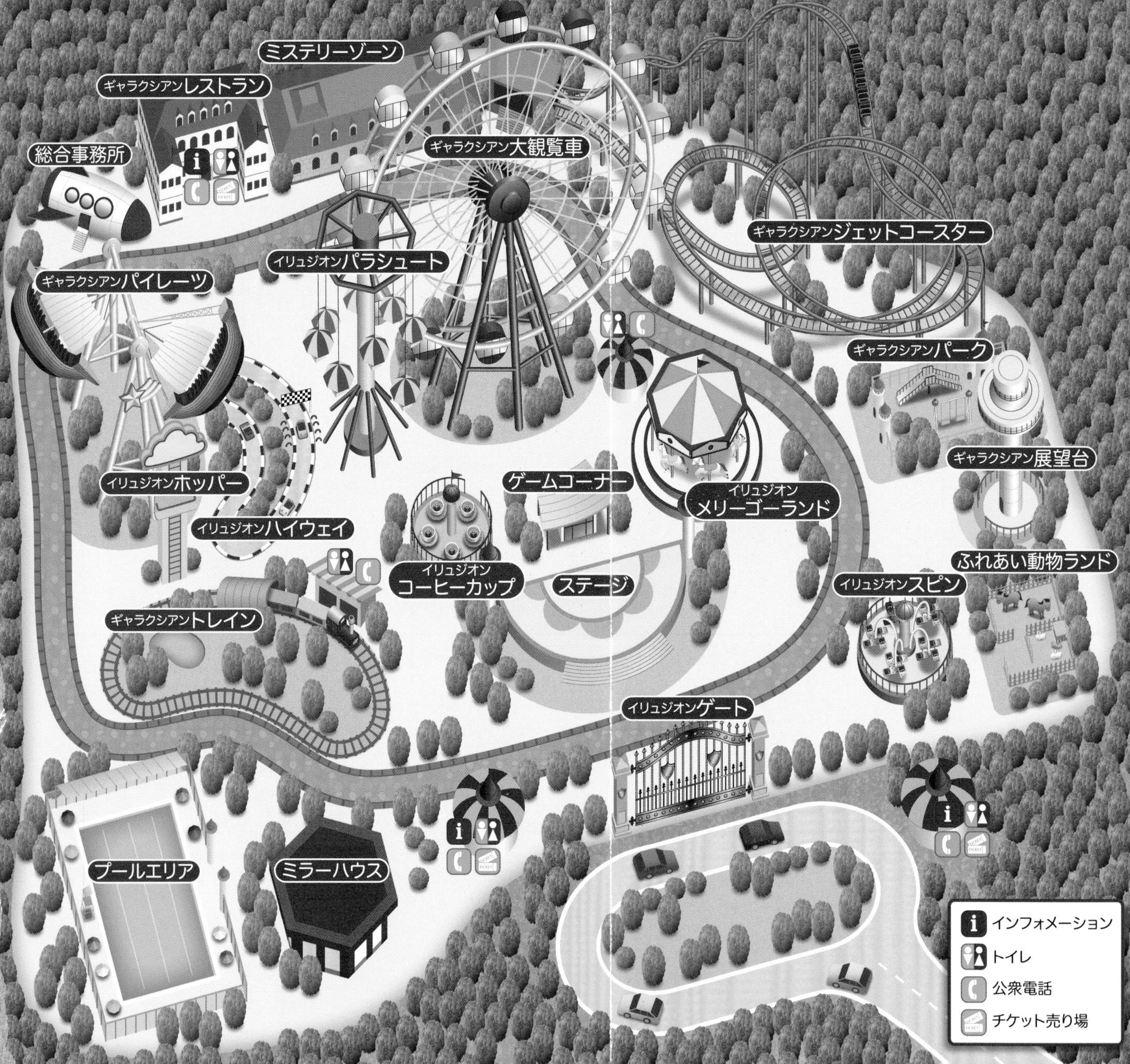
ミステリーゾーン
ギャラクシアンレストラン
総合事務所
ギャラクシアン大観覧車
ギャラクシアンジェットコースター
イリュジオンパラシュート
ギャラクシアンパイレーツ
ギャラクシアンパーク
ギャラクシアン展望台
ゲームコーナー
イリュジオンメリーゴーランド
イリュジオンホッパー
イリュジオンハイウェイ
イリュジオンコーヒーカップ
ステージ
ふれあい動物ランド
イリュジオンスピン
ギャラクシアントレイン
イリュジオンゲート
プールエリア
ミラーハウス
インフォメーション
トイレ
公衆電話
チケット売り場

CONTENTS

装画　Add your name
園内マップ　ジェオ
図版　ラッシュ
装幀　坂野公一（welle design）

廃遊園地の殺人

◉主要登場人物

眞上永太郎（まがみえいたろう）　廃墟マニアのフリーター
藍郷灯至（あいざとともし）　廃墟マニアの小説家
常察凜奈（つねみりんな）　廃墟好きのＯＬ
主道延（すどうすすむ）　元・イリュジオンランド経営陣
渉島恵（しょうじまめぐみ）　元・イリュジオンランド渉外担当プロデューサー
売野海花（うりのうみか）　元・イリュジオンランドスタッフ（売店担当）
成家友哉（なるいえゆうや）　元・イリュジオンランドスタッフ（ミラーハウス担当）
編河陽太（あむかわようた）　『月刊廃墟』の編集長
鵜走淳也（うばしりじゅんや）　元・イリュジオンランドスタッフ（ジェットコースター担当）の息子
佐義雨緋彩（さぎさめひいろ）　十嶋財団から派遣されてきたスタッフ
籤付晴乃（くじつきはるの）　二十年前の銃乱射事件を起こした犯人
十嶋庵（としまいおり）　イリュジオンランドを買った酔狂な富豪

＊

「そのカチューシャどうしたの？」

籤付晴乃（くじつきはるの）は、ウサギのカチューシャを付けた私にそう尋ねてきた。

「お姉ちゃんに見つけてもらおうと思って、付けたの」

「そうなんだ。お姉ちゃんはね、ちょっと忙しいみたい。僕と一緒に来てくれる？」

「どこに行くの？」

「観覧車。大丈夫、一周するまでにお姉ちゃん戻ってくるからさ。観覧車は好き？」

不思議だと思いながらも、私は頷（うなず）く。観覧車を嫌う子供なんかいない。

私は手を引かれて、観覧車に辿（たど）り着く。受付のお姉さんが笑顔で私を通し、ゴンドラに乗せてくれる。「ご一緒じゃなくていいんですか？」という声が背後から聞こえる。

「いいんです、彼女だけで」

扉が閉められ、ゴンドラの高度が上がっていく。私は地上に残る彼に必死で手を振っていたが、やがて外の景色に見とれ始めた。

最初の銃声が聞こえても、悲鳴が聞こえても、私はここが夢の国だと信じていた。

その音が、誰かの頭を銃で吹き飛ばしている音だなんて知らなかった。

イリュジオンランド銃乱射事件

二〇〇一年十月九日・午後〇時三十分にX県Y市旧天衡村に建てられたテーマパーク・イリュジオンランドで起きた銃乱射事件。

旧天衡村に暮らしていた男（事件当時二十七歳）が、イリュジオンランドのプレオープンに訪れていたゲストおよび従業員を観覧車からスコープ付きの猟銃で次々に狙撃。四人を殺害、八人に重軽傷を負わせた上で、男はゴンドラ内で自殺した。

イリュジオンランドは、後述するイリュジオンリゾート計画の目玉となるテーマパークであり、本オープンを待たずして起きた惨劇は地元住人達はもとより日本中に大きな衝撃を与えた。

なお、この事件を受け、株式会社マジカリゾートが運営していたイリュジオンランドは閉園。同社が計画していたイリュジオンリゾート計画も白紙となった。

――遊園地ほど人間の存在を前提にした場所も無く、それ故に独特な滅び方をする場所も無い。
野次(のつぎ)第一遊園地や小美門(こみかど)遊園の地図を描ける人間が、この世にどれほど残っているでしょうか？

羽生望(はにゅうのぞむ)『目眩(めくるめ)く廃遊園地の世界』

第一章　失われた夢の国

I

バイト先へお詫びのメールを打っている最中に、表示が圏外になった。あ、と思ったものの、こうなっては仕方がない。元より、長い休暇を取ることは店長に伝えていたのだ。

実際に休暇に入ってから眞上に文句を言うのは遅きに失するというものだろう。フライヤーの調子が悪いとか、新しく入ってきた女子大生が使えないとかこんな大変な時に休むなんて云々、と延々責められても困る。

ならば、圏外になったのは天の配剤かもしれない。天におわします神様も、職場のことは忘れろと言っている。ここにいるのはコンビニ店員の眞上永太郎ではなく、一介の廃墟マニアの眞上永太郎だ。とはいえ、一応はタクシーの運転手に聞いておく。

「あのー……ここってもう電波入んないんでしょうか」

「何年も前に基地局が撤退してるからなあ」

「そうですか……」

「大事な連絡なら戻ってやろうか？　何ならメーターも止めてやるが」

「いや、いいです。……どうせ仕事上のストレスをぶつけられるだけですし……慣れてるんで。あの店長、俺のこと気に食わないんだろうな……滅茶苦茶舐（な）められてるし。この間も、チーズ棒と極（きわみ）チーズ棒の件があって」

「何だそれ」

「ホットスナックに形の同じ二種類のやつがあって。店長は揚げた後に同じ容器に放り込むんです。右と左で分けてるって言い張ってるんですけど、形が同じなんだから左右に分けられててもどっちがどっちか分からないじゃないですか。それで俺が二つを間違えて売ったら俺の所為（せい）になるんですよ」

「ほう、同じ形か」

「そうなんです。それを分けたって言い張るのはどうかと思いませんか？」

「一個食べてみりゃいいんじゃねえか？」

「え？」

「一個食べてみりゃチーズか極チーズか何となく分かるだろ。駄目なのか？」

運転手さんが真面目な顔で言う。

「……店長と同じこと言うんですね。そういう問題じゃないじゃないですか。分けてくれたらそんなことをする必要も無いわけで」

「つーかまあ舐められてんだろうなぁ。そんな形でも舐められたりするんだな。背ぇ丸めて歩いてるからじゃねえか？　何センチあるんだ？」

「一八七……ですね」

運転手の揶揄うような言葉に、眞上はいよいよ背を丸める。小学六年生になった頃には、既に一七〇を越えていた。目立ちたくないという思いとは裏腹に身長は伸び続け、今ではこの有様である。小さい頃は、家の庭に生っている枇杷をもぐ為に早く大きくなりたかったが、今となっては棚の上のものを取りやすいくらいしかいいことがない。

「そんだけ大きかったら、俺はウハウハだけどな」

「身長が高くても時給が高くなるわけじゃないので」

眞上が言うと、運転手がいかにも可笑しそうに笑った後、沈黙が過った。

背もたれに身体を預け、窓の外の景色を見る。

そこには、圏外なのも納得出来る鬱蒼とした森と、中途半端に舗装された道路が広がっていた。道路の脇には所々、メルヘンチックな星のオブジェや、すっかり錆びてしまった動物の形の看板が立っている。ウサギが持っている矢印型の看板は、錆で文字が見えない。それが何処へ導いてくれるのかを知ることは出来ない。

遠くには、木で出来た巨人の像もあった。表面が谷のようにひび割れていなければ、凄い迫力だっただろう。巨人を犯すひびからは、勝者の証のように雑草が生い繁っていた。この草は、時を超えることの出来なかった巨人に勝利したのだ。

全てのものは時に抗（あらが）えない。その途方もない寂しさが、眞上の心をほんの少しだけ癒やしてくれる。世界から見捨てられたような場所にこそ、自分が帰る場所がある。ここはもしかすると、自分の故郷かもしれない。そう錯覚すらした。

時が経（た）てば、全てのものは砂か水のどちらかになる、というのは父親がよく言っていた言葉だ。千年後、あるいは百年後にでも、巨人は砂に変わる。

「この辺りには何も無いぞ」

壊れた看板や錆びたイルミネーションモチーフを見ながら、運転手は釘（くぎ）を刺すように言う。何も無い、という言葉が不正確であることを、眞上も運転手もちゃんと知っている。

いわばこれは、確認の一種なのだ。

「何も無いってことはないですよね。だって、この先にはイリュジオンランドがある」

「その台詞（せりふ）は二十年前に言うべきだったな。今はイリュジオンランドがあった、だ」

運転手がそう言うと、車体が大きく揺れた。振り返った道路には、平たく潰れた何かの残骸が転がっていた。

「まともに残ってんのはこの道路だけなのに、それもこの有様だ。たまに俺が道路を掃除してる」

「掃除って？　お星様の欠片（かけら）を拾ったり、動物の首を集めて袋に詰めたりしてるんですか？」

「いや。道路から拾って脇の森に投げてる。星はなんだか、よく飛ぶんだ。誰も怒りゃしない。計画が頓挫してからは、お偉いさんたちもほっぽり放しだ」

運転手が指している『計画』とは、リゾート経営で名を馳(は)せた株式会社マジカリゾートが打ち出した一大プロジェクト・イリュジオンリゾート計画のことである。ここ、X県Y市の天継山(あまつぎやま)一帯を丸ごと買い上げた広大な敷地に、複合型リゾート施設・イリュジオンリゾートを建てる景気のいい企画だった。

建設が予定されていたのはホテルからテニスコート、全天候型のスタジアムにキャンプ場など。アクセスが少々不便な分、ありとあらゆる娯楽をここに集める、というのがコンセプトだった。流れ星がよく見える場所だったから、全体を貫くモチーフは星だった。森のあちこちで、鬱陶しいほど多くの星が錆びているのはその所為だ。

そして、計画の嚆矢(こうし)であり、目玉でもあったのがイリュジオンランドである。

山の中に建てられたイリュジオンランドは、人気のアトラクションを押さえつつ、屋外プールなどの設備も兼ね備えた、リゾートに相応(ふさわ)しい遊園地だった。

しかし、イリュジオンランドがその相応しさを世界に知らしめたことはない。

「詳しいですね。運転手さんはあの事件が起こった当時から、ここでタクシーを運転してたんですか？」

眞上が見るに、運転手の顔の皺(しわ)は六十年ものに見えた。リゾート景気に沸いていた頃のこの場所を知っていてもおかしくない。すると、運転手は含みのある笑顔で言った。

「当事者になってたら、ここにはいられねえよ」

それはそうかもしれない。あれほどのことが起きた場所には、引力が生まれる。近づけば近づくほどそこに引きずられてしまうから、相応の覚悟が無ければいられない。あるいは、そこに引きずられずにいられるほどの部外者でなければ。

「俺はただの部外者。前ここで似たようなことをしていた人間がトラブルを起こして辞めたから、空いた椅子にすっぽり収まったってわけだ。兄ちゃんも廃墟見物か？」

眞上が素直に頷くと、運転手は改めて忠告した。

「あの遊園地は確かにまだあるが、さる大企業が買ってからは、立ち入り禁止になってるぞ。遊園地の鉄柵のすぐ近くに赤外線のセキュリティーが張り巡らされてて、反応したら即座に通報される。警備員がわんさか来て、出てくる時には即包囲ってわけだ。そのまま廃園で隠れ暮らす覚悟が無いなら、遠くから写真だけ撮って帰る」

暗に、許されるラインを示してくれているのだろう。ここで長らくタクシー運転手を続けているだけのことはある。彼の客は、自分のような廃墟マニアなのだ。

「なら、そこで暮らすだけの覚悟があれば中に入っていいってことですか？　嬉(うれ)しいですねえ」

「確かにそれならいいけどな。でも、勝手に入った廃墟マニアは何人も捕まってるぞ。廃遊園地での追いかけっこで前科がつくのは流石(さすが)に馬鹿らしいだろ」

「まあ、あそこは規模の大きい個人宅みたいなもんですからね」

眞上も肩を竦(すく)めながら答える。

現在のイリュジオンランドは、個人の所有物だ。

所有者の名前は十嶋庵(としまいおり)。曰(いわ)く付きとはいえ廃墟一帯を丸ごと買い上げられるほどの資産家、十嶋財団の主だ。そして、病的なまでの廃墟マニアでもある。

今となっては、廃墟好きは珍しくない。彼ら向けの写真集や探訪録が市場を形成しているような世の中だ。だが、その中で一番を決めるとすれば、この十嶋庵だろう。

何しろ、彼の所有している廃墟は数十件を下らない。

廃墟は、立ち入れるものが限られている。どれだけ寂れていようとも、所有者がいるからだ。立ち入る為には許可を取るか、あるいは無視して入り込むことになる。こうした不法侵入のトラブルは後を絶たず、眞上も同じ廃墟マニアとして遺憾に思っているところだ。

しかし十嶋は、廃墟と化したところや、これから廃墟になるだろうところを買い上げ、自分のものにしてしまうことでその問題をクリアするのだ。自分で買ってしまえば、フリーパスで入り込むことが出来る。廃墟を最も効率よく楽しむ術を、十嶋庵は知っている。

イリュジオンランドを買い上げた十嶋庵は、それを徹底的に管理した上で、完璧に放置した。まるで、野晒しにした花が腐っていくのを眺めるように。廃墟が廃墟然とした風格を手に入れるまでに掛かる時間は施設によって大きく違うが、二十年の歳月を経たイリュジオンランドは、相応の味を手に入れていることだろう。

十嶋庵の存在を初めて知った時は、素直に羨ましくなった。その次に来たのは共感だ。もし眞上に一財産があったら同じことをしていただろう。一番いい状態で、イリュジオンランドを古びさせてやるのだ。

だが、このままの人生では同じことは出来そうもない。十嶋財団といえばＳＮＳ事業から車の開発まで幅広く手がけている企業が母体だ。コンビニで働いている自分があそこに到達出来るビジョンがあまり浮かばない。益体の無いことを考えている眞上が物憂げに見えたのか、運転手が気を回して言った。

「知ってたのか。じゃー、門のとこ行くよりも、よく遊園地が見えるところがいいか？」

「あ、いえいえ。俺は門の前でお願いします、というのも――」

眞上がそう言った瞬間、車が急停止した。思わずうわっと情けない声を上げ、頭を守る姿勢を取ってしまう。幼い頃、一番最初に叩(たた)き込まれた姿勢だ。

「おい！　危ねえだろうが！」

運転手が叫ぶ。どうやら、タクシーの前に男が飛び出してきたらしい。

「いやあ、すいません！　どうも道に迷ってしもうて……この車逃したらもう野垂れ死にってなったら焦ったんよ」

危うく轢(ひ)かれかけたというのに、返ってきたのは随分暢気(のんき)な声だった。思わず、その姿をまじまじと観察してしまう。

年の頃は眞上と同じ二十代半ばといったところだろうか。ラフなシャツに黒いチノパンはおよそ山に分け入る格好ではない。だが肩に背負ったリュックが辛うじてアウトドア感を出している。身長は恐らく一六五センチくらい。跳ね気味のダークブラウンの髪に、垂れた目が特徴的である。小柄な方だからか、顔の作りが整っているからか、女性に見えなくもない。

「ちっとは考えろ！　事故ったらどうすんだ！」

「すいませんって！　轢かれても絶対裁判勝つのそっちやったと思いますよ？　あ、流石に僕が死んでたらそういうわけにもいかんかったのかなぁ……」

そう言いながら、見知らぬ男が後部座席の方へ回る。そのまま躊躇いもせずに扉を開いたのを見て、眞上は慌てて声を上げた。

「ちょ、ちょっちょ、な、何ですか？」

「え？　さっきの説明聞いとったやろ。このままだと僕、迷子として山を彷徨うことになるんやって。同じ場所行くんやろうから同乗させて」

「いやあ、ちょっ……同じ場所って……」

「運転手さん。この車、イリュジオンランドに行くんやろ？」

眞上の言葉を無視して、男が運転手に話しかける。さっきまで怒っていたはずの運転手ですら、この強引さに呑まれて素直に頷いた。

「よかった。じゃあええやん。僕ら二人とも門の前までお願いします」

何が何やら分からないまま、結局同乗することになってしまった。眞上が戸惑ったように男を見つめていると、彼は思い出したように言う。

「大丈夫。お金はちゃんと半分払うわ。何なら全額出したるで」

「そういうことを気にしてるんじゃなくてさあ……君、何者？　流石に知らない人間が相乗りしてきたらビビるでしょ」

「ああ、なるほどなあ。僕は藍郷灯至。職業は小説家」

「しょ、小説家……？」

「ペンネームは『時任古美』っちゅうんやけど、知ってる？」

「あ、読んだことあります……。……廃墟探偵シリーズ？」

心の距離を保っていたというのに、思わずそう言ってしまった。

廃墟探偵シリーズは、その名の通り廃墟で起きる事件を解決するというハードボイルドな探偵ものだ。巻によって探偵が様々な廃墟を訪れるのだが、廃墟の描写が九割を占め、残りの一割で探偵が事件を解決するという潔さが好きで、眞上も愛読している。

確か時任は近影を公開していない覆面作家のはずだ。こんなに若い大学生のような青年と、あの尖り切った作風が繋がらない。だからこそ、藍郷は近影を公開しないのかもしれない。

「嬉しいわあ。ここまで来るような廃墟好きにも届いているっちゅうのは、書き手冥利に尽きる。君とは仲良くなれそうやね」

言いながら、藍郷がどんどん距離を詰めてくる。どうやら握手を求めようとしているらしい。正直、そういう社交的な態度は勘弁してほしい。眞上はそういう無邪気なノリが一番苦手なのだ。だが、戸惑っている間に藍郷が眞上の手を捕まえてしまう。久方ぶりに感じる他人の体温に、居心地の悪さを覚えながら、眞上も「よろしく」と言った。

「それで？　君は？」

「俺は眞上永太郎、二十七歳。普段はコンビニでバイトしてるフリーターです」

「コンビニバイトの割に掌がゴツいなあ。鍛えてたりするん？」

「いやいや、コンビニって力仕事多いんですよね。だからかな」

「ああ、そうか。コンビニって複合業務やもんな」

うんうんと訳知り顔で藍郷が頷く。そのまま、ぐいっと手が引かれた。挑むような目で、藍郷が笑う。

「それだけじゃないやろ？　だって、君も招待客なんやし。それだけの理由があるはずや」

試すような目で藍郷が言う。無遠慮に値踏みされるような感覚が不快だった。だが、ここで空気を壊すようなことは避けたい。推定される『理由』を笑顔で口にしようとすると、運転手がやや萎縮した様子で話しかけてきた。

「盛り上がってるところ悪いが、本当に門のところでいいのか？　そっちに行っても中には入れないぞ」

「ああ、問題無いんですよ。僕ら、入れますんで」

「入れる？　そんな馬鹿な」

「僕らね、招待されてるんですよ。イリュジオンランドの主、十嶋庵にね」

「そうなんです。俺も招待されてます」

切り出すタイミングを逃し続けていた眞上も、ついでのようにそう言った。

「パーティーでもやるっていうのか？」

「似たようなものですよ。十嶋庵によって買い上げられた魅惑の廃遊園地・イリュジオンランドは、この度二十年の時を経て、選ばれた人間のみに公開されることになったんです。基準は明らかになっていませんが、噂では十嶋庵のお眼鏡に適う廃墟マニアたちが集められているとか」

眞上が言うと、アシストをするように藍郷も続けた。

「そうそう。応募は千を超えてたらしいのに、枠に入れてラッキーな二人ってことなんですわ！十嶋庵はきっと、廃墟探偵のファンなんやろうなあ」

藍郷はいかにも誇らしげだった。選ばれた者としての気概に満ちている。

「だからこそ、眞上くんのことが気になったんよ。ただの廃墟マニアってだけじゃここに来ることも叶わないやろ？　廃墟好きの大富豪に見初められるだけの何かが眞上くんにもあったわけや。それって何なん？」

藍郷の言葉にはどこか有無を言わせないところがある。あまり知らないが、小説家というものはみんな我が強くて態度が大きいんだろうか。ややあって、眞上は観念したように言った。

「大したことじゃないです。俺、ずっとブログやってて……、ブログ。『つれづれ廃墟日記』ってやつなんですけど」

始めてかれこれ三年になるだろうか。内容は眞上が行った廃墟を写真とともに紹介するという素っ気ないものだ。だが、更新する頻度が高いのと、眞上にしか行けないような廃墟の、眞上にしか撮れないような写真が載っているところが受けている。今では月間一万PVほどを記録する、廃墟マニアの中ではよく知られたブログだ。

だが、眞上にとってはまだまだ見せるのも恥ずかしいような内容なので、あまり誇らしく思えているわけではなかった。ましてや本職の小説家の前で堂々と言うのは憚られる。だが、藍郷はぐいっと身を乗り出しながら目を輝かせた。

「え、すごいやん。あのブログを書いてるん？　へー、それなら招待されるのも納得やわ。あのブログは僕も読んでるで。文章は暗くておもろないけど、写真の腕はピカイチやし」

「手厳しいですね。そりゃ小説家から見たらそうなるでしょ」

「いやいや、写真は褒めてるんやし。どうやって撮ってるんやろ？　って思うような写真も何枚もあるよな。どうやってんの？」

「普通に撮ってるだけですって。一眼とか無いので、スマホで」

「そういうことやないって。あと、もしかしてブログは本名でやってるん？　思い出したんだけど、ブログも『永太郎』やったよな？」

「それが何か問題ですか？」

「いやいや、まさか廃墟ブログを本名でやろうとはって感じやわ！　結構心が強くないと出来んことやない？　びっくりしたわ！　君のネットリテラシーどうなってるん？」

「本名でやったら駄目ですか？　俺、別にそこまで後ろ暗いことしてないんですけど」

「え、これ僕の方がおかしいん？　不安なってきたわ」

唇を尖らせながら言う藍郷を見て、眞上はひしひしと感じた。目の前の男とはあまり相性が良くないようだ。楽しみにしていたイリュジオンランドの訪問が藍郷と一緒であるということに不安を覚える。

「なあなあ、眞上くんはどこ出身なん？」

「……田舎の方ですよ。ここに似た」

「何か名産とかないん？　何かあるやろ」

「あるんですかね……小さい頃は食感が好きで、枇杷をもいで食べてました……下の方にあるやつなら、ギリギリ届いたので」

「いや、それ名産って呼ぶようなやつちゃうやろ。庭に生えてるやつやん、それ」

「…………」

「黙らんでよ。いじめてるみたいになるやろ。あ、ちなみに僕の出身地わかる〜？」

「……宮城とかですかね」

「うわっ、なんでわかったん？　名探偵やなぁ」

絶対に嘘だろう妄言を口にしながら、藍郷がけらけらと笑う。心の底から楽しそうだ。何だか既に帰りたくなってきた。こういう人間が、眞上は一番苦手だ。

藍郷は、眞上の消極的な態度に気がついていないのか「ファンなんやろ？　時任先生になんか聞きたいこととないん？」とまで言ってくる。話題を強請られている気分だ。仕方なく、当たり障りのない質問をした。

「どうして廃墟で事件を起こすんですか？　人が死ぬ場所なんか廃墟じゃなくてもいいでしょう？」

「んー、好きだからやな。廃墟マニアなんよ、僕」

素直な動機だった。あの偏った描写を見れば納得がいくが、これでは話題が広がらない。微妙な顔をしている眞上に気がついたのか、藍郷は笑顔で続けた。

「それに、廃墟ってそこに居る人間が限られるやろ？　たとえば人が居ない遊園地なんて普通じゃ実現出来ないけど、廃遊園地ならありえる。その点でも事件を起こすにはぴったりやし」

「まあ、確かに……レジャー施設で事件を起こせるのは特別かもしれないですね。あと、打ち捨てられた島とかも出しやすいだろうし、廃墟探偵シリーズの十八巻って確か廃墟で出来た廃墟島でしたよね？　最後は島ごと沈むのは興奮しましたけど」

「そうそう、廃墟だから究極壊しちゃってもええのがええわ。ド派手な物理トリックで利用し尽くしてもいいってことやしね！」

「廃墟探偵シリーズでそんなド派手な物理トリックありましたっけ？　大抵人が死にすぎて犯人と探偵しか残らないから、消去法でこいつが犯人かって分かる話が多かったような気がしますけど」

　地道なアリバイ崩しや後半に明らかになる登場人物の意外な過去から隠された動機が分かる——のだが、それまでに推理が追いつかず犯人と二人きりになるというのが定石のはずだ。正直、廃墟探偵シリーズは廃墟じゃなくてもミステリ自体が成立する物語が多い。

「僕が言ってるんは、可能性の話。確かに廃墟探偵シリーズではそういう物理的なもんが出てこないけど、廃墟を舞台にする以上、そういうことが出来るっていうことなんよ。閉ざされた廃墟は殺人に向いてるし、僕もいつかはド派手な物理トリックをかますかもしれんっちゅうこと」

　藍郷が意味ありげに笑う。それを見て、何故かぞくりと背が粟立った。ミステリ作家が実際に人を殺しているとか、殺人嗜好があるとは思わない。そう思う方がおかしいだろう。

だが、藍郷の笑みはどこか先の悲劇を予感させるようなものだった。何が待ち受けているかも分からないのに、ただただ不安だけが募る。一体、この小説家は何を求めてイリュジオンランドに来たのだろう？

眞上が何か言うより先に、タクシーが停まった。

「着いたぞ。ここがイリュジオンランド正門、イリュジオンゲートだ」

そこにあったのは、黒と金のゴシック調の大きな門だった。古びてもなお荘厳な佇まいだ。扉は既に開いている。開園時と同じ、誰一人拒むことのない門だ。金のメッキが剝がれて、微かに錆が見えているところに、このゲートを浸食した二十年を感じる。ゲートの黒は、長年の雨晒しにも負けずに光沢を保っていた。その点はその点で美しい。

「これが……例のゲートですか」

眞上が呟くと、運転手は「開いてんのは初めて見たけどな」と言いながら大きく頷いた。少しばかり誇らしげに見えるのは、この廃墟に仕えている人間だからだろうか。

「ありがとうございます。お世話になりました」

「ありがとうございます！　さあ、行こうか眞上くん。ああ、お釣りは要りません」

藍郷がさりげなく一万円札を運転手に渡している。本当に全額払ってくれるつもりらしい。断って折半にすることも出来たが、車内での迷惑料のつもりで放っておいた。何だかんだで有名シリーズの作者だ。しがないコンビニ店員よりは稼いでいるだろう。

「そうや。ちゃんと付けてる？　これ」

タクシーを降りるなり、藍郷が手首に嵌まった黒いバンドを見せつけてくる。そういえば、と思いながら眞上も手首に装着した。

これは、十嶋財団から送られてきた『入場証』のようなものだった。このバンドを付けている者だけが、イリュジオンランドに張り巡らされた赤外線セキュリティーをパス出来る。逆に言えば、これが無ければ運転手の言った通り、すぐさま通報されてしまうだろう。

「よう似合っとるよ。それじゃあ中に入ろうか」

藍郷に促されるまま、ゲートへと足を踏み入れる。

最初に感じたのは、廃墟特有の錆臭さだった。

けれど、それは一般的なものとは異なる。長年雨晒しになり、ゆっくりと腐食が進んだ金属からは、どこか懐かしい潮の臭いを嗅ぎ取ることが出来るのだ。今回は廃遊園地という場所柄、この独特な臭いがより深く香っていた。

まず最初に目に飛び込んでくるのは、大きな観覧車である。紺色に塗られた大きな柱に、虹の七色で塗り分けられた色とりどりのゴンドラが付いている。かつては鮮やかだったろうそれは退色が進み、霧の向こうに置かれているような印象を受けた。そうして考えると、廃遊園地は常に歳月の霧に覆われている状態であるとも言える。

眞上のその印象を裏付けるように、遠くに見えるパラシュート型の展望アトラクションも、お馴染みのパイレーツも軒並み色を枯らしていた。一番人気のアトラクションになるはずだった、園内奥のジェットコースターのレールすらも、深い黒からくすんだ墨色へと変遷している。

　このまま足を踏み入れれば、もっと多くのアトラクションを見学出来るはずだ。

　だが、眞上は小さく溜息（ためいき）を吐（つ）いて、イリュジオンゲートの方を振り返った。

　柱の一部には今なおビニールシートが巻き付けられている。すっかり瑞々しさを失ったビニールシートは、最早ぼろ切れにしか見えない。だが、その下にあるものを隠すという役割だけは果たしている。

　その下には、夢の国を終わらせた事件の痕跡がまだ残っているのだろう。

　ここがイリュジオンランドであることを強く意識したのは、その時だったかもしれない。もし、この場所が当初の予定通り幸せな遊園地として稼働していれば、眞上はここに来ることもなかっただろう。

「感動しているみたいやね」

　藍郷がにやつきながら言う。自分がまじまじと見つめているものが何かを知られたくなくて咄嗟（とっさ）に身体で隠したものの、藍郷は見逃さなかった。

「ああ。被害者の血痕か。ビニールシートで隠されっぱなしやけど、まだ残ってんかな？　ここで死んだのは誰やったっけ。確か——」

「中鋪御津花（なかしきみつか）さんですよ」

　眞上は間髪入れずに言った。

「事件当時、二十七歳。天継山の天衝村出身で、職業は看護師。病床数六の村の診療所に勤めていました。天衝村と外部を繋げることに対して前向きで、彼女はイリュジオンリゾート計画において、主に株式会社マジカリゾートとの渉外担当を担っていました。そして彼女は――」

そこまで言ったところで、藍郷が引いたように言った。

「待って。そこまで詳細に調べてるん？　なんで？」

「廃墟は廃墟として生まれるわけじゃないから、ですかね」

眞上が淡々と答える。

「廃墟は、元々は長く人の役に立つ為に生まれてきた建物が、何かしらの理由で打ち捨てられたものです。かつてこの場所が何だったのか、それがどうして廃墟とならなければいけなかったのか。そこまでを理解することで、廃墟を知ることが出来るんじゃないかと思うんです。……とか」

こうした持論を対面で展開したことが初めてなので、思わず自信の無いような返答をしてしまう。イリュジオンランドを訪れることが出来ると知った時に、眞上は過去の事件に対してもある程度の下調べをしてきた。

「へえ、眞上くんって変わってるわ」

「そうですかね……。そんなこともないと思いますけど……」

「いや、どう考えてもそっちがおかしいやろ！　そんな歩くウィキペディアみたいに滔々（とうとう）と語ったりしないでしょ。なんか、猟奇事件とか好きなタイプ？」

けらけらと藍郷が笑う。そういうことを言われると、普通にショックを受けてしまうのでやめてほしい。話の流れによっては、鞄に入っている自分の独自調査資料ファイルを見せようかと思っていたところだったというのに。

「……ミステリ作家の方がそういうのに興味を持ちそうですけどね」

「まあね。でも、事実を書くだけじゃ、ルポライターになるやろ」

わざわざ当てこするように言われて、もしかすると藍郷はあまり性格が良くないのでは、と疑ってしまう。そういう藍郷は、過去の事件をどのくらい調べてきたのだろう。

そもそも、彼はいつまで自分にくっついているつもりなのだろうか。タクシーに相乗りして無事にイリュジオンランドに着いたのだから、ここらで解散してもいいはずなのだが。まさか、滞在中もずっと付いてくるつもりなのだろうか。だとしたら、早い段階で撒いてしまわなければならない。

「これからどうすればいいんやろ。眞上くん、どこ行きたい？」

楽しそうに声を掛けてきても全部無視だ。そう密かに決意を固める眞上の行く手から、涼やかな声がした。

「お待ちしておりました。参加者はあなた方で最後です」

影絵のシルエットをそのまま切り出して、顔をつけたような女性が立っていた。手袋からワンピース、パンプスに至るまでが全身真っ黒なのに、長く伸ばした髪の毛は綺麗な焦茶色をしていた。ここまで綺麗な色だと、染めているのではなくて地毛なのかもしれない。

「待ちくたびれてしまいましたよ。これより、皆様が過ごして頂くメインコテージにご案内します」

「え、あ、はい……どうも」

反射的に答えてしまう。メインコテージ、そんなものがあるのか。いや、確かに応募要項には宿泊の心配などは一切要らないと書かれていた気がするが、予想以上に手厚い仕組みになっている。藍郷が軽装でやってきた理由も理解出来た。

動揺する眞上を余所に、藍郷は「えらい綺麗やね」とはしゃぎ、「雑談はしない主義ですので」と女性にかわされている。それすらなんだか付いていけない。

「どうして呆（ほう）けてるん？　もしかして、説明読んでないん？」

「説明……はある程度は読んだはずなんですけど……」

滞在中はイリュジオンランドから出ないようにとか、基地局撤退によりイリュジオンランド内は基本的に圏外であるとか、そういう話までは見た覚えがある。

「ここに滞在するゲスト達には、ちゃんと宿泊場所が用意されてるんよ。廃墟の中で野宿するっていうのは危ないし。いやあ、流石は十嶋財団やね。そういうところもちゃんとしている」

いや、それは廃墟の趣を削（そ）いでいるのではないだろうか？　もっと、廃墟のあるがままを楽しむべきなのではないだろうか。何一つ整備されず、ただ古びていったような場所で日常を過ごすのも一興であるはずなのに。もしかすると、自分が求めているものと今回のイリュジオンランド見学は大分趣が違うのだろうか？

「いやあ、楽しみやわ。他の廃墟マニアと出会うのも、コテージで過ごすのも。十嶋財団の用意したものなんだから、きっとご飯とかも美味しいに違いないで」

藍郷は暢気に笑っていたが、眞上は不安でならなかった。

2

二十年の間封印されていたイリュジオンランドが開放されるという知らせを聞いた時、眞上はバックヤードで出すには相応しくないほどの大声を出した。

「ええっ……！　そんな、イリュジオンランドが……？」

「うるせえぞ眞上！　接客する時もそんくらい声張れや！」

「はっ、はい……すいません……」

案の定店長に叱られ、背を丸めながらスマートフォンを確認する。この情報を教えてくれたのは、眞上と同じく廃墟マニアの『ぺこるたん』だった。インターネット上での付き合いが長く、何度か一緒に廃墟へ出かけたこともある。その彼も興奮しているらしく、メッセージからもそれが伝わってきた。眞上もすぐさま返信をする。

『ぺこるたんさん、本当ですか？　確かにＳＮＳでは大盛り上がりのようですが……』

『ちゃんと見てからにしろって！　ほら。十嶋財団が直々に出してる声明！　この為だけに公式ページまで作ってあるぞ！』

ぺこるたんの添付したＵＲＬを見ると、確かにしっかりとした作りのサイトが現れた。――イリュジオンランド廃園から二十年、今こそ、失われた夢の国へと。

サイトには、今のイリュジオンランドと思しき、古びたメリーゴーランドの写真が載っていた。明かりの落ちたメリーゴーランドには、色の褪せた馬車や、寂しげに佇むペガサスが収まっている。

『これは本当に凄いですね。十嶋のものになった時点で、二度と足を踏み入れることは叶わないと思っていました。十嶋がどんな手を回したのか、情報すら全然入手出来ないですし』

『幻の廃墟だよな。遊園地ってだけでもたまんないのに、廃園になった理由が理由だからな。アトラクションも殆ど動かされてないんだぞ』

『どういう風の吹き回しなんでしょう……十嶋庵は自分のコレクションに加えた廃墟は、絶対に開放しなかったのに』

『さあねえ。やっぱりイリュジオンランドほどの逸物だったら自慢したくなったって線もあるんじゃないの？　俺絶対応募するわ。無理かもだけど』

『応募……？』

『永太郎、ちゃんと見てないだろ。よく応募ページ見ろって』

ぺこるたんに促されるまま、もう一度概要を見る。

――今はもう誰も足を踏み入れることのない、この美しくも悲しい場所を共有出来る感性を持った方、かつてイリュジオンランドで夢を形作ろうとしていた方、是非ともご応募ください。得がたいものを得る、尊き一時を過ごせますよう。

『えーと、これってどういうことなんですかね？』
『実質、イリュジオンランドに勤めてた奴(やつ)らを集めたがってるってことだろ！　多分、かつて働いてた人間を廃墟に集めて思い出話に花を咲かせるって趣旨なんだわ。一般枠が本当にあるかも怪しいぞこれ！』
『はあ、なるほど。それじゃあ本当の意味での一般開放というわけではないんですね』
『そうなんだよ！　一応アピールとか送る場所はあんだけどさあ！　俺みたいなのが来ること本当に想定されてんのかこれ⁉』

　アピールを送る場所、とは言っても、そこのボックスはアンケートの自由記入欄のような形になっていて心許(こころもと)ない。こんなものにちゃんと目を通されるのだろうか？　と疑ってしまうような代物だ。

　だが、眞上はちゃんと『つれづれ廃墟日記』のＵＲＬを記載した。趣味で細々とやっていることでも、もしかしたら認められるかもしれない。ぺこるたんのような生粋の廃墟好きにも出会えるかもしれない。

　眞上はそんなことを無邪気に期待していた。

＊

　メインコテージは、想像以上にしっかりとした作りのものだった。平屋を繋げたような半円状の簡易住宅、といった風情のものだ。廃墟と化したイリュジオンランドの中に置くには違和感が強く、全く時間の経過を感じさせない。恐らくは、ここ数ヶ月の中に作られたものなのだろう。

予定では、ここには案内をしてくれた女性を含めた十人が泊まることになっているらしい。中は空調が効いていて、何だか慣れ親しんだコンビニにでもやって来たような気分になった。

「ねえねえ、どうしてこのコテージって半円状なんですか？」

「この場所には、かつてステージがありました。その名残です。皆さんをお招きするにあたって、宿泊場所を建てられる場所がここにしかなく。せめてもの面影を残そうとこういう形にしたのです」

女性が意気揚々と答える。

「ステージを取り壊してしまったんですか⁉　……勿体無い……」

眞上が悲鳴混じりに言うと、女性はしらっと答えた。

「ステージは、経年劣化で原形が無かったんです。木造の上に、雨晒しですから」

「ああ、なるほど……なら仕方ないか……」

「廃墟を求めているのに、完全な風化は良しとしないんかい。自分が訪問出来る適度な廃墟を求めてるってわけやな」

「そりゃそうでしょ……何も無くなってたらそれはもう廃墟じゃないし……十嶋庵さんだって同じこと思ってるでしょ、これは……」

まだ見ぬ廃墟マニアの富豪に想いを馳せる。乱暴に改装されていたらどうしようかと思ったが、コテージが建ってしまったこと以外は何の文句も無い、理想的な保存具合だ。流石は二十年もここを封印していただけのことはある。願わくば、ここから四十年、五十年と残していってほしいものだ。

　コテージの中は、入るとすぐにホールがあった。そこ自体がワンルームの住居のようになっており、全員が車座になって座れる数のソファーがある。奥まったところにはカウンターとキッチンが備え付けてあった。ここで料理をすることもあるのだろうか？

「奥は廊下に続く扉で、そちらが個別の客室になっています。ですが、まずはお座りください。皆さんのご紹介を」

　有無を言わせぬ口調で彼女が言う。結局、何も言わずに黙って従った。

　ホールには男女入りまじった招待客が揃っている。その全員が、周りにいるのがどんな人間かを窺っているような形だった。このまま永遠に何も起きないんじゃないかと危ぶんだ時、声がした。

「誰も自己紹介をしないのか？　なら、私からいこう。それが道理だ」

　仕立てのいいスーツに身を包んだ男が、颯爽と立ち上がる。

　身長は一七〇センチ弱、年の頃は五十代後半くらいだろうか。相応の歳の重ね方をしているが、鍛えてでもいるのか身体自体はしっかりと肉がついている。首から下だけ見れば細身の四十代にも間違われるかもしれない。自信に溢れた佇まいは、今までの人生に誇りを持っていることを窺わせる。

「主道延（すどうすすむ）だ。かつて、イリュジオンリゾート計画を主導していたエグゼクティブセクションの一人である。今回のイリュジオンランド探訪では実質的な指揮を取ることになるだろう。よろしく頼む。天継山にはよく狩猟をしに来ていた。その縁もあって、当時その任にあたらせて頂いた」

主道は横柄な態度でそう言った。そもそも、廃墟探訪をするのに指揮も何もないだろうに。場を仕切るのに慣れ過ぎて、全部にその尺度を当てはめようとしているようにも見える。

「エグゼクティブセクションって何ですか？」

藍郷が尋ねると、主道は「計画の主導を行う立場だ」と答えた。よく分からないが、これ以上説明してもらえそうにもない。

主道が挨拶を終えると、音も無くすっと隣の小柄な女性も立ち上がった。

「流れで自己紹介させて頂きますが、私は渉島恵（しょうじまめぐみ）といいます。主道さんと同じく、プロジェクトのエグゼクティブセクションに所属していました。社外の方に分かりやすく当時の業務を説明しますと、主に天衝村との交渉、互いにどこまでなら譲歩出来るかの確認を取っていました。その結果、イリュジオンランドの建設に貢献出来たことを誇りに思っています」

年の頃は五十に差し掛かるかどうかといったところだろう。肩に掛かる髪は全体的に白くなっているが、それが意図的なものだと言われても納得してしまいそうな、美しい色をしていた。目つきが鋭く、右目の下の泣きぼくろが印象的である。単純な感想にはなってしまうが、仕事の出来そうな女性だった。

「イリュジオンランドに深く関わっていた方が二人もいらっしゃるんですね」

ソファーに座っているややふくよかな体型の婦人が、感嘆したように言う。

「十嶋庵氏も、我々の功績に対して敬意を払ってくださっているのだろう。ありがたいことだ」

「でも、実際にはお二人が最悪の事件を引き起こしてしまったわけでしょう。その当時は随分批難されたんじゃないですか？　渉島さんも主道さんも」

そう言ったのは、四十代後半の、やけに縒れたスーツを着ている細身の男だった。長い癖毛を一つ結びに纏めており、紫色のサングラスを掛けている。身長は一七……二くらいだろう。右の口端が何故かやけに持ち上がっている。癖なのだろうか。

「そうなってくると、イリュジオンランドを作ったのも、壊したのもおたくらということになりませんかね？」

ニヤつきながら言われた言葉に、主道がムッとした表情で「私は天衝村との交渉には殆ど関わっていなかった」と、言わなくてもいいような自己弁護をする。

「そうですね。それについての手抜かりがあるとしたら、私の方かと」

対する渉島の方はきっぱりとそう言い切った為、今度は男の方が怯む番だった。ややあって、サングラスを直しながら男が言う。

「俺は編河陽太。とある出版社で『月刊廃墟』ってやつの編集長をしてる。ま、いわゆる閑職に就いてる寂しいおっちゃんってわけだわ」

「閑職ってわけでもないと思いますけど。俺、毎号買ってますよ……」

思わず言うと、編河は嬉しそうな顔をするでもなく、軽く会釈をしてみせた。

「へえ、君みたいなのが買ってくれてるから、ウチみたいなのがやってけんだねえ。どうもどうも。君は？」

「あ、その……俺は眞上永太郎です。……職業っていうか、普段はコンビニでバイトしてます。あと……『つれづれ廃墟日記』ってブログをやってます。多分、今回はそれで入れてもらえたんじゃないかと……」

眞上がたどたどしく言うと、編河は大仰に反応をした。

「あ！　あれの主か！　よく記事書く時に参考にさせてもらってるから、知ってるわ。えっ……ていうことは……眞上くん、実名でインターネットしてるってこと？」

編河が眉を寄せながら尋ねてくる。

「はあ、そうですけど……」

「はあ、怖（こえ）えなー。今時のやつってこんなもん？　俺がバリバリインターネットやり始めた頃は、もっと魔境だったからなあ。ネットも随分平和になったもんだわ。ま、逆に本名出して、例の事故の真相とか好き勝手書いてた奴もいたし、変わらんか」

「別に実名でインターネットをしても犯罪じゃないですよね……？」

やや納得がいかないままそう返したが、周りの意見は編河に同じのようだった。

「じゃあ、君はインターネットで有名だから呼んでもらったってことなのね？」

そう言ったのは、さっき主道達に反応を示していた女性だった。

「インターネットで有名だから……まあそうですね……？」

「すごいわあ。そういう子も呼ばれてるのね。私、こんなところにいると、気後れしちゃう。も、全然普通だから」

「その……あなたは？」

「あ、ごめんなさいね。私は、イリュジオンランドの元従業員。売野海花（うりのうみか）っていうの。当時はね、この遊園地の売店で働いてたのよ。全然お客さんをお迎えできなかったけど、準備を含めてとても思い出深かったから、ここに来られてよかったわ。よろしくね」

　こちらの女性の歳は多少分かりづらい。五十代に差し掛かるくらいだろうか。いかにも朗らかで優しそうな女性である。消費期限が近いサンドイッチでも買ってくれそうな人だな、と眞上は思った。ここにきてようやく話せそうな人が来た。

「イリュジオンランドの昔を偲（しの）ぶということだから……私のようなイリュジオンランドで働いていた人が沢山来るんだろうと思っていたんだけど、まさかそんなに上の人がいらっしゃるなんて……それに、後はインターネットで有名な人と、記者さんでしょう？　私だけ本当に平凡で……」

「いや、その点については僕もですよ」

　次に手を挙げたのは、編河と同じくらいの年齢の男だった。身長は一六五センチくらい、中肉中背の男である。どこにでもいそうな男であるところに、何だか共感を覚えた。こちらも仲良くなれそうだ。

「僕は成家友哉（なるいえゆうや）といいます。売野さんと同じくイリュジオンランドで働いていました。担当はミラーハウス。あのハウスの中を覗（のぞ）けたらいいなと思って、イリュジオンランド探訪に参加しました。思う存分ノスタルジーに浸らせてもらおうと思います。よろしくお願いします」

　成家が丁寧に一礼をする。

「あら、成家さんはミラーハウス？　私のこと覚えてらっしゃる？」

「いやあ……すいません。売野さん……というお名前すら。同じミラーハウス担当の人くらいしか覚えていなくて。結構沢山の人がイリュジオンランドで働いていらっしゃったでしょう？」

「いいのいいの。そんなこと。こんなこと聞いちゃったけど、私の方も成家さんのこと、知りませんでしたし。おあいこです」

　売野が安心したように笑う。

　どうやら、廃墟好きだけがこのイベントに参加しているのだと思っていたが、そういうわけではないらしい。むしろ、廃墟関連でやって来ているのは編河と自分、それに藍郷くらいだ。残る知らない参加者は男女二人、そちらの方はどうだろうか？

　視線が集まっていることに気づいたのか、年若い男性の方が口を開いた。

「俺は鵜走淳也（うばしりじゅんや）です。……本来なら父親がここに来るはずだったんですが、代理で来ることになりました。父親の担当はギャラクシアンジェットコースターだったそうです。色々話を聞いてるので、楽しみです。よろしくお願いします」

　そう口では言いながらも、鵜走はさほど楽しくも無さそうだった。身長は一七〇程度、細身で日焼けしている。神経質そうな目つきは、この場にいる全員が敵であると言わんばかりに細められている。父親の代理で来るほどイリュジオンランドに興味があるらしいのに、どうにもその態度とはちぐはぐだ。

「鵜走くんはお父さんから同僚の話とか聞いてる？　私はあんまり……その、ジェットコースターの方には詳しくないんだけれど」

「いや。俺が聞いているのは、曰く付きの遊園地に関する話と、ここに来れば十嶋財団とのコネが出来るらしいってことだけです」

　何の衒いも無く、鵜走がつらっと言った。

「十嶋財団とのコネが出来れば、それは何より価値があるから、行ってこいって」

「……十嶋庵氏がこの場に求めているのは、純粋な交流だと思うが」

「何なら、コネを作るのは十嶋財団じゃなく、主道さんみたいな上流階級でもいいんですよ。どちらでもいいわけだから、やっぱり来てよかったですね」

　したたかに鵜走が言う。その率直さは素直に尊敬した。丁度、新しい就職先でも探しているのだろうか？　だとしたら、確かにイリュジオンランドはいいきっかけになるのかもしれない。

「それで？　そっちはフリーターみたいですけど、こっちは？」

　眞上のことを横目で見つつ、鵜走が話を振ったのは藍郷だった。

「僕は藍郷灯至。というか、時任古美って名乗った方が通りがいいかもしれんかな」

　藍郷が車内と同じような自己紹介をする。けれど、周囲の反応は芳しくなかった。むしろ、何を言っているのか分からない、と首を傾げている。

「廃墟探偵シリーズ……ですよね。読んだことあります」

唯一、鵜走だけが反応したが、その顔は険しかった。

「あのシリーズ、なんであんなに評判がいいのか正直分からないんですよね。あれってミステリでやる必要あります？」

「あれの良さがわからんのは致命的だと思うんやけど？」

痛いところを突かれたからか、藍郷が珍しく狼狽している。その様子を見て、何だか胸がすっとした。

「作家さんなんてすごいですね。そういう人が招かれてるっていうのも面白いです」

藍郷に気を遣ったのか、残る一人がそう言った。

こちらは茶色に染めた髪を長く伸ばした若い女性だ。歳は眞上と同じくらいだろう。女性にしては背が高く、一六〇センチ以上はありそうだ。大きな目が印象的で、人懐っこい印象を受けた。

「あ、申し遅れました。私は常察凜奈です。廃墟好きの普通のＯＬなので、特に面白いことも言えないんですけど……イリュジオンランドに来られて嬉しいな、とは思います。廃墟の中でも遊園地が一番好きなので」

他に言うことが見当たらないのか、常察は困ったように首を傾げ、許しを乞うように周りを見回した。まるで、ただの廃墟好きがイリュジオンランドにいるのは間違っているとでも言わんばかりだ。別に構わないだろうに、と眞上は思う。これで、ぺこるたんにも一般人枠があったと言えるだろう。

全員の自己紹介が終わると、隅に控えていた先ほどの案内の女性がすっと歩み出てきた。その様は軽やかで、浮き足立っているようにも見えた。

「改めまして。私は佐義雨緋彩といいます。十嶋財団から来ました、十嶋庵の代理です」

そう言って、佐義雨はにっこりと笑った。ただの職員にしては、この場にいるのが楽しくて仕方ないようにも見える。

「皆様のイリュジオンランドでの挑戦を、見届けるのが役目です」

挑戦、という言葉に引っかかりを覚えたものの、周りの参加者たちは既に佐義雨への興味でいっぱいになっているようで、まるで気にしている様子がなかった。

「ここで皆さんにはお好きなように過ごして頂けます。コテージには各人にシャワー付の私室も用意してあります。食料も潤沢にご用意してありますので、お好きなように」

「サバイバルって感じじゃないようですね。安心しました。あまりに不安で、携帯食料なんかも用意してしまったのですけれど……流石は十嶋財団といったところなのかしら」

渉島が軽く十嶋財団を持ち上げながら言った。そういうところは、如才なさを感じさせる。

「十嶋庵さんは来ないんですか？　会えると思って楽しみにしてたのに」

そう尋ねたのは編河だ。

「十嶋は人前に出ることがありませんので」

「そもそも、この会は十嶋庵が当時の関係者を集めて偲ぶ為に催したものだって聞いているんだけど」

鵜走が肩を竦めながら言う。だが、佐義雨は首を振った。

「そんなことは一言も申し上げていません。イリュジオンランドに相応しい人物を集めた、というのは確かですが」

その口調は、思い上がりを窘めるようにも、冗談を言っているようにも聞こえた。佐義雨は、十嶋のことを語る時だけ、少しその仮面を剝がすように見える。まるで、旧知の友人を語る時のような顔つきだ。彼女は、想像よりずっと十嶋庵に近い立場なのかもしれない。

「十嶋庵ってそもそもどんな人間なのか――それが気になって参加した人間もいるんじゃないかと思ってるんだけどさ。もしかして、佐義雨さんが十嶋庵だって可能性もある？　若く見えるけど、本当は十嶋財団の女主人だったりして――」

編河が核心に切り込んでいく。冗談めかしている口調ではあるが、その目は真剣だった。十嶋庵の正体については、大きなスクープになるのだろう。

「そもそも、十嶋庵って男なのか女なのかもはっきりしてなかった気がするけど……どっちなの？」

そう言ったのは常察だ。大富豪なのに、まさかそんなことすら分かっていないのだろうか。だが、誰も確定的なことを言わない。

「十嶋庵って本当に存在するのかな？」

ややあって、ぽつりと成家が言う。そう言われると、当然のように実在を確信していた十嶋庵の像が、急にぼやけてくる。二十年前にイリュジオンランドを買い上げる判断をした廃墟マニア。

自分達をここに集めた人間。

――そんな人間が本当に実在しているんだろうか？

「馬鹿馬鹿しい。私はエージェントを通して十嶋庵氏とは何度も言葉を交わしたことがある。あの冷静な経営判断と、投資への豪胆さ。そして廃墟という遊び心に富んだウィッティな趣味。どう考えても十嶋庵氏は男性だろう」

明らかに差別的な発言を、主道はためらいなく口にする。

「存在するかどうかはさておくとして、挑戦の方が気になるんですけど」

気になっていたのか、鵜走がやや強引に話を戻す。

「一体どういう意味ですか？　何かレクリエーションのようなものが用意されているとか？」

「そうですね。十嶋から伝言を預かっています。代理でお伝えさせて頂きますね」

「十嶋庵氏の伝言なら、書面で受け取りたい。こうして口頭で伝えられたことで齟齬が起きたら困る」

「いえ、大丈夫だと思いますよ。こちらで齟齬が起こるようなら、どんな書面で受け取っても無駄ではないかと」

揶揄うような口調に、主道の顔がサッと赤くなる。だが、佐義雨はそんなことを意にも介さずに続けた。

「十嶋からの伝言は一言だけです。『このイリュジオンランドは、宝を見つけたものに譲る』」

とてもシンプルな言葉だった。確かに書面で顕す必要もない。

「私は皆様の宝探しを見届ける為にやって来ました。どうぞ、この廃園を手に入れてください」

「いやいや、冗談ですよね？」

　眞上が言うと、佐義雨はゆっくりと首を横に振った。

「いいえ。十嶋は本気で、あなた方にイリュジオンランドを譲ろうとしているんです」

　思わず、窓から園内を見てしまう。

　どう見ても、遊園地として使えるとは思えない廃墟だ。客を受け容れるには様々な問題をクリアしなくちゃならないだろう。言っちゃ悪いが、十嶋庵の求める『挑戦』をクリアしてまで欲しいものとは思えなかった。

　これ、貰ってどうするんですか？　と言いかけたところで、不意に渉島が尋ねた。

「もし誰一人宝を見つけることが出来なかったらどうなるの？　これまで通りってことになるのかしら」

「一週間が経過しても宝が見つからなかった場合は、イリュジオンランドを一般に開放するつもりだそうです。全ての廃墟マニアや、好奇心旺盛な記者達が楽しめるように」

　佐義雨が笑顔で言う。

　そちらの方がいいな、と眞上は思った。この廃遊園地を手に入れたところで、何に活用出来るとも思えない。そもそも、いくら廃墟マニアだったり、かつての従業員だったりしたからといって、イリュジオンランドを丸々引き受けたい人間なんていないだろう。

　だが、眞上の思惑はあっさりと裏切られた。

「……そうなんですね。なら、宝を見つけないと」

そう言ったのは、成家だった。

「ここに来てわかりましたが、僕はなかなかイリュジオンランドに愛着を感じていたみたいですから。出来れば開放してほしくはないです。このまま、イリュジオンランドには時を止めた廃墟であってほしい。だから、手に入れないと」

どこか思い詰めたような口調で成家が呟く。まさか所有したいとまで思うような人間だろうか。

「成家さんもイリュジオンランドを手に入れたいと思っているのか」

「ええ、出来れば」

「本腰を入れないといけないのか。こんな宝探しに」

うんざりした様子で主道が言い、渉島まで小さく溜息を吐いている。そこでようやく、眞上が口を挟んだ。

「待ってください。まさか主道さんたちもイリュジオンランドを……？」

「いけませんか？」

「悪いというわけじゃありませんが……」

渉島がやや硬い声で言う。

「この土地はまだまだ使える。無償で手に入れられるならそれに越したことはない。上物を処分するのには金がかかるだろうが、跡地を好きに出来るなら、やりようはある」

主道にそう言われると、確かにやりようはあるんじゃないかと思ってしまうから不思議だ。なら、この二人はイリュジオンランドを商業的に利用することを目論んでいる二人ということか。

「私は……そこまでイリュジオンランドを所有したいというわけじゃありませんけど……十嶋庵さんがどんな宝物を隠しているのかは気になります」

「あら、常察ちゃんも？　私もそのことが気になるわ」

常察と売野はイリュジオンランドの所有には興味が無さそうだが、宝探しには意欲的なようだ。まるでオリエンテーリングのような調子で楽しもうとしている。

「眞上くんは手に入れたいと思わないんですか？　いつまでもコンビニで働いてるわけにもいかないでしょう」

鵜走は言わずもがなのようだ。

「いや、冷静に考えて、この状態のイリュジオンランドを受け取ったところでどうにも出来ないじゃないですか……」

「そういうところで向上心が無いからバイトすることになるんですよ」

鵜走が蔑んだように言う。

「コンビニって結構大変なんですよ？　最近は複合業務も増えてきましたし……」

「いや、ここで引くのは確かに男らしくないって」

編河が肩を竦めながら言う。

「編河さんもこの廃園を？」

「だって『月刊廃墟』の記者が廃遊園地を手に入れたってなったら、どう考えても話題になるでしょ。いい記事を書いて、あとはそれから考えればいいんだからさ。十嶋財団のことだから、所有権だのは引き受けなくてもいいってことにしてくれるんでしょ？」

「そうですね。獲得した人間の好きなように、というのが十嶋の意向ですので」

佐義雨がもっともらしく頷く。

「だったら、適当に話題作って、あとは放棄すりゃいいんだから欲しいに決まってるでしょ。眞上くんだってサイトで取り上げて、アクセス数稼いだらほっぽりゃいいじゃん」

「俺がそれをやると方々から批難を受けそうなんですけど」

「そこはやりようあるやん。廃墟仲間のオフ会に使えば支持が得られるんやない？」

藍郷が訳知り顔で頷く。

「藍郷さんは……イリュジオンランドが欲しいですか？」

周りの異様な熱気に呑まれながら、恐る恐るそう尋ねた。すると、縋るような眞上を払いのけるかのように、藍郷は笑顔で答える。

「欲しいやろ！　だってほら、廃墟探偵シリーズを書いているわけやもん！　これで、自由に使える取材場所を手に入れられるんやと思ったら嬉しくもなるわ」

「そうですか……」

ということは、これで晴れて全員がイリュジオンランド獲得の為に宝探しに挑むことになるわけだ。この大きすぎる景品にも、全く臆していないらしい。ここまでくると、うっかり眞上が見つけてしまわないかの方が恐ろしい。見て分かるものなら見て見ぬ振りも出来るのだが、一体どうなのだろうか。

　すると、常察がタイミングよく尋ねた。

「それで、宝ってどういうものなんですか？　それが分からないと探しようがないような気がするんですけど……」

「宝の形状や形態についてはお教えしません。ですが、十嶋からは一つヒントを言付かっています」

「ヒント？」

「ええ。ヒントは『かつての正しいイリュジオンランドを取り戻すこと』だそうです」

「それってつまり……廃園になる前の状態に戻せってこと？　そんなことが出来るの？」

　売野が訝しげに呟く。佐義雨はそれには答えずに、高らかに言った。

「全ては皆様次第です。期限は決められていませんが、イリュジオンランドからの退園はいつでも可能です。しかし、一度園内から出られた方は二度と入園出来ませんので、ご了承ください」

「退園したかどうかはどうわかるんですか？」

「鵜走さんも手首に嵌めていらっしゃるそのバンドで判断します。そのバンドは皆様の生体電気と心音を感知しており、付けたまま外に出ようとすると私の方に報されます。また、ランド内にいるにもかかわらずバンドを外した場合も退園して頂きます」

　心音なども測っているということは、もし仮にいきなり心停止などをした時も分かるということか、と眞上は思う。勿論心停止してしまった場合は宝探しがどうとかいう話じゃないだろうが。

「へえ、本当に子供の遊びって感じだな。風呂入る時にうっかり外すのもダメなのか。俺そこで脱落しそうだわ」

「気をつけてください」

編河の軽口を流しながら、佐義雨が言う。編河は肩を竦めながらも、腕時計をしている右手首とは反対の、左手首にバンドを装着している。なるほど、時計をしている人間はバンドと合わせて両手首が塞がることになって不便そうだ。周りの人間も利き手と逆の方に付けているようだった。そうなると、左利きの眞上は主道とお揃いの側に付けることになって、少し嫌な気持ちになった。眞上も間違えて外してしまいそうだ。身体から離したらアウトなら、本当に園内から出ることは無理なのだろう。

「それでは、何かご質問はありますか？」

「追々気になったことがあったら聞いてもいいんでしょう？　なら別にいいんじゃないかしら、と私は思うわ」

涉島がきっぱりと言う。

「それじゃあ解散しましょう。早く探しに行かないと」

売野が言うと、主道と涉島は何やら耳打ちし、さっさと外に出て行ってしまった。成家も何か考え込んだ後、後ろを振り向きもせずに出て行ってしまう。まるで焦っているようにも見えた。

藍郷ですら「荷解き(にほど)をしたいわ」と言って部屋に行ってしまった。

残っているのは、何やら意味ありげにこちらを見つめている編河や、何故か俯き(うつむ)ながら何かを考え込んでいる鵜走や、何をしていいのか分からなそうな常察だけだ。

「あんな風に急がなくてもいいのに……」

「眞上さんはそう思われるのですね」

じっと見定めるような目をして、佐義雨がくすりと笑った。まるで就職試験でも受けさせられているような気分になる。

「落ち着いてますねえ。やはり、純粋に廃イリュジオンランドを楽しみにされている方はスタンスが違うんでしょうか」

「俺は、純粋に廃墟を楽しむ為にここに来ましたからね。イリュジオンランドを手に入れるとかそういう話は、想像もしていなかったんです」

「欲しいとは思わないんですか？　この場所」

欲しい、のところにアクセントを置きながら佐義雨が言う。自身の顎に添えられた小綺麗な爪には、白い何かが付いていた。どこかで見た覚えのあるもののような気がする。ここまで服装に気を遣っている人間が、そんな手抜かりをするのか、とも思う。

「その……見つめられついでに質問なんですけど……別にこのコテージで寝なくても大丈夫なんですよね？　イリュジオンランドのどこに寝ても、十嶋財団的にはオーケーなんですよね？」

何より重要なことなので、強めに尋ねる。すると、佐義雨の回答を貰うより先に編河が反応した。

「ちょっと待って。眞上くんってばその大きなリュックの中身、もしかしてキャンプ道具だったりする？　メリーゴーランドの近くで寝たいとか、そういう願望ある？」

「キャンプ用具というか……着替えと寝袋くらいで、あとは必要なものだけ持ってきたので……

そんな大層な装備では……」

ごにょごにょと眞上が言うと、その場にいた一同がどっと笑った。まさか、みんな本当にこのコテージに泊まるつもりなのだろうか。

「でも、その気持ち分かるなあ。私も昔は水族館で眠ってみたいとか、外で星を見ながら眠りたいとか言って、親を困らせてたから。眞上さんが寝袋用意する気持ち理解できるよ」

常察がフォローをするように言ってくれるが、あまり気分は晴れなかった。そんなことを言ったところで、彼女は多分コテージで寝るのだろう。何だろう。周りの廃墟マニアと眞上の楽しみ方はかなり違っているらしい。

「いいや、そうじゃないはず。まさか真夜中に探すつもりなんすか？」と鵜走が言う。

「だから、俺はイリュジオンランドにも宝にも興味がありません。ここには純粋な楽しみの為に来たんです」

そう返したものの、鵜走はまだ疑っているようだった。ここまできたらいっそのこと、宝を見つけて誰かに譲ってしまった方が話が早いのかもしれない。

「その言葉を信用してるので、今のところ」

「はい……そうですね……その、信用して頂けると……」

居たたまれなくなった眞上は、そのままコテージを出た。妙なことに巻き込まれたな、という感覚があった。少なくとも、今の流れは眞上が求めていた廃墟探索ではない。

3

コテージを出ると、ようやく人心地がついたような気分になった。改めてイリュジオンランドに目を向けるだけの余裕が生まれてホッとする。沢山の人を受け容れることが前提で作られた施設が、今や門戸を閉ざし、沈黙の中に佇んでいる様は美しかった。

人に踏み荒らされる機会にすら恵まれなかったからか、園内に敷かれているアスファルトはまだ綺麗だった。その合間から草が生えようとしているのを見て、思わず微笑む。廃墟の良さはいくらでも挙げられるが、中でも植物の跋扈はいい。

廃城などのスケールの大きい廃墟では、蔦が壁を覆い尽くし、建物ごと喰らっているような様を見られることもある。眞上に廃墟の良さを教え込んだ人物も、つる性の植物が壁を這っている様が好きだった。一方、地面に茂る植物は人の出入りを計る指標になる。もし植物が荒らされることなく繁っているのなら、その場所は長年人の出入りを阻みながら、自分達を待っていたという証になる——。

しばし思い出に浸りながら、園内をぶらぶら歩く。廃遊園地というのは、普通の廃墟とは違い、当てもなく彷徨えるだけの広さがあるのが新鮮だった。

「……そうか、もう動かないんだな……全部」

ぽつりとそう呟く。

どのアトラクションも、自分達がゆるやかに死んでいくことを受け容れているような風情だった。

そうして眞上は、とあるアトラクション——イリュジオンパラシュートの前で足を止めた。八本の足で支えられた大きな柱が印象的なアトラクションである。近くにあった看板には『イリュジオンパラシュートに乗って、高さ二十メートルの空の旅を！』とあった。

柱から吊り下げられているのは、青いパラシュートのついた二人乗りのゴンドラだ。どうやら、稼働していた時期はこのゴンドラが上に上がって、イリュジオンランドを一望出来るようになっていたらしい。ゴンドラはそれぞれ向かいのゴンドラと繋がっていて、こちらのゴンドラが上がれば、向かいのゴンドラが下がるというシーソーのような仕組みになっている。こうしてゆらゆらと上下しながら、ゆるやかな回転で乗客を楽しませていたのだろう。

今は八基あるゴンドラのうち、四基が下に降りている。向かいのゴンドラは高く上がったままだ。もしかしたらこのシーソーは二十年間この形で止まっていたのかもしれない。

上がったままのゴンドラの写真を何枚か撮ると、ゴンドラを下ろして写真を撮ってみたくなる。中央の柱のどこかに登れる箇所があれば、眞上の体重でゴンドラを下ろせるかもしれない。試しに錆びた柱に触れてみると、背後から鋭い声がした。

「眞上くん？　一体何をしてるの？　危ないわよ！」

何を思ったか、売野が飛びつかんばかりに走ってきた。避けようとした身体が、あっさりとバランスを崩して転げる。それを見た売野が「ああ！　やっぱり！」と悲しそうな声を上げた。

「何をしようと思ったのかわからないけど、廃墟っていうのはあなたが想像するよりずっとずっと危ないのよ。ああよかった、このくらいで済んで……」

「ああ……その……ご心配ありがとうございます」

「いいのよ。眞上くんに怪我（けが）が無くてよかった」

そのまま、見つめ合いながらの沈黙が過った。諦めて、眞上は彼女に話しかけることにした。

「売野さんはどうしてこんなところに……？　何か、宝探しの当てがあったんでしょうか」

「当て？　当ては無いわよ。ただ懐かしくて色々見て回っていただけ。あんなことがあった場所だけれど、若い頃の思い出には違いないから」

懐かしく目を細める売野に、何だか妙な共感を覚える。さっきの眞上も同じようにノスタルジーに浸っていたのだ。

「それにしても、何をしようとしていたの？　まさか移動させようとしてたんじゃないわよね？」

「移動？　動くんですか、これ。これ自体が？」

「アトラクション名に『イリュジオン』と付いているものは移動出来るようになっているの。解体して組み直せるものと、内蔵されている滑車でそのまま移動出来るものの違いはあるけれど」

「へえ……言われてみれば納得出来るか。……その場で組み立てて位置がしっくりこないとか、新しいアトラクション作りたい時とか、困りますもんね」

これは廃墟に関することというより遊園地の仕掛けについての話だろうが、興味深かった。

「安定感のあるものだったら動かすのもそう大変じゃないと思うわよ。ほら、このイリュジオンパラシュートも、八本ある足のうちの半分は収納出来て、そこから車輪が出せるようになってるし」

「これって何人くらいいれば引っ張れるんですか？」

「いやいや、人力で動かすんじゃないわよ。中に動かす用のモーターがあるに決まってるじゃない。大事故に繋がる恐れがあるから、動かそうとしちゃ駄目よ。電気通ってないからそもそも動かないでしょうし。あ、若い力で無理矢理引っ張ろうっていうのもやめた方がいいと思う」

「流石（さすが）にそれは……」

しない、と言いかけて何となく思い留（とど）まる。この大きな錆びた機械達が、ゆっくりと動いていくところを見てみたい。その為にイリュジオンランドを手に入れる必要があるとしたら、少しだけ宝探しに興味が湧いた。

その時、眞上の思考を読んだかのように売野が言った。

「ねえ、眞上くんは宝探しには興味が無いのよね」

「え？　いや、まあ……そうですね。イリュジオンランドは俺の手には余りますし」

「なら、宝が見つかったら――私に譲ってもらえないかしら？」

「えっ？」

売野の顔は何よりも真剣だった。殆ど怯（おび）えているようにも見える。彼女が遊び半分での宝探しを表明していたのはついさっきのことだ。イリュジオンランドを見て心変わりをするような時間はないだろう。

「あの……売野さんはイリュジオンランドを手に入れて何をしたいってわけじゃ……ないんですよね？」

「ええ、ええ、私みたいなただの主婦が活用出来るものじゃないもの。ただ……でも……私も、夫や子供に隠れて持てるものがあったらいいんじゃないかと思って」

　嘘だ、と簡単に見破れてしまうような杜撰な言葉だ。だが、彼女がそれを言う理由が分からないから深く突っ込みづらい。

　宝自体は渡してしまっても構わない。だが、売野が何かを隠していることにはどうしても引っかかりを覚える。ややあって、眞上は言った。

「いいですよ。売野さんに差し上げます。……最初に頼まれたので」

「ほ、本当に？」

「正直、俺は昔のイリュジオンランドを知らないので、見つけられるかどうかも分かりませんが……」

「じゃ、じゃあ、私と一緒に行動しましょう？　そうすれば、上手い具合に見つかるかもしれないわ。ね、そうしましょう？」

　売野は食い気味にそう言った。本当は宝探しのことなんか忘れて気ままにイリュジオンランドを探索したいのだが、こうして面と向かって頼まれると断りづらい。眞上はシフトの代打すら断れないのだ。

「それじゃあ売野さん……どこを探しますか？　売野さんの感覚的に、物が隠されていそうなところは」

「宝探しなんでしょ？　それならきっと、ミステリーゾーンかミラーハウスのどちらかだと思うわ。だって、宝物は迷路みたいなところに隠されているものでしょう」

ミラーハウスには入ったことがないが、何となくイメージは付く。全てが鏡で出来た迷路だ。正しい道順がわかりにくく、鏡に映る自分の像に惑わされる為に手間取るという趣向らしい。

「なるほど、確かにミラーハウスはあるかもしれませんが……ミステリーゾーンというのは？」

「ミステリーゾーンなんて名前が付けられてるけど、中はお化け屋敷なの。入り組んでいる内部にゾンビやらお化けやらがひしめいているわけ。そうとは知らない子供が入って泣いてるのを見たわ」

「どうしてミステリーゾーンって名前なんでしょう？」

「そのこと自体がミステリーだからに違いないわ。だって謎じゃない」

売野は上手いことを言ったかのように一人で笑っている。そんな名前にしている所為で泣かなくていい子供が泣くことになり、お化け屋敷好きが中に入る機会を失っているのだからいいことはなさそうだ。主道あたりに聞いたら名前の由来が分かるのだろうか？

「じゃあ、ミステリーゾーンの中を探してみますか？　確かに宝探しというイメージにも合っていますし」

「駄目。私、怖いの駄目なの。入るならミラーハウスじゃないと」

「……もし宝がミステリーゾーンにあるんだとしたら、売野さんはどうするんですか？　諦めるんですか？」

「それなら眞上くんに取ってきてもらいたいわ。他のところを全部探しても無かったらミステリーゾーンにあるってことだから、その時はよろしくね」

「……別にいいんですけど……」

なんだか釈然としない。眞上は作り物のゾンビやお化けに怯える方じゃないが、大変そうな部分を全部押しつけられているような気がする。

「眞上くんの了解を得たっていうことで、まずはミラーハウスから行きましょうか！」

そう言って、売野が意気揚々と歩き出す。粛々とその後を追っていく眞上は、何だか飼い犬にでもなったような気分だった。

断章1

私が天衝村にやって来たのは、二歳くらいのことだったらしい。物心がついた時に「知らない場所に来た」という感覚だけを覚え、それ以来ずっと「知らない場所に住むことになった」という、ある種の心許なさを抱えていた。それ以前に住んでいたところを覚えていないのに、損な話だ。

新しく住むことになった家には、大きな地下室があった。村の人からは穴蔵と呼ばれているところだ。かつて天衝村では大きな山火事があったそうだ。その時の教訓を生かし、緊急時に大切なものを避難させる為の穴蔵を作るようになったのだという。

その時に穴蔵を作るように提言した家が天衝村で大きな力を持っている『籏付』の家で、今でも発言力が強い。天衝村は自給自足と、あとはささやかな農業で成り立っている。米の他に玉葱(たまねぎ)やジャガイモなどがよく生産されていた。茸(きのこ)は産業と呼べるようなものになっているかは分からない。山間(やまあい)にあるにもかかわらず雪が比較的浅いこの場所は、それが故に天に愛された村とされていた。

とはいえ誇れるものが星空しかないような場所で、私は小さい頃から愛想の無い子で有名だった。どうしていつもそんなにふてくされているの？　とよく尋ねられてしまうほどだった。私はそんなにつまらない顔をしているわけじゃないのに。ただ、どうやって楽しいと伝えればいいかわからなかっただけなのに。

天衝村はつまらないところだった。遊ぶところは殆ど無いし、勝手にうろちょろしていたら叱られるし。お母さんは、お父さんの家を出て来たから、ここに戻るしかないんだと言った。私は帰りたかった。ここがお母さんの故郷なのだと言われても、全然ピンとこなかったのだ。

天衝村は寂しいところだった。みんな忙しそうだし、私と同い年の子供がいない。私より一回り上には沢山の子供がいたらしいけれど、最近では天衝村で子供を産む人自体が少ない。お母さんが仕事をしている昼間は遊ぶ相手がいない。診療所にはお母さんと近藤(こんどう)さんしか看護婦さんがいないから、あまり決まった休みが取れないのだ。

私は、村の中を探検する。沢山の家があるが、空き家も多い。

その中で一際大きいのが、籔付さんの家だった。

籔付さんの家には大きな庭があって、そこには沢山の果物が生（な）っていた。本当はいけないんだろうけれど、私は塀の穴を通って、庭に侵入した。絵本の世界では生っている果物を好きに食べても怒られなかったので、私も手の届く場所にある果物をもいで食べた。

ハルくんと出会ったのはその時だった。

「そこで何をしてるの？」

綺麗な顔をしているけれど、なんだか悲しい目をしているな、と思った。まるで自分が一人ぼっちにされたような顔をして、じっと私のことを見つめている。

「葉っぱが動いてると思ったら、こんなちっちゃな侵入者がいるとはね」

そう言って、ハルくんが塀を乗り越えて私の方に来る。

「お名前は？」

「凜奈」

「そう。僕はハル」

ハルくんは私の近くに来て、身を屈（かが）めてくれた。私達の目線が合う。

「美味しそうにザクロを食べてるところ申し訳ないけれど、早く出よう。ここは人の家の庭なんだよ」

「じゃあ、あっちまで見に行きたい。あそこまでタッチしたら、ちゃんと帰るから」

私が指差したのは、庭の一番端だった。表門から見えるところだ。そこには綺麗な花が咲いていて、私はどうしてもそれに触ってみたかった。

「あそこだと誰かに見られそうだな……そうだ」

ハルくんは私の耳元に口を寄せると、小さな声で言った。

「もし誰かに見つかったら、晴乃に入って良いって言われたって言いな。責任は僕が取るから」

「うん。わかった」

私は手を振って歩き出す。ピンク色の花を目掛けて、ゆっくりりと歩いて行く。

4

ミラーハウスは六角形をした大きな建物だった。赤と白で塗られた外壁は、色こそ褪せているもののしっかりとしている。屋根に沿った高いところに排煙用の小窓が付いているのだが、それすらも硝子（ガラス）ではなく鏡で出来ているようだった。徹底している。

入口の軒天（のきてん）のところには『MIRROR HOUSE』というポップな字体の看板が飾られていた。看板の上には不気味なウサギらしき人形が載っている。こちらは長年の劣化で黒ずみ、大きなシルエットのようになっていた。

「……こうして見ると、ミラーハウスもちょっと不気味ね」

「確かにそうですね……」

「ほら、眞上くん。これどうぞ」

売野が渡してきたのは、大きな懐中電灯だった。

「ミラーハウスの中、暗いだろうから。イリュジオンランドが生きていた頃は中の照明も機能していたでしょうけど……ね？」

「ありがとうございます。ミラーハウスに入ったことがないので、中に陽が差さないことを失念してました」

外にあるアトラクションには関係がないが、廃園であるということはこういった不都合もあるのだ。この分だと、ミステリーゾーンでも同じ苦労をすることになるだろう。懐中電灯はしっかりとしたものなので、中が洞窟並に暗くても対応出来そうだ。

「入ってみましょうか。幸い、代金を払わなくても怒るキャストはいませんから」

「眞上くんって真顔で冗談言うのね。もう少し笑った方がいいわよ」

「……善処します」

そう言いながら、入口に配置されている銀色のバーを押す。二十年使われていないにもかかわらず、バーはちゃんと回った。少しだけ、金属の錆びた臭いがする。

その時、足下でパキパキと大きな音が鳴った。ぎょっとした気分で足下を見ると、そこには割れた鏡が散らばっていた。バー付近の壁の鏡が割れてしまっているらしい。

「気をつけてください。足下に鏡の破片が」

「あら、本当に？　危ないわね。まあ、二十年経ってたら仕方がないか……」

「確かにそうですが……」

だが、どちらかといえばこの鏡は故意に割られたもののように見えた。放射状に割れているそれは、誰かが思いきり凶器でも振るったかのようだ。

長い月日が経っているというのに、ミラーハウスの中は美しかった。通路が全て鏡で出来ているのは勿論、床や天井も全面鏡張りなので、中に入るなり、眞上は自分と全く同じ姿をしたのっぽの男に迎えられる。覚悟をしていたのにもかかわらず戦（おのの）いた。

「眞上くんってば、ミラーハウスでびっくりするの？　可愛（かわい）いところもあるのね」

「あんまりこんなところに入った経験が無くて……というか初めてで」

笑っている売野の姿も複数人に分裂している。ぼんやり上を見上げている眞上を、天井の眞上が見下ろしている。よく見ると、天井の鏡には、その輪郭を辿るようにぐるっと小さな電球が付いていた。電気が通っていた頃は、あそこが照明として機能していたのだろう。

「これだけ鏡があると、割れたら危険ですよね。特に天井のが落ちてきたら、怪我のリスクが高い……。顔を覆えるものがあれば、まだ安心出来るんですが」

廃墟探索において一番気をつけなくてはならないのが天井の具合だ。基本的に、落ちてきて危険なものがある場所は避けて通る。天井自体が老朽化していそうな部屋にはそもそも入らない。滅多にないが、天井がステンドグラスになっているところはもってのほかだ。急に落ちてくると目などが傷つく恐れがある。

だから、天井にまで鏡が張ってあるこの迷路は、眞上の中ではアウトだった。今のところヒビが入っていたり、目に見えて老朽化していたりはしないが、恐怖の対象ではある。

「もしここの鏡が全部バキバキに割れたりしたら、恐ろしいことになりますよね……」

「そういうのを杞憂っていうのよ。空が墜ちてくるのを心配した人の話なんだけど」

「現実問題として、鏡は落ちてくるじゃないですか」

言いながら、自分塗れの迷路を進んでいく。そうは言っても、遊園地用のアトラクションだ。何となく進んでも出口には辿り着けるはずだ。眞上は遊園地のことをさりげなく舐めている。

だが、意外なことに遊園地はそこまで甘くなかった。早々に行き止まりにぶつかった眞上は、戸惑いながら視線を彷徨わせる。見落としている道があるのかと懐中電灯を動かしてみたものの、どう見ても次の道が無い。

「行き止まりですけど……」

「行き止まりじゃないわ。それ、鏡で出来た引き戸になっているの。鏡の中にはよく見ると動くものがあるから」

言われるがまま、下に明かりを向ける。水も漏らさぬくらいぴったりと嵌まり込んでいる鏡を見ると、どうしたって動かなそうに見える。だが、見た目に惑わされずにスライドさせると、本当に新しい道が現れた。

「コツは、壁に手を這わせて引き戸が近くにあるか確かめること。暗いから目じゃよくわからないわよ。下の方照らしてもよくわからないでしょ」

「レールがかなりきっちりしてるんですね……。隙間が無いから、目では判断出来ない」

これが普通の開き戸なら下の方に隙間があるかどうかで判別出来るのだが。

「実際に手を動かしてみないとね」

設計者が目指したのは完璧なミラーハウスだったのかもしれない。出来る限り迷路の構造が分かりにくいようになっている。ベタベタと扉を触らなければならないのに、この鏡では指紋もそう目立たなかった。何かしらのコーティングがされているのだろうが、二十年前ではまだ高かったはずだ。結構なコストがかかっただろう。

このミラーハウスが遊ばれないというのは少し勿体無いかもしれない。経年劣化で引き戸は動きづらくはなっているが、手入れすれば問題ないだろう。

「もし売野さんがイリュジオンランドを手に入れたら、このミラーハウスだけでも他の遊園地に持っていけませんかね？」

「え？　そうね……。正直、このミラーハウスが動くのかがわからないけど、こんなの勿体無いものね」

「そういえば、このミラーハウスにはイリュジオンって付いてないので可動アトラクションではないですね」

「でも、私がイリュジオンランドを手に入れたら、それこそここを遊園地として復活させることが出来るかもしれないし……」

売野が慌てたように言う。何だか妙に気を遣わせてしまったようだ。ミラーハウスの処遇次第では眞上が宝を渡さないとでも思ったのかもしれない。悪いことをしてしまった、と眞上は思う。

か？

けれど、眞上の機嫌を損ねるのに怯えるほどに、彼女はイリュジオンランドが欲しいのだろうか？

「……ミラーハウスのことは気にしないでくださいね、本当に」

「え？　ああ、いいのよ。眞上くんがそんなにミラーハウスを楽しんでるとは思わなくて。だったら明かりが点いてるところも見せたかったわ……。研修の時にミラーハウスも一通り見たから、思い入れがあるのよね」

引き戸の謎が解けてもなお、迷路には苦戦させられた。鏡をスライドさせて新しい道を見つけても、そこが何の意味もない行き止まりだったり、何の変哲も無い小部屋だったりするのだ。

迷路の構造的に、外側に位置する排煙窓のある小部屋は行き止まりのことが多いことがわかったが、だからといってスマートに進めることが増えたわけじゃない。

「ねえ……眞上くんってもしかして、こういうの苦手？」

「苦手ではありませんが……。この通路の狭さはコンビニに似てますし。……ただ、鏡っていうのがどうも……」

このままだと宝を探すどころの話じゃない。とりあえず一旦外に出たい。苛立ち混じりで手を伸ばそうとした瞬間、目の前の鏡が開いた。

「うわっ！」

「きゃっ⁉」

向こう側から現れたのは、同じく懐中電灯を持った常察だった。ミラーハウスを彷徨っていたお陰で、まるで自分の姿が常察になってしまったような錯覚を覚える。

「ま、眞上くん⁉」

「常察、さんですよね……？」

「話し声は聞こえてたんだけど、そっちへの行き方がわからなくて……」

常察が小さく首を傾げる。どうやら、眞上たちがミラーハウスの中に入るよりも先に、常察がここを探索していたようだ。みんな考えることは同じということだろう。

「……ミラーハウス内の扉が全部引き戸になっている理由がわかりましたよ……。心臓止まりました」

「驚かせてごめん。眞上くんって結構気にしいなんだね。見た目からはそうは見えないのに」

常察は冗談めかして言ったものの、眞上にとっては軽くショックを受ける言葉だった。身長が大きかろうと恐怖心には何の関係もないのに。

「あら、やっぱり考えることは同じなのね。私もここにあるんじゃないかって思ってたの」

「あ、売野さんもですか！　宝といえばミラーハウスかミステリーゾーンにあるんじゃないかと思って」

「そうでしょそうでしょ」

二人はミラーハウスの中で手を取りあって楽しそうに笑っている。常察の後ろからひょっこりと藍郷まで顔を出してきた。

「ちなみに僕もおるよ」

「うわっ……」

「何でそんな反応なん？　自分、廃墟探偵シリーズのファンやろ？」

「好きは好きでしたけど……。なんか、作者が藍郷さんだって思うと……」

「作家と作品は関係ないと思うけど」

生憎と、眞上はそうは割り切れないタイプなのだった。

「にしても、折角入口の鏡割っといたのに、話し声で意味無かったな」

「あれって、藍郷先生がやったんですか」

「パキッていう音で誰か来たかわかるかなって」

「ミラーハウスを故意に破壊するのは頂けません」

「だって廃墟やろ？　元から壊れてるようなもんなんやからええやろ」

藍郷は全く悪びれることなく言う。確かにその通りかもしれないが、眞上とはあまり相容れない廃墟観だ。思いつきでわざわざ廃墟を害するようなことはしない方がいいだろうに。

「何で常察さんは藍郷さんと？」

「藍郷さんは廃墟に不慣れな私を案内してくれたんです。どこから調べたらいいかわからなくて……」

「やっぱり最初は人手が必要だと思うしな。ミラーハウス内は探すのが大変そうやから、常察さんに手伝ってもらったんよ」

「ということは……二人はもうミラーハウスを見て回ったってこと？」

売野が言うと、常察が重々しく頷いた。

「さっきから色々探し回って、小部屋も全部見たんだけど……全然ダメ。あるのは鏡ばっかりで行き止まりには何も無い。見落としは無いと思うんですけど……」

「常察さんが言うなら、多分合ってるんだと思います」

眞上が言う。ミラーハウスは構造こそ入り組んでいるものの、何かが隠せるようなところはそうそうない。それに、鏡が集まっている関係上、何かを置いていたら必要以上に目立つ。宝が隠されている可能性は低いのかもしれない。

「こんなに隠されていそうな感じがするのに、何も無いのかしら？」

「秘密の小部屋があったらまた違うのかもしれないけど」

藍郷が冗談めかして言うが、それは無視出来ない可能性だった。

「成家さんならミラーハウスの内部構造に詳しいんじゃないかな。ミラーハウス担当なんだから中の図面を見たことがあるかもしれない」

「そうは言っても二十年前でしょう？　覚えてるのかしら……私は最近ちょっと記憶力危ないのに」

売野が額に手を当てながら言う。その時にふと、二十年前の彼女のことを想像してしまった。年の頃は二十代後半くらいだろう。彼女はどんな人間だったのだろうか。

「じゃあ、図面は？」

そう言ったのは常察だった。

「イリュジオンランドが当時のまま残されているなら、ミラーハウスの図面は事務所のどこかにあるんじゃないかな？」

「確かに、迷路の中身を誰も知らないっていうのはおかしいもの。あるに決まってるわ」

売野はもう既に正解を引き当てたと言わんばかりだ。確かに、事務所にはミラーハウスの図面があるかもしれない。だが、このミラーハウス内に図面を見なければわからないほど精巧な隠し部屋があるかは疑問だ。精々、行き止まりの小部屋の位置が分かるくらいだろう。単純に迷路の見取り図が気になる、という気持ちはあるものの、『宝探し』への効果は疑問だ。そもそも『かつてのイリュジオンランドを取り戻す』というヒントもまだピンときていない。

だが、売野達は既にすっかりその気になっているようだ。

「事務所にならミラーハウスだけじゃなくてミステリーゾーンの見取り図もあるかもしれないわね。一気に見つけやすくなるわ。もしかしたら、イリュジオンランドの秘密の抜け道なんかの地図もあるかも！　ねえ、藍郷先生？」

「ミステリいうたら秘密の抜け道ですからね。僕も見れたらおもろいなって思いますよ」

藍郷が笑顔で応じる。当然のように藍郷に同意を求めている様を見て、眞上は慌てて言った。

「ちょっと待ってください。これからは四人で探すんですか？」

「いけない？　だって常察ちゃんだってイリュジオンランドの獲得に躍起になってるってわけじゃないだろうし……」

「売野さんはイリュジオンランドにそんな執着しとるんですか？」

藍郷が目を丸くしながら尋ねる。

「いや、執着なんて……思い出深いここがまた……二十年の月日を経て、人に愛される遊園地になったらいいなとは思っているんだけど。それの、お手伝いが出来たらな、くらいで」

「なら、僕達四人が宝を見つけたら、共同で所有することにしましょうか。僕は自由に取材出来る廃墟が欲しかっただけやけど……それが再生していく過程も気になるんで」

藍郷の言葉に対し、売野が大きく頷く。

「それじゃあ、一緒に行動しましょう！　私達が力を合わせれば、きっと宝だってすぐ見つかるはずよ！」


こうして、全く意図せずして四人で行動することになってしまった。

売野は既に常察と意気投合しているようで、二人でさっさと先を歩いて行ってしまう。眞上と藍郷はその後をとぼとぼとついて行っているような格好だ。

「それで？　なんで眞上くんは売野さんに協力してるん？」

「え？」

「あの人、何企（たくら）んでるかようわからんやろ。なのにあんだけ固執しとるっちゅうことは、なんかあるってことやん」

言いながら、藍郷が目を細める。

「眞上くんはそれ気づいた上で何とも思わん振りしとるやろ。不思議やなあって」

「……俺はイリュジオンランドの獲得に興味が無いので。藍郷先生が福引きでアンコウを丸々一匹当てたとするじゃないですか。でも、アンコウって捌けないとどうにもならないでしょ。そこにアンコウをめちゃくちゃ欲しがっている人間がいたら、あげません？　アンコウ。別にその人が飼おうが埋めようがどうでもいいし……」

「うーん、わからんようでわかる喩えやな。眞上くんはアンコウあったら何する？」

「俺なら捌いて鍋にしますが」

「ならアンコウ当たったら眞上くんとこ持ってくわ」

「俺そういう話をしてるわけじゃないんですけど……」

いや、そういう話かもしれないな、と眞上は思う。自分はイリュジオンランドを捌けない。だったら、何か腹に一物を抱えている売野に託した方がいいのだ。

「けどまあ、売野さんの手にイリュジオンランドは余ると思うわ」

だが、藍郷はこちらの思考を読んだかのようにそう言った。

「なのに、四人で協力するんですか？」

「僕はただ、眞上くん達と福引きを回したいだけなんよ」

藍郷がそう言うのを聞いて、なんだか自分の出した分かりにくい喩えに復讐されたような気分になった。

イリュジオンランド総合事務所の外見は、横倒しになった巨大なロケットの形をしていた。イリュジオンランドが星に関連するものを積極的にモチーフにしているからだろう。聞けば、あの有名なテーマパークでは事務所をジャズクラブに模しているという。雰囲気を壊さない為の工夫が随所に現れているのは、遊園地の醍醐味なのかもしれない。

風化しはじめたロケットは、遠い昔に不時着してきたもののようにも見えた。丸い窓には蔦まで這ってきていて、ますます未知の星に到達した遺産らしい。

「来たはいいけど……事務所の扉って開くのかしら」

乗り込み口を象った扉の前で、売野が急に言う。それに対し、藍郷がけろっとした顔で言った。

「そこは気にしなくていいでしょう」

「気にするところでしょう。入れなかったら見られないんだから」

「眞上くんは発想力が足りひんな。ここ、廃墟やろ？　開かんかったら壊せばええんやて」

悪びれもせず言う藍郷を見て、とにかく宝物が藍郷の手に渡ることだけは避けなければならないと思った。この男がイリュジオンランドを好きに出来る権利を手に入れたら、どんな無体を働くか分からない。

そんなことを言っていると、目の前で事務所の扉が開いた。

「あ――」

現れたのは渉島だった。鉢合わせたことが意外だったのか、クールな彼女の顔に微かな驚きが見えた。遅れて、後ろからぬっと主道も姿を現す。

「渉島さんに主道さん。奇遇ですね」

常察が笑顔で言う。すると、すっかり元の表情を取り戻した渉島も微笑で返した。

「ええ、そうね。まさかこんなところで会うなんて。ここに探し物？」

「そうなんです。えっと……ミラーハウスやミステリーゾーンの見取り図があったら欲しいな、と思って」

「確かあると思うわ。探してみても構わないわよ」

まるで今でも事務所は自分達のものであると言わんばかりの口振りだ。廃墟となった今、ここは十嶋庵のものであるはずなのに。なので、一応揺さぶりを掛けてみる。

「主道さんたちはここで一体何を？」

「昔を懐かしんでいただけ、ということになるわね。何か宝探しのヒントになるようなものがあればいいと思ったのだけど、結局はただ思い出に浸ることになってしまったわ」

主道に水を向けたというのに、実際に答えたのは渉島だった。弁の立つ渉島に話させたくないという気持ちからしたことだというのに、全く通用しない。主道は気まずそうに「昔のことを思い出さなければ何も出来ない」と、追従しているのかも分からない台詞を口にした。

この様子からして、ただ昔を懐かしんでいただけには思えなかった。主道と渉島は二十年前に事務所を使っていた側の人間なのだ。いや、実際の運営は別の人間が行っていただろうから、ここに自由に出入り出来る側の人間、と言うべきか。彼らは何の為に来たのだろう？

「僕らもここ、入ってええんですか？」

「ええ、勿論。イリュジオンランド全域での宝探しなんですから。藍郷先生に探してもらえるなら、こちらとしても嬉しいです。なんて、今もなおこちらに権限があるというような口振りはよくないかしらね」

そう言うと、渉島は軽く会釈をして去って行った。その後を、主道も追っていく。

「まあ、それなら中に入ろか。なんや期待されとるみたいやし」

藍郷が意気揚々とロケットのハッチを開ける。

中までロケット風になっているということはなく、一歩足を踏み入れるとそこは至って普通の事務所だった。四つ繋げられた事務机があり、資料などが収められた棚がびっしりと詰まっている。モニターの小さな白いデスクトップパソコンは、すっかり黄ばんでしまっている。電気が通っていたとしても、起動することは難しそうだ。また、嵐の際に石でも当たったのか、窓ガラスは一部割れてしまっていた。これでは雨風が吹き込んで床を腐らせてしまう。

隅の段ボール箱には、二ツ折りの園内マップが大量に残っていた。本オープンを迎えられなかったので使われず大量に残っているのだろう。表紙のマスコットキャラクター……ピンクのウサギ？のイラストも寂しそうだ。とりあえず、一部貰っておくことにする。

あと特筆すべきものは、窓際に置かれた大きな模型だろう。外側のガラスケースには、すっかり埃（ほこり）が積もってしまっていて、中身は薄らぼんやりとしか見えない。

「天継山の一帯が模型化されてるみたいですね」と、常察が言う。

「天継山の一帯というか……これは」

言いながら、眞上は掌でガラスケースの埃を拭っていく。二十年分の埃はべっとりとねばついていて、模型の全景が露わになる頃には、眞上の両手は黒い手袋に覆われたようになった。それを見た売野が、子供を叱るような声を上げた。

「ちょっと、眞上くん何してるの！」

「えっ、いや……中が見たくて」

「そんな手じゃどこも触れないじゃない！　もっと早く言ってくれたら他に拭うものを探したのに……」

「これ、使えるみたいやけど」

藍郷がトイレ脇にある小さな洗面台を指し示す。

「飲めるような水質かは知らんけど、そのベタベタつけとくよりええやろ？」

「ありがとうございます……」

素直に言ってから、錆びた蛇口を捻る。藍郷の言う通り、蛇口からは水が出てきた。最初は濁っていたものの、すぐに透明になり、埃塗れの洗面台にかつての白さを取り戻させていく。水に手を差し入れると、痺れるような冷たさを覚えた。

「なかなか取れない……」

「そうやろうな。眞上くんの両手に二十年が乗ってんで」

「爪で擦るようにやるとちょっとマシになるんですけど、今度は爪の間に入る……」

五分以上悪戦苦闘すると、ようやく手が綺麗になった。リュックからハンカチを取り出し、丁寧に手を拭く。そのついでに、ファイルを一つ取り出した。

「何ですか？　それ」

「これは比較用です。この模型との」

露わになったガラスケースの中身は、イリュジオンリゾートの完成予想模型だった。シンプルに象られた山々の中に、イリュジオンランドが燦然（さんぜん）と建っている。それだけじゃない。リゾート内を繋ぐ為のモノレールや、豪華なホテルに全天候型ドーム。ゴルフ場やスキー場も模型の上では完成していた。誰かに説明する時は、この模型を参照しながら語っていたのだろう。

「こうして見るとすごいリゾートになる予定だったのね……」

「ちょっと詰め込みすぎって感じもするけどなぁ。ま、アクセスが不便な分、ここまでするもんかもしらんけど」

「長期滞在を前提としたリゾートですから、色々な切り口で楽しめるものにしていたんでしょう。大規模なシネマコンプレックスを作って、披露試写に人を呼び込むこととかも考えていたみたいです」

言いながら、眞上はファイルを捲（めく）り、目当てのものを取り出した。

「それは？」

「ああ、すいません。比較用と言うだけでちゃんと説明してませんでしたね。これはかつての天継山一帯の地図です。俺が描いたものなので、少し歪（いびつ）ですが」

「自分で描いたの？」

常察が驚いて目を見張る。

「古い村の地図っていうのは、詳しいものが無いことも多いんです。……その、天衡村みたいに、もう既に無い村だと。だから、資料をあたって再現したものですが」

だが、山の位置関係を見るにそこまで的外れな地図じゃないだろう。

「天衡村の集落があったのは、丁度イリュジオンランドがあるところなんですね。尤も、本来はそれ以上に広がっていて、イリュジオンランドの先のホテルやドームのある場所までが旧天衡村です」

二千人の住人を擁するコミュニティーであったことに驚きを覚える。だが、イリュジオンリゾートは模型で見ると小さかった。建設予定だったイリュジオンホテルの部屋数は一〇一六室もある。天衡村の住人達が丸々収容出来なくはない規模だった。

「天衡村は近くに水源があって、なおかつそんなに雪深くない土地ですから、農業は盛んだったみたいです。リゾートの建設がここに決まったのも、その気候が要因みたいです」

「どうりで。山と言えば水だもんね。イリュジオンランドにプールが作られてるの、それも影響してるんじゃない?」

「でも、二十五メートルプールがポンとあるだけですよね。確か、ミラーハウスの横あたりに。どうせプールを作るならもっと流れるプールとかを作れば良かったのに」

「本当はウォータースライダーを作る計画とかもあったみたいなの。次の夏までに立派なものを用意していれば、それで良かったわけなんだものね」

売野が目を細めながら言う。その視線は、次の夏が来ることを疑いもしなかった頃に作られた模型に注がれていた。

「このくらいの大きさなら、天衝村が無くならなくてもよかったのかもしれない」

常察がぽつりと言う。

「えっと……でも、イリュジオンランドとホテルとの間に集落が一つあったらそれは結構大ごとなような」

「あ、うん。そうだよね。いきなりリゾートの中にあったら困るし、人家があったらゴルフ場も作れないよね」

「ゴルフ場はかなり土地を使いますからね……。こうして見ると、この模型はまだまだ仮だったのかもしれない」

「色々なものがここに付け足されて――」

こうしてイリュジオンリゾートの展望に想いを馳せようとしていたのだが、その思惑は藍郷の「あっ」という声に遮られた。

「やられたわ」

藍郷は棚の前で、苦々しくそう呟く。

「どうしたんですか？　藍郷先生」

「この棚、ごっそり抜けとる。渉島さん、なんか目的あって事務所来たんやろうなと思ったんやけど、ここにあった何かを処分しに来たんやわ、これ」

言われてみれば、藍郷の前の棚は、すっぽりと不自然な空間が空いていた。全部のファイルが抜き取られたわけではないらしいので、そこに見られたくないものがあったのだろう。

「でも、不思議ですよね。本当に見られたらまずいものなら、そもそも事務所に置かないでしょう。だから、個人的なものではないと思うんです。二十年後に見られたら困るもので、本来なら事務所にあっておかしくないものって一体何なんでしょうか？」

「もしかして、そこにあったのが宝だったんじゃない⁉」

売野がサッと顔を青ざめさせながら言う。

「こんなところにポンと置かれているものが宝だったら、俺は十嶋庵のセンスを疑いますよ」

「そうかあ？　俺は素直な人やと思うけど。みんなに優しいサービス精神があるってことやろ」

「藍郷先生、ジグソーパズルのピース一つ一つに全部番号が振ってあるところを想像してください。その番号通りに左端から並べたら、パズルは難なく完成するとします。これ、サービス精神だと思います？」

「僕、ジグソーパズルようやらんから」

「……そうですか」

「ということは、イリュジオンランドの所有者は主道さんたちになるってこと？　どうしよう……」

「まだ諦めちゃ駄目ですよ、売野さん。もしかしたら、宝そのものじゃなくてヒントみたいなものかもしれないし。そもそも、二人が宝を手にしてイリュジオンランドを獲得していたら、そのことをちゃんと言いそうじゃないですか？」

そうでなくとも、あの佐義雨とかいう代理人は、ちゃんと宝探しの終了を通達しそうだ。しかし宝を見つける為のヒントは『かつての正しいイリュジオンランドを取り戻すこと』だったのだから、それでは事務所の何かを動かすことで、正しいイリュジオンランドが取り戻されたということになってしまう。たかだかファイルを動かすことが十嶋庵の求めていたクイズの答えとは思えない。こうなると、確かに渉島達が持って行ったものが気になる。

残ったファイルを検(あらた)めていく。膨大なスタッフの配置表や、眞上には理解出来ないようなイリュジオンランドの内部資料を除いて、パラパラと内容を眺めた。そうして手分けして資料を確認しているうちに、売野が嬉しそうな声を上げた。

「ありましたよ、ミラーハウスの見取り図と、ミステリーゾーンの見取り図！」

それだけじゃなく、イリュジオンランドの地図や、園内に点在している倉庫の配置地図もある。全部で七つの倉庫には、お土産(みやげ)やら消火器やら、あるいは防災用の備蓄がたっぷり詰め込まれているようだった。

眞上はこういう備蓄に関連するものに興味を引かれる性質なのだが、売野たちの興味は既に迷路の地図に向かっているらしい。眞上も上からさりげなく覗き込んでみる。

だが、案の定新しい発見は無かった。勿論、ミラーハウス内の迷路の行き止まりや、小部屋の位置については詳(つまび)らかにされている。だが、こんなところに、という意外性は無い。やはりあの時探した場所で全部だったのだなということを確認する為の地図だった。

ミステリーゾーンの方はもっとシンプルだった。乗り物に乗ってコースを巡るというライド形式のアトラクションである為に、脇道に逸れるようなコースが殆ど無い。その代わりに、ミステリーゾーンの中に置かれているものがざっくりと書かれている。

「……このミステリーゾーン、なんで『この世の終わりのゾンビゾーン』とか『泣き叫ぶ亡者ゾーン』とか『最後の審判ゾーン』とかがあるんですか？　ラストとか『阿鼻叫喚拷問ゾーン』になってますけど。何がミステリーなんですか」

「そりゃもう、死んだ後が一番ミステリーだからでしょうね」と売野さんが言う。

「売野さんの言う通りですわ。それとも、眞上くんは死んだことあるん？」

「そう言われると死後の世界というか生きてることすらミステリーだって感じがしますけど」

「私も死後の世界は謎だと思う」

　常察まで神妙な顔つきでそう言うので、多分引っかかっている眞上の方が異端なのだろう。まるで地獄巡りのような道順を指で辿りながら、眞上は言う。

「こうして見ると、ミステリーゾーンの探索は後回しにしても良さそうですね。こんなお化け屋敷のような場所なら、隠し場所は沢山ありそうですが……」

「結構面白いわよ。この『最後の審判ゾーン』はマアトの天秤をテーマにしていて、実際に大きな天秤と怪物アミメットがいるの」

「マアトの天秤？」

「古代エジプトの伝承やね。天秤の片方には羽を、片方には死者の心臓を置いて、羽より重かった悪人の心臓を貪り喰らうんや」

（図）倉庫配置地図

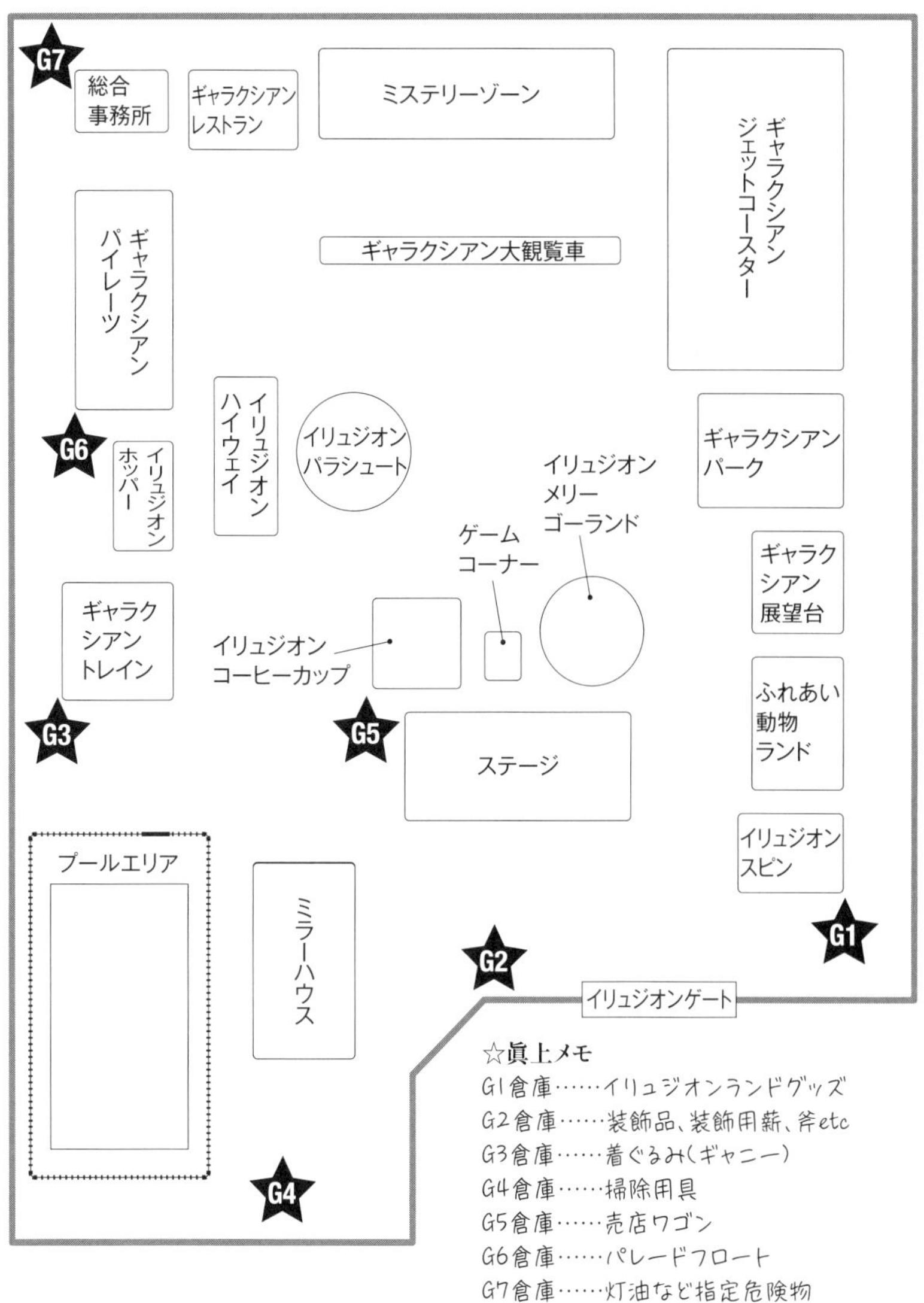
G7
総合事務所
ギャラクシアンレストラン
ミステリーゾーン
ギャラクシアンジェットコースター
ギャラクシアンパイレーツ
ギャラクシアン大観覧車
イリュジオンハイウェイ
イリュジオンパラシュート
G6
イリュジオンホッパー
ギャラクシアンパーク
イリュジオンメリーゴーランド
ゲームコーナー
ギャラクシアン展望台
ギャラクシアントレイン
イリュジオンコーヒーカップ
G3
G5
ステージ
ふれあい動物ランド
イリュジオンスピン
プールエリア
ミラーハウス
G1
G2
イリュジオンゲート
G4
☆眞上メモ
G1倉庫……イリュジオンランドグッズ
G2倉庫……装飾品、装飾用薪、斧etc
G3倉庫……着ぐるみ（ギャニー）
G4倉庫……掃除用具
G5倉庫……売店ワゴン
G6倉庫……パレードフロート
G7倉庫……灯油など指定危険物

「それ、不利すぎませんか？　羽より軽い心臓なんてあるわけないじゃないですか。そういう出来レースで怪物に食べられるなんて理不尽過ぎますよ……」

古代エジプトでは裁判を受けたくないな、と眞上は思う。

「ともあれ、これは貰っていきましょう。もしかしたら、交渉材料になるかもしれないわ」

売野がいそいそとファイルを抱え、がっちりと両手でホールドする。

「他の人が今までにどんな情報を手に入れたかわからないけど、私達には見取り図がありますって言ったら、交換で教えてもらえることもあるかも。何なら、さっき渉島さん達が事務所から持って行ったものを見せてもらいましょう！」

売野はそれが冴えたアイデアであるかのように言っているが、現実には渉島の方が先に事務所を漁っているのだ。その彼らが見取り図をスルーしたということは、どうでもいい情報だということだ。

だが、敢えてそういうことは言わなかった。売野の好きにさせた方がいいだろう。

棚には、他にも雑誌などがあった。一番目立つところにあるのは『週刊文夏』という雑誌の九月第四週号で、表紙には『イリュジオンランドいよいよオープン！』の文字がある。どうやらプレオープンの直前に刷られた号らしく、これからのイリュジオンリゾートがどう発展していくかを明るく書いているもののようだ。眞上がさらりとしかチェックしていない号だったので、なかなか興味深い。

この号の『週刊文夏』は他にも、アメリカで起きた同時多発テロ事件についての記事や、フランスで起きた硝安（しょうあん）という化学肥料が原因の爆発事故の記事や、『千と千尋の神隠し』のレビューが載っていた。某大型テーマパークの新エリアは結局建設が中止になってしまった、と報じている。それもあって、イリュジオンリゾートには期待が高まっていたのだろうが。

「それじゃあ、目当てのものが見つかったなら出ましょうか」

常察があっさりと言う。

「常察さん、もういいんですか？」

「私も見取り図が手に入ればいいかなと思っていたから……」

そう言う常察は、どこか所在なげに視線を彷徨わせている。そういえば、常察はここに入ってから不自然に口数が少ない。この事務所に漂っている過去の雰囲気が苦手なのか、それとも埃っぽいこの空気が苦手なのか。そもそも、廃墟を楽しみに来たのでは、この古びた事務所を見るだけでは物足りないのかもしれない。

本当はまだ事務所に未練があったのだが、後で一人で来ればいいだろう。立ち上がると、眞上は言った。

「そうですね。じゃあ、出ましょうか」

「何か眞上くんは手に入れておきたいものとか無いの？」

売野が言うのに合わせて、ちら、と模型に視線を向ける。外がどうなっているのかを知らずに、ガラスケースの中でいつかの夢を見続けている様は魅力的だった。だが、眞上は首を横に振った。

「無いです。大丈夫です」

5

こうして、見取り図ファイルを手に入れた売野はご機嫌だった。先頭を切って歩き出し、コテージに戻ろうとしている。

「このままみんなと意見を交換して、お宝はみんなで手に入れましょう」

その目論見が叶うかはさておくとして、売野の気が済んだのはいいことだ。黙って後をついていっていると、こそりと藍郷が耳打ちしてくる。

「さっきのファイル、他には何があるん？」

「売野さんが持ってるやつやなくて、君が作ってたファイルな」

藍郷が言っているのは、天衝村の手書き地図が入っていたファイルだろう。

「他は……自分で気になったことを纏めてるくらいですよ」

「ふうん。気になるわ」

藍郷が笑顔で言う。イリュジオンゲートの前で、この男にファイルを見せようかという気になっていたことを思い出す。だが、目の前の男の言い草に気が萎えたことも。微妙な顔でいることを悟られたのか、藍郷が決まり悪そうに目を逸らした。

「君があんなに本気で調べてると思ってなかったんや。悪いな」

そう言うと、藍郷は前を歩く二人を追って歩き出した。今のは謝罪のつもりなのだろうか。常察たちは、十メートルほどの巨大な星のモニュメントの前で立ち止まっている。

「なんですか、この星？」

「なんや眞上くん。星嫌いなん？　あんまり空見上げたりしなかったタイプ？」

「小さい頃はよく見てましたよ。……なんか、あの、十字架の星とか」

「何それ」

「それを見つけると、船旅で迷わないっていう……」

「ああ、ケンタウルス座の下の十字か。知っとるわ」

藍郷が何故か勝ち誇ったように笑った。何に勝ったつもりなんだろうか。

「ここは例の倉庫みたいですね。ほら、資料の地図にあったでしょ？　こうしてランドを盛り上げる装飾の中に、必要設備を紛れ込ませるのは上手いですよね」

常察が言うと、売野が妙に嬉しそうに「そうでしょうそうでしょう」と笑った。よく見ると小さなドアノブが付いており、そこを引くことが出来るようになっていた。

「もしかしたら、こういう中に宝物とか、それこそヒントカードみたいなもんがあるのかもしれへんで」

「うーん……ゲームとかならそうかもしれませんけど。売野さん、さっきの地図から見ると、この倉庫は何の倉庫なんですか？」

眞上が尋ねると、売野は意味ありげな笑いを浮かべ「何だったかしらね」と笑った。自分で見て確かめろ、ということだろう。溜息を吐いて、星形倉庫に向き合う。

「そもそも鍵が開くんでしょうか」

幸いなことに、倉庫の扉には鍵が掛かっていなかった。恐る恐る扉を引くと、中が明らかになった。懐中電灯で照らし出されたものを見て、息を呑む。

「うわっ……何ですか、これ」

思わずそんな声が出た。

流れ星を貼り付けた倉庫の中にあったのは、五体の着ぐるみだった。水色とピンク色で構成されたファンシーなウサギのデザインで、カラーリング自体は可愛いと言えなくもない。だが、大きすぎる口と吊り上がった目が怖い。目には小さな星があしらわれており、それも威圧感がある。見ているとどんどん不安になってくる顔だ。

だが、隣にいた常察は、ウサギに負けないくらい目を輝かせている。そして、黴臭い着ぐるみに飛びつかんばかりに走っていった。

「きゃー！　可愛いですね！　着ぐるみですよ！　そうか、イリュジオンランドにもマスコットがいたんですよね！」

「そりゃあいる……いるでしょうけど……これなんですか……」

こんなウサギが園内を歩き回っていたら、結構恐ろしい気がするのだが、そんなことはないのだろうか。このビビッドかつパステルな色合いは、妙に不安を煽るというのに。

「これはギャニーちゃん。イリュジオンランドのマスコットキャラクターになる予定だったウサギなの。これでも、当時人気だったイラストレーターが手ずからデザインしたんですって。尤も、イリュジオンランドがこんなことになってしまってからは、その実績が公開されることはなかったみたいだけど」

傍らにいた売野がテキパキと説明してくれる。

「イラストレーターのセンスを理解出来ない俺が悪いんですかね……」

「それな。眞上くんが悪いんよ。僕もギャニーちゃんのことは可愛いと思ってるからなあ」

本当かどうか分からない口調で、藍郷が追撃を仕掛けてくる。急にイリュジオンランドのことが分からなくなってしまった。主道や涉島も、ギャニーちゃんのことを可愛いと思ってゴーサインを出したのだろうか。

「ちなみに、ギャラクシーとバニーでギャニーちゃんなのよ。この名前も素敵よね」

「確かにとっても可愛いです！　口に出したくなりますよ！　ギャニーちゃん！」

売野と常察は着ぐるみを前にわいわいと盛り上がっている。どうやら、売野はイリュジオンランドに勤めていた時からギャニーちゃんのファンだったようだ。あろうことか着ぐるみの腕を持ち上げて、なおも解説を続けている。

「このギャニーちゃん着ぐるみは凄いのよ。着たままアクロバットが出来るように、極限まで軽くしてるの。関節だってかなり自由に動かせるしね」

「それは確かに凄いですね。俺もコンビニで働く前は着ぐるみを着たりすることがあったんですけど……関節が曲がるのと曲がらないのとじゃバク宙の難易度が変わってきますから」

「あら、眞上くんってば着ぐるみ経験者なの？　なら、ギャニーちゃんの着心地には感動すると思うわよ」

売野が目を輝かせる。今にもギャニーの頭を引っこ抜いて、眞上に被せてきそうな勢いだ。あの着ぐるみのギラついた目に取り込まれたくはない。

「でも、眞上くんは入らなそうな気がするね。うーん、成家さんはギリギリかな。逆に涉島さんだと背が小さすぎて無理かも」

常察はウキウキしながらギャニーの頭を外し、中身を検分している。

確かに、この中に入れるのは、一五五センチから一七五センチくらいの人間じゃないだろうか？　となると、自分はまず無理だし、目測一六五センチくらいの成家はジャストフィットくらいだろうか。涉島は一五〇センチあるかないかだから、頭が安定しないに違いない。

中はシンプルな作りをしていた。胴体は細く、手足は着ぐるみ特有のふわふわとしたぬいぐるみ生地だったが、関節の部分だけはプロテクターのようになっていた。上腕と前腕、大腿と下腿の部分はフックで繋がれているので、うっかり分離してしまうこともなさそうだ。これなら、相応のアクションを求められても対応出来るだろう。このウサギが跳びはねながら向かってきたら、子供は怯えそうだが。

そんなことを考えていると、急に視界が狭くなった。肩のところに慣れない重みが加わってくる。目の所に空いた穴から、弾道のような光が入ってきた。

「あ、流石に頭だけなら入るよね。わー、似合う！　眞上くん着ぐるみ経験あるだけのことはあるね！」

　悪い視界の中で、藍郷が笑っているのが見える。隣にいる常察もよく見えないが楽しそうだ。予想以上に軽いは軽いが、二十年間放っておかれた分の埃が鼻を擽ってくるのが不快だった。頭部を外して、まじまじとギャニーを見つめる。瞳の中の星がまっすぐに眞上を見つめていた。

「それで？　ギャニーちゃんになった感想は？」

　売野が笑顔で首を傾げる。ややあって、眞上は答えた。

「……この目の中の星のところに、周りを見る用の穴があるんだなあと……上手いこと隠しますね……」

「面白いところに気がつくのねえ、今の子って」

「そうですか……着ぐるみ経験者だからかもしれませんね」

　ギャニーの頭部を身体の上に安置しながら、眞上は溜息を吐いた。未だに埃っぽい臭いが残っている気がして、嫌な気分になった。だが、二十年の月日が経ってもこれだけしっかりと形を保っているのも凄い。この着ぐるみはまだ現役だ。着込んで外に出れば、今すぐにでもパレードが出来るに違いない。

　ギャニーの身体は不自然なくらい綺麗だ。どれも殆ど使われていないのだろう。窓もない真っ暗な場所でずっとしまい込まれていたお陰で退色もほぼ無い。見た目に愛着は持てないが、何だか勿体無いような気にもなった。

「もしかして、これのどれかに宝物が隠してあるとか？　あるいは、この格好で行ったら開く秘密の扉があるとか、そういう話かもしれない」

　次々に着ぐるみの中を検めながら、常察が言う。

「そんな趣味の悪い隠し方しますかね……大富豪が。秘密の場所に入るってのに、こんな変な着ぐるみを着るなんて間抜けでしょう」

「着ぐるみが宝箱の代わりなんて素敵だと思うけどな……でも無さそうだね」

　一応、眞上も中を覗き込んでおく。どれもすっかり空っぽだった。ギャニーは命を吹き込まれることもなく、じっとここで眠り続けていただけらしい。

「でも、考えてみればそうか。もし参加者の中にギャニーちゃんを着られない人がいたら、その人に悪いもんね。フェアじゃないよ」

「それもそうかもしれませんね……」

　そうであってほしい、と眞上は強く思う。元よりイリュジオンランドを手に入れることには興味が無いが、宝探しの過程でそんな恥を晒したくはない。

「うーん。じゃあ、勿体無いけどギャニーちゃんはここに置いていこうか。名残惜しいな……」

「本当は着心地を確かめてほしい気持ちもあるんだけど、入らないんじゃしょうがないわね……」

　常察と売野が口々に言う。さっきから疑問なのだが、どうして彼女達は自分で着ようとしないのだろう？

「自分で着たら見えなくなっちゃうからやろ。ギャニーちゃんを愛（め）でる為には、ギャニーちゃんの一番傍にいる他人じゃないといけないいっちゅうことで」

「……藍郷先生。あんた、他人の心が読めたりします？」

「小説家ってのは、知らず知らずのうちに人の心の深奥を覗けるようになるもんなんやわ」

全く信用のならない言葉を吐きながら、藍郷はけたけたと笑った。狭い倉庫内に笑い声が響いて、まるでギャニーが笑っているように聞こえる。

「そろそろ三時ね。一旦コテージに戻る？　少しくたびれちゃった」

「いいですね。私も休みたいです。もしかしたら他の人達と情報交換出来るかもしれませんし」

常察が明るく言う。正直、あの周りの参加者達の本気度合いを見るに、情報交換を安易にしてくれるとは思わないが、これで緊張した空気が弛緩してくれるなら願ってもない展開だ。

「それはいいけど、私達が話せる情報がギャニーちゃんの隠し場所だけっていうのも心苦しい気がするわ」と、売野が苦々しく言う。

「何を言ってるんですか。みんなギャニーちゃんに興味を持つはずですよ。着てみたい人だっているでしょうし」

「いるかなあ……」

暗がりに佇むギャニーちゃん人形を横目に見ながら、眞上は小さく呟く。何故か眞上には、この恐ろしい着ぐるみが自分達に襲いかかり、頭から食いつくところが想像されてならなかった。

6

「あら、おかえりなさい。皆さん殆ど揃われてますよ」

コテージに戻るなり、佐義雨が朗らかに言った。椅子に腰掛けながら優雅に本を読んでいる。タイトルは『第八の日』で、著者はエラリー・クイーン。彼女の仕事がどこからどこまでなのかが気になってしまうところだ。

意外にも、ホールには成家以外の全員が揃っていた。一息つこうとするなり、主道がじろりとこちらを睨(にら)んできた。

「ぞろぞろと来たな。こんなに長い時間、事務所で何をしてたんだ？」

「別に主道さんに言う必要はないですやろ？　十嶋庵はイリュジオンランドを好きに歩いていいって言ってたわけなんやし」

藍郷がわざわざ挑発するようなことを言ったので、売野が慌てて言った。

「事務所に行く前は、ミラーハウスの方を探してみたんです。特にそれらしいものは見つからなかったんですけど……。事務所ではミラーハウスとかミステリーゾーンとかの見取り図を見つけました！　あとは倉庫にギャニーちゃんの着ぐるみがあるのを見つけたり」

「それは何かに繋がる発見なのか？」

くだらないことを言うなと言わんばかりに、主道が睨む。

「何かに繋がるかどうかは怪しいところがありますけど……」

縮こまる売野を見かねたのか、常察も間に割って入った。

「私達、出来れば主道さんたちとも協力したいと思ってるんです。イリュジオンランドは広いですし、協力しないと宝自体が見つからないっていうこともありそうじゃないですか？」

「協力と言われてもな」

「常察さんの仰ることは尤もだと思いますし、協力したいと思うこと自体は否定しません」

そう言ったのは、傍らにいた渉島だった。思わぬ方向からの発言に、主道が驚いたような顔をする。

「ですが、私は出来ればイリュジオンランドを手に入れたいと考えています。この状況下で無条件に協力というのは遠慮させて頂きたいですね」

渉島がきっぱりと言った。無理矢理情報を引き出してきたのは主道だというのに、まるで酷い扱いを受けたような口振りだった。だが、売野と常察は素直に恐縮してしまっている。

「フェアネスの為に言っておきますが、私も主道さんも宝らしきものは見つけていません。佐義雨さんが宝探しを終了していないことからも明らかでしょうが」

渉島は多少疲れた顔をして、ふうと溜息を吐いた。話を打ち切られそうになったので、眞上は慌てて言う。

「事務所の棚に不自然に空いた場所がありました。……事務所にいらっしゃったのは渉島さん達だけですよね。何を回収されたんですか？」

回収した、という時点で素直に答えるはずがないと思ってはいるが、一応そう尋ねておく。ややあって、渉島は言った。

「イリュジオンリゾートに出資してくださっていた皆さんの名簿です」

「名簿？」

「そうです。勿論、出資者の情報はバックアップが取られていますし、回収した名簿はマスターではありません。ですが、かつての取引先の名簿が、どういう形であれ残っているというのはあまりよろしくないのではないかと思いまして。何も面白いお話では無くてすいませんね」

「教えてくださってありがとうございます！」

売野がすかさず言う。だが、眞上は一層の疑念を抱いた。

かつての出資者名簿は、確かに残していたらよくないものなのかもしれない。だが、それを息せき切って回収するというのは考えにくいような気もする。第一、そういった名簿なら、イリュジオンランドが十嶋庵に明け渡される前に、事情を説明して回収すればよかっただろう。だから、ここで回収したものは十嶋庵に——いや『外部の人間に回収したがっていることを知られたくないもの』であるはずだ。それが再確認出来ただけでもいいだろう。この嘘の優れているところは、名簿であるということにすれば、眞上達には見せられないと言い張ることも出来るところだ。隙が無い。

「勿論、十嶋庵氏の宝物があの棚にあったということはありませんでした。勝手知ったる事務所なんかに宝が隠してあったら、私達に有利過ぎますからね。これは当然なのかもしれませんが」

眞上の誹り（いぶか）を余所（よそ）に、渉島がつらっと言う。横では主道が目を白黒させていた。あまり隠しごとが上手くないらしい。

「それで？　横で聞いていたんだから、そこ二人も話すのが筋だろう。そこの……コーヒーを飲んでいる君はどうしていたんだ」

指名されたのは、鵜走だった。確かに何をしていたか分からない。鵜走は小さく肩を竦めながら言う。

「俺は親が担当してたジェットコースター付近とか……メリーゴーランドとか目立つところを見て回った感じですけど、別に宝っぽいものは見つからなかったです」

あまりやる気が無さそうな口調に、主道が厳しい目を向ける。

「ジェットコースターなんか花形じゃないか。そこに何もないというのは本当なのか？」

「じゃあ主道さんが見に行けばいいじゃないすか。俺も見に行きましたけど、ジェットコースターなんか見るとこなかったですよ。動かないし」

そう言ったのは編河だった。口振りからして、彼も鵜走と同じくジェットコースター辺りを探したらしい。

「でもまあ、俺はそこそこ求めるものを手に入れましたよ」

「何だ？　それは」

「まあ、後のお楽しみってことで。大丈夫、皆さんが血眼になって探してる宝に関するものじゃなくて、俺に関するものですから」

意味ありげに編河が言うので、主道が不安そうに眉を顰(ひそ)める。

「……ちなみに、ギャニーちゃんの着ぐるみはギャラクシアントレイン近くの星形の倉庫にありました」と、常察がおずおずと言う。

「知ってるわ。あれはG3倉庫」

渉島がぴしゃりと言う。

「そうですか……」

「ギャニーの着ぐるみは現存しているものは全てG3にあるはず。事件の際に血がついたギャニーの着ぐるみは押収されたから」

「……なるほど」

そこからはまた沈黙が下りた。何とも言えない気まずさが過る。

成家がホールに現れたのはその時だった。

「あれ、皆さん揃ってるんですね」

「成家さん。今、みんなでどこを探したのかを教え合っていたんですけど……」

すかさず常察が言う。すると、成家は「ああ」と言ってあっさりと言った。

「僕は自分が働いていたミラーハウスの中を見て回ったんだけど、あまり収穫はなかったな。中が迷路になっているから、僕が見過ごしたのかもしれないけどね。あ、そうそう。ミラーハウスはまだピカピカだったよ」

「えっ、成家さんもミラーハウスに？」

眞上が言うと、成家が頷いた。

「ああいう迷路みたいなところの方が隠されてそうな感じがしないかなと思って。正直、後半はただ懐かしむだけだったけれど。暗かったけど、ああこんな感じだったなと思い出せたよ」

「みんな同じ事を考えるんですね」

「私達もミラーハウスを探したんですよ。でも、見つからなくて。じゃあ、私達が出た後に成家さんがミラーハウスに来たってことなんですね」と、常察が言う。

「同じ場所を探したっていうのは非効率的ですわな。だったら成家さんも一緒に探せばよかった」

藍郷が言うと、成家はのんびりと「そうかもしれないね」と言った。

「あの、私達は事務所で図面を手に入れたんです。ミラーハウスの……もしかして、この図面に書いてない秘密の部屋とかあるんですか？　成家さんだけ知っているとか」

「それは……無いと思うけど」

「そうですか……」

売野が残念そうに溜息を吐く。そして、ホールの隅にあるウォーターサーバーに向かった。

「喉渇いちゃったわ。もう、この歳になると何もしてなくても汗搔(か)いちゃって――」

売野がホルダーから紙コップを取る。その格好のまま、彼女の体が硬直した。

「どうかしたんですか？」

眞上が声を掛けると、売野は使ってもいない紙コップをゴミ箱に捨て、ゆっくりと戻ってきた。

「…………その、ウォーターサーバーの後ろ、紙コップ取ろうとすると見える位置にね、何か……変な紙が貼ってあって。これなんだけど」

思わずその紙を受け取ってしまう。Ａ４サイズの何の変哲もない紙だ。だが、そこに書かれている文字に思わず目を剝いてしまう。

【イリュジオンランド銃乱射事件の真犯人は、この中にいる】

何の飾りも無い素っ気ない文章から、並々ならぬ敵意が感じられた。思わず固まっている隙に、隣の常察が紙を覗き込んできた。彼女の表情が一気に硬くなる。

「……何これ。誰が貼ったの？」

常察が険しい顔で言う。穏やかな彼女に似つかわしくない表情だが、だからこそ状況のただならなさが伝わってきた。

「何？　何なのその紙」

鵜走が早口で尋ねてくる。常察は黙ってその紙を掲げた。

「……悪い冗談ですね。悪趣味です。あれは冗談にしていいものではないと思います」

渉島が窘めるような口調で言う。それに追従するかのように、主道も声を荒げた。

「今ならまだ決定的に信頼関係を損なうというところまではいかない。やった人間は今すぐ名乗り出るんだ。さもないと、今から犯人捜しが始まるぞ。そうなってからでは遅い」

「いや、見つからないと思います。これ……」

眞上がおずおずと言うと、主道は「見つからないだと？」と不満げな声を上げた。

「はい。だって、これ……誰でも貼れたでしょうし。これパソコンで打ったものを両面テープで貼っただけです。みんながウォーターサーバーから目を離した隙にパッと貼っちゃえばいいわけで……数秒で済む」

おまけに、この紙には八つ折りの折り目がついている。きっと、これを貼った犯人はイリュジオンランドに来る前から、手元に隠しておいたに違いない。誰にでも可能だ。

強いて言うなら、いの一番にウォーターサーバーに行った売野の自作自演という線も無くはない。だが、彼女のこの硬直具合を見るに、犯人とは思えないような気もする。

「勿論、佐義雨さんはホールにいたみたいですから、佐義雨さんが見てるかもしれませんけど」

「そうでなければ、私が貼ったかもしれませんしね。私はずっとこの中におりましたから、いくらでも貼り放題です」

「貼ったんですか？」

「貼ってません。ついでに見てもいません。読書に集中しておりましたので」

佐義雨はわざとらしく文庫本を持ち上げ、にっこりと笑ってみせた。宝探しを見届ける役割として来ているはずなのに、肝心な時に全く役に立っていない。これではコテージの管理人とそう変わらない。

「今、私は何の為にいるのだろうと訝りましたね？」

「いや、そこまで強いことは思っていないですけど……肝心なところを見ていないな、と」

「私の役割はあくまで見届けることなので。イリュジオンランドの出入りなどしか注視しません。そして、私自身が今回の全てに介入することはありません。張り紙を貼ったりするなんてとてもとても」

佐義雨は冗談めかした口調で言う。

「職務怠慢だ。これでは十嶋庵氏もがっかりされるだろう」

気色ばんで主道が言うが、佐義雨は全く動じることなく「十嶋はあまり気にしないですよ」と返した。

「……それじゃあ、この妙な紙を貼った人間は誰なのかわからないままってことだね」

成家が重々しく言う。

「でも、いいきっかけになったんじゃないの？」

そう言ったのは編河だった。眉を下げてはいるものの、その口調は例の紙を面白がっているように聞こえる。

「イリュジオンランド銃乱射事件を抜きにして、この遊園地は語れないでしょ。なのにおたくらときたら全然関係無い話ばっかするもんだから」

「あの事件は軽々しくネタにしていいものじゃないからですよ」と常察が言う。

「ここで腫れ物扱いにするってのが逃げってわけで。俺はもうそういうので遠回しにっていうのが駄目な歳になってきたのよ」

編河はそう言って首を振ると、不意に眞上の方を見つめてきた。ややあって、彼が言う。

「眞上くんもそう思うでしょ？　というか、この廃墟の一番の魅力は、この銃乱射事件と言っても過言じゃないんだから」

＊

イリュジオンリゾートを建設するにあたって、大きな障壁になったものがある。

それは、山間にある天衝村の住人たちだ。天衝村は豊かな自然と連綿と続く歴史を持った風光明媚な集落だった。だが、一九九五年時点でも村には空き家が目立っていた。二十世紀初めには五千人を超えていた人口も、半分以下になってしまったからだ。建設計画が持ち上がった時に、既に二千人もいなかったという。

だからこそ、天衝村を引き渡して大規模な移住を行う計画は、村民の間にも大きな分断を引き起こした。ただでさえ人の戻ってくることがない天衝村の現状を鑑みて、別の場所で新しい生活を始めようという派閥と、歴史ある天衝村を断固として守らなければならないと主張する派閥はどちらも譲らなかった。

村内での深刻な対立もさることながら、村民達を消耗させたのは、天衝村にこだわる村民達を時代錯誤だと断じる外部の人間だった。連日村宛に投書が届き、悪意ある暇人達は実際に足を運んでまで嫌がらせをしてくることがあった。イリュジオンリゾートの計画が、過疎化が進み、未来の無い天継山一帯を救うものだと見なされていたのもあるだろう。

やがて天衝村の反対派は押し切られ、イリュジオンリゾートを受け容れることが決まった。天衝村の住人達はイリュジオンリゾートの支援を得て、近くの天継町に移住していった。これが一九九九年のことだ。

そうして二年後である二〇〇一年、イリュジオンリゾートの嚆矢となるイリュジオンランドが完成した。

プレオープンの日、まず招待されたのは退去に応じてくれた天衝村の人々と、移住先の町に暮らす町民たちだった。彼らは無償で夢の国へと招待され、これを以て天衝村とイリュジオンランドの間にあったわだかまりは解消されるはずだった。

だが、そうはならなかった。

プレオープン日、招待された客達は思い思いに楽しんでいた。リゾート計画の核になるレジャー施設だ。イリュジオンランドは他の有名遊園地に遜色無いほど素晴らしいアトラクションを備えていたのだ。

そして、午後〇時二十七分。一人の男が観覧車へと乗り込んだ。

彼の名前は籤付晴乃。かつて天衝村に住んでいた青年だった。

彼は一人で観覧車に乗り込むと、肩に掛けていた黒いケースの中身を取り出した。狩猟に使う為の遠距離用のライフル銃だった。そして、籤付の乗ったゴンドラが十時の位置に到達した瞬間から、狙撃が始まった。

籤付はゴンドラの中から、地上にいる客達を無差別に撃ち始めた。最初の銃声が鳴った時、最初の一人が地に伏せた時ですら、まだイリュジオンランドは平穏だった。だって、誰も観覧車から狙撃されるところを想像しない。彼の腕前は相当なもので、恐怖するのに遅れた人々を正確に撃ち抜き続けた。

あとには狂乱だけがあった。急いで物陰に隠れるもの、焦ってゲートに向かうもの、動けずその場に蹲るもの。どれが正解だったのかは分からない。籤付の射撃の腕は卓抜したもので、彼の凶弾は平等といえるほどに無差別だった。

ゴンドラが地上に着く頃、その場で籤付晴乃は持っていたナイフで首筋を切り裂き、自殺した。観覧車に乗っている約十五分の間に、籤付は四人の死者と八人の怪我人を出した。スタッフ達は一致団結して客達をゲートから出し、山の麓まで誘導して避難させた。彼らの手際は素晴らしかったそうだ。その一日しか発揮されないのが惜しいくらいに。

全員の避難が終わり、イリュジオンゲートが閉じられたのが午後一時三分。

地元の警察が到着したのは一時三十六分。

十時にオープンしたイリュジオンランドの総開園時間は三時間三分だった。

何も語らず死んでしまった以上、彼の動機は推し量るしかない。一つだけ確かなことは、籤付は天衝村を引き払うことに反対していた家の筆頭だった。そこに動機を見出すことは自然だ。

この事件が起こったことで、イリュジオンランドは廃園に追い込まれた。たった一人の起こした凄惨な事件で、夢の国は失われた。およそ千人が参加した反対運動では打ち倒すことの出来なかったイリュジオンランドというゴーレムは、籤付晴乃の投げた石で崩れ去ってしまったのだ。

　これが、イリュジオンランド銃乱射事件だ。

「どうして廃園になったかは……廃墟にとって重要だと思いますが。でも、それだけではないとも思っています」

　眞上が言うと、編河は「え？　そう？　本当かなぁ？」と口を尖らせた。

「俺なんかは、切っても切り離せないと思ってたんだよな。だって、廃墟になったイリュジオンランドが魅力的なのは『それ』があったからだろ？　誰だって、イリュジオンランドの現状を見ながら、村一つにこだわって観覧車から銃撃ちまくった異常者を見てるんだ。そうだろ？」

「そんなことないです。廃墟雑誌の記者のくせに、随分ゴシップが好きなんですね」

　常察が厳しい声で批難をする。

「あのさ、出版社の配属ってどうなってるか分かってる？　みんな希望通りの仕事が出来るわけじゃないの。新卒を採用する時に廃墟好き枠なんてないわけ。どう考えても廃墟そのものより籤付の事件の方が面白いでしょ」

「……最低」

　常察はそう言ったきり黙り込んでしまった。どうやら、編河はあくまで仕事として廃墟を巡っているだけで、そこに積極的な愛があるわけではないらしい。さっきも、イリュジオンランドそのものよりも十嶋庵の方に興味を抱いていたようだったから、彼の狙いはそこなのだろう。分かりやすくて、広い読者にリーチ出来る記事を書くことだ。

「あの……編河さんは、どちらかというと銃乱射事件に興味がある感じですか」

「当たり前だろ。イリュジオンランド銃乱射事件は内容が派手な割に、いまいち取り上げられないからさ。ここに来たからには、そこもある程度分かるかなって」

眞上の問いに、編河は悪びれることなく答えた。

編河の言う通りだ。イリュジオンランド銃乱射事件は、遊園地一つを廃園に追い込んだ事件でありながら、インターネットなどには詳しい記事が載っていない。

これは、イリュジオンランドの買い取りを早々に決定した十嶋庵が地元警察や出入りするマスコミに掛けた圧力の為とも、事件に深く影響を受けている天衝村の住人達が一様に口を噤んだ為とも言われている。

記事などで取り沙汰されるのはもっぱら籤付晴乃がこんな凶行に至るまでを面白おかしく推察したものや、強引なイリュジオンリゾート開発、あるいは閉鎖的な天衝村の風土を責めるものばかりで、事件そのものを検証しているものは少なかった。

記事に取り上げられるような個人の動機には興味の無かった眞上は、早々に銃乱射事件の記事を追うことを止めてしまった。あとは、雑誌に載せられたイリュジオンランドの地図を見て、遊園地の廃墟としての醸成具合を想像するだけだった。

「じゃあ、もしかしてあなたがこの張り紙を？」

「はあ？　どうしてそうなっちゃうの、売野さん。これ貼ったからっていい記事になるとは思えないんだけど」

「そうかしらね。こうしてわざわざ事件のことを書けば、当時を知る人間は思い出して動揺するでしょ。それは格好のネタになるんじゃないかしら」

落ち着いた口調で指摘するのは、渉島だ。落ち着いた物言いは変わらないが、その目には隠しきれない冷ややかさが滲(にじ)んでいる。彼女はイリュジオンランド側だ。銃乱射事件を穏便に風化させようと画策した側、と言い換えてもいい。だからこそ、編河が事件に触れることには相応の忌避感があるのだろう。

「おいおいおいちょっと待ってよ。こんなんで本当に俺が犯人になるのはおかしいでしょ。魔女狩りみたいになってんじゃん」

「ふざけるなよ。これ以上悪質な悪ふざけをするようなら、法的措置も辞さないぞ。これはれっきとした脅迫状だ」

「主道さんまでそういうこと言います？　ちょっとそれは信じらんないというか、無いなぁ。なあ、眞上くんも何とか言ってくれよ」

「え、俺ですか……」

「君があの紙は誰でも貼れるとか言い出したからこんなことになってるんでしょ？　迷惑を被ってるんだけど。こういうの業界でやったら普通にヤバいからね？」

編河の言っていることは言いがかりにしか思えなかったが、渋々『脅迫状』を手に取る。

「……誰が貼ったかはわかりませんが、編河さんの可能性は低い……かもしれない、とは思いました」

「どうして？」

藍郷がすかさず尋ねてくる。

「この脅迫状についてる両面テープですよ。両面テープって、貼った後に剝離紙を剝がさないといけないでしょう？　こう、親指の爪でカリカリと。その時に下のテープが少しだけくしゃっと撓むじゃないですか。その撓みが左にあるってことは……これを貼った人、右利きなんですよ。でも、編河さんは左利きですよね。だから、違うんじゃないかなって」

この中で左利きであるのは、腕時計を右腕に付けている編河と、バンドを左腕に付けた主道と自分だ。この三人は、少なくとも容疑者から外していいだろう。利き手がバレることを恐れて逆の手でやった可能性も無くはないが、誰にも見られないようにサッと行わなければならないことを考えると、その偽装はリスクが高い。

納得してもらえたのか、目立った反論は無かった。ややあって、編河がニヤつきながら言う。

「ほーら、俺じゃないっぽいよ？　流石にこんだけキャリア積んでちゃっちいことしないって。そもそも、こんな微妙な脅迫文を貼り付けたところで何の意味があんのって感じだし」

「人間は誰だって間違えることがあるんです」と、売野が小さく言った。

「……とにかく、これを貼った人間が誰かはおいておきましょう。それにしたって、これは何？　私達に見せてどうするの？　犯人なら、もうとっくにゴンドラの中で自殺しているのよ」

渉島が溜息交じりに言う。

「確かにそうですね。僕らの中に奇跡的に生き残った『籤付晴乃』が潜んでいるならまだしも、そんなことはありえないでしょうし」

鵜走も訳知り顔で頷く。

籤付晴乃が地獄に堕ちたのかは定かじゃないが、何にせよ彼が地上にいないことは確実だ。二十年遅い、的外れな糾弾。

「なら、そんなの気にしても仕方ないんじゃないかしら？　こんなこと……もう終わったことなのよ」

売野が忌まわしい思い出を振り払うように首を振る。

「悪戯のつもりでやったんでしょうけど、予想以上に反感を買って言い出せなくなったのね。だから、こんなもの処分してしまった方がいい」

そのまま、売野の手は脅迫状に伸びていく。その瞬間、藍郷が横から脅迫状を掠め取った。

「あの、少し疑問が残るというか……それでいいん？　って思うところがあるんやけど、みんなに聞いてもらっていいですか？」

ひらひらと脅迫状を手にしながら、藍郷が笑う。編河が苛立たしげに先を促した。

「何なの？　今度は何？」

「『真犯人』って本当に籤付晴乃なんかな？」

「はあ？　何言ってるんだよ。撃ったのはあいつだろ」

「ミステリ的な文脈ではな、真犯人っちゅうのは実行犯とイコールにならへんのよ」

言われてみればその通りだ。

「この文章を書いた人間は、籤付晴乃以外の真犯人を知りたがっとるのかもしれんよ？　銃乱射事件に纏わる罪なら他にもあるやろ。籤付を煽動したとも言われる天衝村の住人。あらゆる手を使って開発を進めたイリュジオンリゾート側」

「はあ？　決まっているだろう。あの事件で罪があるのは籤付の奴だけだ！　天衝村の皆さんはイリュジオンリゾートに対し最終的には賛同したんだ。私はそれを知っている！」

主道が吠える。だが、藍郷は少しも顔色を変えずに言った。

「なら、これは死んだ籤付晴乃の言葉なんかもなあ。イリュジオンランド銃乱射事件は、天衝村を奪われた籤付晴乃の復讐だった。あの事件のことを覚えているのなら、罪を忘れるなっちゅうことで」

「じゃあ、お前はこれを貼ったのは籤付晴乃だとでも言うつもり？　流石に馬鹿馬鹿しいだろ」

編河が藍郷の言葉を一蹴する。だが、藍郷は真面目な顔をして「そういうこともあるかもしれん」と言った。

「イリュジオンランドを彷徨っている籤付晴乃の亡霊が、僕らに伝えようとしとるんかもな」

「ねえ、冗談は止めて。こんなことを言ったってみんなが不安になるだけでしょう？」

不安そうな常察の言葉を遮るように、涉島が口を開いた。

「なら、呪われるのは私なんでしょうね。だって、私はイリュジオンランドの涉外だったわけだから。のこのここんな田舎までやって来て、籤付の霊とやらも喜んでいるでしょう」

「涉島さんまでそんなことを……」

「主道さんもしっかりなさってください。イリュジオンリゾートはここら一帯を救う夢でした。私達がそれに誇りを持たなければ、関わった日々が嘘になります」

涉島は厳しい口調で言うと、溜息を吐いて藍郷の方を向いた。

「その怪文書は取っておいた方がいいかもしれませんね。もしかしたら、十嶋庵氏の宝物にまつわる話かもしれません。十嶋庵氏がそんな悪趣味な謎かけをなさる方だとは思えませんが、念を入れて」

「わかりました。僕が責任を持って取っておきますわ」

嬉しそうに藍郷がポケットに紙を仕舞う。あまり几帳面な方でもなさそうなので、その紙の行方が心配になった。

目の前から煩わしい紙が無くなっても、全員がホールの中で押し黙っていた。ちらちらと互いの様子を窺い、次の一手を考えている。

最初に沈黙を破ったのは、主道だった。

「こうしていても仕方がない。私は部屋で少し休ませてもらう。廃墟というものは、想像以上に精神に来る。恐らく、空気が澱んでいるのだろうな」

そう言って、彼はさっさと行ってしまった。それを皮切りに、ぞろぞろと他の人も部屋に向かって行く。

ここに宿泊するつもりはないが、軽食くらいはここで摂ってもいいかもしれない。そんなことを考えていると、不意に成家から声を掛けられた。

「藍郷くん、眞上くん。少しいいかな」

「僕は全然いいですよ。なあ、眞上くん」

「……俺もいいですが、どうしたんですか？」

眞上がやや渋々答えると、成家は「ありがとう」と言って近くの椅子に着席した。

「いや、さっきの脅迫状なんだけれど……かなり不穏なものを感じたものだから。あれはどういう意味なのか、ちゃんと考えたくて。眞上くんはさっき、すごく鋭かっただろう？」

その洞察力を借りたい、と成家が真剣に言う。

「俺、そんなに鋭くはないですよ。知ってますか？　コンビニの業務って、両面テープを大量に使うんです。新製品のポップとか……ポスターを貼ったりとか。なので思いついただけです」

「眞上くんって自分のスキルの全てをコンビニで説明しようとするん？　それはそれですごいな」

「藍郷先生には分からないかもしれませんが、日々真面目に働いていると得られることが沢山あるんですよ」

「そうだとしても、やはり眞上くんに相談に乗ってもらいたい。それに、藍郷くんは作家先生としてやはりこういったことに知見がありそうだから」

「何でも相談してくださいよ！　確かにこういうのは作家向きですわ！」

藍郷が楽しそうに言う。それに対し、成家は低い声で話し始めた。

「あの脅迫状だけど……。たとえばこの中に、あの銃乱射事件で亡くなってしまった方のご遺族や、怪我を負った方がいて、その人がやったんじゃないのかな。原因を作ったイリュジオンランド側の我々に復讐を果たそうとしているのかもしれない」

成家に言われて、確かにそうかもしれないとも思う。あれから二十年が経ったが、関係者はまだ生きているだろう。イリュジオンランドが二十年ぶりに開放されると知って潜り込んだ可能性は無くはないのだ。

「事件当時、成家さんはどこに？」

「僕はミラーハウスの中でお客さんたちと隠れてたよ。そして、籤付が自殺してからは中のお客さんを麓まで避難させに行った。だから、正直よくわからなくて」

「なるほど……じゃあ、事件のことはよく知らないんですね」

「その話、私も混ぜてもらえませんか？」

その時、常察がそう言って割って入ってきた。

「いいですよ。常察さんのお話を聞ければ色々と捗りそうです」

成家が和やかに椅子を勧める。

「すいません。失礼します。……その、盗み聞きをするつもりはなかったんですが、籤付晴乃の被害者や……遺族が復讐しに来たのかもしれない、という話でしたよね」

「可能性の一つですが、そういう流れになっています」

「なら、被害者の話をしませんか？　俺、それについては予め調べてきたんです」

そう言って、眞上は例のファイルを改めて取り出した。一ページ目に被害者の名前、二ページ

（図）イリュジオンランド銃乱射事件　死亡者が狙撃された場所

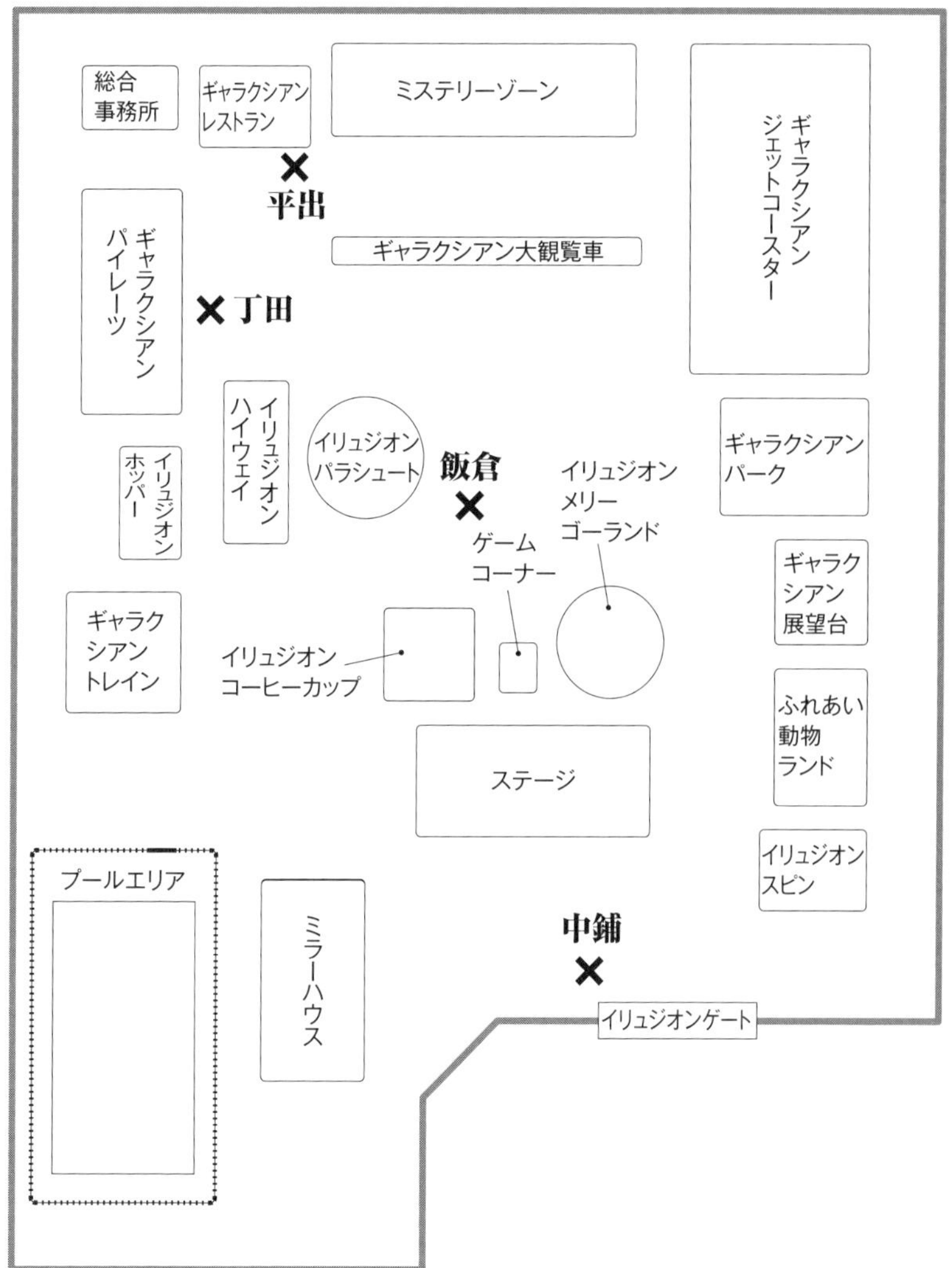

目にイリュジオンランドの綺麗な地図が描いてある。

「順に説明しますね」と、眞上は前置いた。

「このイリュジオンランド銃乱射事件では、四人が亡くなりました。三人はイリュジオンランドの関係者です」

一人目は、バルーンを歩き売りしていたスタッフ・平出弘泰。二人目は天衝村との渉外担当をしていた丁田真範という男。三人目は、飯倉武という、イリュジオンリゾートを山に作ろうと決めたプロデューサーの一人。

「へえ、随分綺麗に狙ったもんやな」

「藍郷先生の言葉が適当かはわかりませんが……。それに、四人目のことがあります。それでいくとこの四人目は、イレギュラーなんです」

件の四人目は、天衝村から天継町に移り住んだ中鋪御津花という女性だった。

一連の事件の報道で、一番よく取り上げられたのはこの人物らしい。というのも、中鋪御津花は殺された人間の中で唯一、天衝村の側の人間だからだ。

復讐に駆られて銃撃事件を起こした、天衝村に異常な愛着を持っていた人間が、よりによって同じ村の人間まで殺した、というのはセンセーショナルな話だった。

同胞まで撃ち殺した籤付は、ある種の一貫性の無さを責められることとなった。もしイリュジオンランド側の人間だけ殺していれば、それはとても分かりやすい話になるのに、という想いをまぶせば、同じ人間が死ぬのでも、意味が大きく変わってくるらしい。

「結局、誰が死んでもよかったということなのかもしれないけどね。籤付の目的はイリュジオンランドを廃園に追い込むことなんだから。あるいは、天衝村の人間だって気づかなかったのかもしれない」

「……籤付晴乃の狙撃の腕は相当なものですよ。そうじゃなきゃそもそも当たりません。イリュジオンリゾート誘致の立役者である中鋪御津花さんのことを間違えて撃つなんてことはあるんでしょうか?」

「なら、どうでもよかったんだよ。同じ村に暮らしていた人間が生きようが死のうが」

成家はややぶっきらぼうに言った。気づかなかったが、目の前の男も、籤付晴乃に対してそれなりに憤っているようだった。だが、常察は緩く首を振った。

「なんだかおかしい気がするんです。しかも、位置の問題もあります。他の被害者に比べて、中鋪御津花は離れすぎていますし」

常察が、手製の地図を指差す。

バルーン売りの平出はギャラクシアンレストランの近く。渉外担当の丁田はギャラクシアンパイレーツ近くで役員に説明をしているところを撃たれた。プロデューサーの飯倉はそれこそ観覧車近くで頭を撃ち抜かれたらしい。

対する中鋪御津花は、イリュジオンゲートの左付近で撃たれている。狙うのは不可能じゃないが、よほど意思が強くなければ彼女を撃とうとは思えない位置だ。しかも、彼女は胸元をしっかりと撃ち抜かれている。

ということは、と眞上は思い出す。イリュジオンゲートのビニールシートの下にある血痕は、想像よりもたっぷりと付着していたのかもしれない。二十年経っても残り続ける、忌まわしい跡。考えるだけで、ぐっと心が重くなる。あそこで実際に、人が殺されたのだ。

そのことを意識していなかったことを、何だか眞上は責められているような気分になった。

「確かに遠いが……狙えない位置じゃない」

成家が訝しげに言う。それに対し、常察はなおも食い下がった。

「これじゃあ、間違って撃ったっていうのは……通らない気がして。中鋪御津花を殺しに来たみたいで、変なんですよ。どうして籤付は彼女を殺さなきゃいけなかったのかが分からないというか……」

「でも、理由はあったやろ。ほら、天衝村の中で、彼女はイリュジオンリゾートの賛成派筆頭だったらしいやないか。同じ村の中にいるからこそ、彼女は許しがたい裏切り者に見えたんかもしれん」

藍郷は微笑みを崩さないまま、どこか冷ややかな声で言った。常察が、びくりと身を震わせる。

「……藍郷さんはどこでそれを？」

「イリュジオンランドに来るにあたって、僕も色々と調べたんよ。週刊誌か何かに書いてあった情報だから、信憑性(しんぴょうせい)は無いかも知らんけど。でも、辻褄(つじつま)は合うやろ？」

何の根拠も無いのに、信憑性が無いとは思えなかった。藍郷の説には揺るぎない説得力がある。まるで、籤付本人から中鋪御津花への想いを聞いたかのようだ。ゲートで、眞上が周到に調べていたことを揶揄した人間と同一人物とは思えなかった。

「……藍郷先生。もしかしてあんた、この辺りに来たことあります？」

思わず、そう尋ねてしまう。見たところ、藍郷は二十七、八といったところだろう。二十年前なら、小学校に上がるくらい。だとすれば、とても遊園地が似合う年齢だ。

イリュジオンランドなんかがぴったりの歳だ。

「いや、そんなそんな。僕はただの廃墟マニアの作家よ。作家っちゅうのは、色々な気持ちを想像するのが癖になるんや」

場の空気を元に戻そうと、藍郷が明るく言う。だが、さっき焼き付いた得体の知れない印象は抜けなかった。藍郷は何かを隠している。それが何かまでは分からないが、そう確信した。

「……まあ、纏めると……一番籤付晴乃を恨んでそうなのは、この中鋪御津花って子の遺族ってことになるのかな。だって、彼女は……同じ天衝村の仲間だったわけだからね。謂れない憎しみで殺されたってことになるのだろうから」

成家がそう纏める。脅迫状のことは気になったが、今の時点では何も言えなかった。

7

遅い昼食を食べてから、眞上はさっさと廃墟散策に繰り出した。そして、あらゆるところを見て回る。イリュジオンランドはどこを見て回っても楽しかった。

例えば、ミラーハウスの近くの例のプールだ。格子状の柵で囲われたプールゾーンは、どこか学校用のプールに似ている。コースに沿って虹色の線が描かれている底面は、すっかりひび割れてしまっていた。いくら水道が生きているとはいえ、ここに水を溜めることはもう出来ないだろう。おまけに、ヒビの隙間からは雑草が生え始めている。

「ほら、眞上くん見てみ。こんな風情のあるシンプルなプール、なかなかお目にかかれんで。僕、こういう形の長方形〜なプールであんま遊んだこと無いんやけど、それでもなんか郷愁を覚えるよなぁ。水は溜められんかもしらんけど、プール脇の小さな倉庫に新品の長いホースあったから、水のかけっこくらいは出来るで。ちょっとやってみようや」

あるいは、コーヒーカップ。コーヒーカップは空飛ぶ円盤を象っていて、銀色のカップがくるくる回るような形になっていた。雨が溜まりやすい構造になっているからか、底が完全に抜けている。そこから、またしても雑草が生えている。空間さえあればどこにでも生えるその生命力が愛おしい。

「あ、これ何の草なんかなあ。眞上くん、実はな雑草っちゅう草は無いんよ。どの草にもちゃんと名前があるんやわ。というか、これイリュジオンコーヒーカップって名前ついとるけど、空飛ぶ円盤を象ってるのにコーヒーカップってどういうことなんやろうな。ギャラクシアンＵＦＯとかの方がよかったんちゃう？　とりあえず雰囲気摑む為に入ってみようや」

「入りません」

イリュジオンランドは最高の廃墟だ。

隣に藍郷がいなければ、の話だが。

藍郷は何故か眞上に付いて回り、無視をしているのにもかかわらずあれこれ話し続けた。しかも「やっぱりイリュジオンランドは凄いなあ！」などの益体も無いことばかりだ。

ここまで来ると、眞上が宝とやらを見つけさせないように見張っているんじゃないかとすら思う。根負けした結果、眞上は呆れたように言った。

「あんたなんで俺に付いてくるんですか……。廃墟好きってこう、もっと群れない感じじゃないんですか」

「いや、僕みたいな明るい廃墟好きもおるやろ！　というかむしろ眞上くんが群れなさすぎなんちゃう？　もっとこう、イリュジオンランドに集まってきた人と仲良くしようって気出した方がええと思うな」

「どうして廃墟に来てまで誰かと触れ合わないといけないんですか？　他人と仲良く歓談しようって人間は廃遊園地に来ないでしょう。カフェにでも行きます」

「こういう場所だからこそ深められる親交もあると思うんやけど」

「そんなものは無いです」

「つれないなあ。なんでそんな他人と関わらないようにするん？」

「わからないからですよ。人の気持ちが。だから上手くやれないし、上手くやれないから関わらないんです」

「に、したってなぁ。関わらないっつっても、親とか地元の友達とかなんぼでもいるやろ」

藍郷がへらへらと笑って言う。その瞬間、胸が微かに締め付けられた。

「……いいから、絡まないでくださいよ。俺は――……あれ？」

そんなことを言っていると、ふと人影を見つけた。

観覧車の前を怯えたようにうろうろしながら、売野が何かを探している。

「売野さん？　何をしてるんですか？」

売野が思い切り背を跳ねさせ、ゆっくりと振り返る。

「あ、ああ……眞上くんに藍郷先生ね。ごめんなさい。さっきの脅迫状を見てから、どうにも落ち着かなくて」

言いながらも、売野は指を忙（せわ）しなく擦り合わせている。彼女の目はちらちらと観覧車の方を向いていた。その動揺ぶりが気になって、思わず尋ねてしまう。

「売野さん、あの事件が起きた日について話してもらえませんか？」

「……どうしたの？　急に。事件に興味が出てきた？」

「と、いうか……興味が出たのは事件というより売野さんなんですけど……」

眞上が言うと、売野は「眞上くんもそういうこと言うのねえ」と笑ってみせた。どういう作用か分からないが、売野の緊張を解（ほぐ）すことに成功したらしく安心する。そのまま、懐に入り込むように尋ねた。

「売野さんが不快でなければ、売野さんがイリュジオンランドで働くことになってから、事件に至るまでを簡単に聞きたいんですけど」

「ううん、特に面白い話はないのよ。ほんと、つまらない経緯。私はこの近くの……天継町に住んでたんだけど、交通費が貰えて……時給が高かったから応募したの」

「ちなみに時給は？」

「え？　確か、一三五〇円だったかな……破格だったから覚えてるの」

時給一〇〇〇円で働いている身からすると、確かに魅力的な時給だった。イリュジオンランドの気合いが窺い知れる。

「担当は売店だったんですよね？　どこの売店だったんですか？」

「売店というか……ワゴン型のショップみたいな感じだったわね。観覧車が見える位置の……ミラーハウスの手前だったわ」

「ということは、赤い屋根のタイプですよね」

ワゴン型のショップは、イリュジオンランドの中にそのまま残されていた。激しく退色してはいるが、どれも原形を留めている。どうやら赤、青、黄色の三種類があり、人間が二人入れる大きさのボックスカータイプであることは同じだが、それぞれ形が違うようだ。赤い屋根は外に開かれた階段状の棚があるタイプ。青い屋根はフックのようなものが沢山備え付けられているタイプで、ゲート付近に多く配置されていた。黄色い屋根は大きな皿のようなものがついており、恐らくはぬいぐるみなどを置いて売る為のものだろう。

ミラーハウスの手前にあったのは赤いタイプだった。ということは、売野が入っていたワゴンには階段状の棚がついていたはずだ。

「本当に怖かったわよ。あの時は私も殺されるかと思ったの。……ミラーハウスの中に逃げ込もうかと思ったんだけど、すぐそこなのに足が動かなくて。ワゴンから降りるのも大変だった」

売野がそう言って目を細める。

「観覧車から狙ってこられるってなったら、どこが安全かも判断出来なかったから。結局近くの案内板の後ろに隠れたわ」

「えっ、逃げなくても、ワゴンの中におったらよかったんじゃないですか？」

藍郷がまたしても余計なことを言う。案の定売野は表情を硬くしながら「私のワゴンは観覧車の方に向いていたから、撃たれてもおかしくなかったの」と言った。記憶の蓋が開けられて、彼女も気分を害したらしい。

「それは確かに危ないかもしれんですね！　失礼しました！　それで？　籤付晴乃が自殺した後はどうなったんです？」

「……俺が売野さんに聞いてたんですけど」

やんわりと藍郷を窘めたものの、何処吹く風といった感じだった。売野も特に気にすることなく話を続ける。

「その後は……スタッフの大部分はお客さんの避難を手伝いに行ったわ。けど……売店担当は、そこを動かずワゴンを閉めるように指示されたのね。商品もあるし、売り上げもあったし……。これが結構大変で。アトラクション担当はみんな避難誘導に行ったんだけど、そっちは人数がダブついてたし……パニック状態って感じだったわね」

「なるほど……」

　客は全員無事に避難させられたが、報道で伝え聞くほどその手際が良かったわけではないらしい。

「店を閉めた後は何をしていたんですか？」

「何をと言われても……よく覚えていないのよ。主道さんとか、経営側の人達は警察を呼んだみたいだけど……警察を呼んだ後は何をすることもないじゃない？　だから私もぼうっとしてたわ……」

「何をしていたわけじゃないんですね？　周りの人もそうでした？」

「本当にそうよ。みんなじっとして……動かなかった」

　語る売野の顔はどんどん曇ってきていた。これ以上を思い出させるのは、彼女に悪いだろう。これで切り上げるべく、眞上はしっかりと彼女を見据えながら尋ねた。

「最後です。売野さん、あの時、売店で何を売っていたんですか？」

「え？　えっと……それは……」

「流石にそれを忘れるってことはないでしょ。教えてもらえんかな」

　藍郷が煽るように言う。すると、それが呼び水になったのか売野が言った。

「確か、ギャニーちゃんのカチューシャね。あの、耳が付いているやつ……。ごめんなさい、どうしても事件のことが頭にあって、他のことはよく覚えてないんだけど……」

　遊園地の土産物としては、なかなかオーソドックスなものだろう。あの微妙な顔のウサギになりきれるカチューシャでいいのかとは思わなくもないが、耳だけなら可愛く映ったのかもしれない。

「そうですか……分かりました。もしかしたら倉庫に残っているかもしれませんね」

「え、眞上くんギャニーちゃんカチューシャに興味があるん？　なんや、意外と可愛いところあるんやな」

「お話ありがとうございました、売野さん。助かりました」

藍郷の茶々を無視して深く一礼をすると、眞上はさっさと歩き出した。慌てたように藍郷が後を追ってきた。

「僕らってなんだかお互いを無理矢理無視してるみたいと違う？　僕のこと、かなり嫌いってこと？」

「そういうわけじゃないです。俺は誰に対してもこんな感じだし……まあ、藍郷さんがグイグイ来る分、かなり引いてるところはありますけど……」

眞上にしてははっきりとした拒絶の言葉を口にする。その時だった。

「はー、ようやくあのおばちゃんがいなくなったか。余計なのがいないところで眞上くんと話してみたいと思ってたんだよ」

手をひらひらとさせながら、編河が歩み寄ってきた。

あの緊迫したホールでのことがあってから、色々な人間に声を掛けられ通しだ。

「いやー、二人ほんと仲良いね。実は来る前からの知り合いだったりする？」

「そういうわけじゃないです。廃墟探偵シリーズは読んでましたけど、読んでいただけです」

隣で藍郷が微妙な表情をしている気配がするが、体よく無視をする。そうこうしているうちに、編河がにんまりと笑った。

「さっきは冤罪晴らしてくれてありがとね。主道さんがあんな悔しそうな顔するもんだから、まあそりゃスカッとしたよ」

「それは何よりです。……それだけですか？」

「いやいや、ただね。俺はあの紙貼った人間が気になるわけよ。あんなこと書くってことは、よっぽど銃乱射事件に入れ込んでるやつでしょ？　誰なのかなぁって」

「編河さんってば銃乱射事件に興味津々なんですね。何か理由があるんですか？」

藍郷が恐れ知らずに尋ねると、編河はあっさりと言った。

「隠す理由も無いか。俺はかなりの因縁持ちだよ。何せ、俺は当時から天衝村とイリュジオンランドの騒動を記事にしてたんだから」

「もしかして『週刊文夏』の記事ですか？」

さっき事務所でも見かけた雑誌の名前を口にする。

「そうそう。よくご存じで」

「どんな記事やっけ？」

「藍郷先生は週刊誌で天衝村のことを知ったんじゃなかったんですか？」

コテージで言っていたことと矛盾しているが、藍郷はそれを気にもしていないようだった。だが、藍郷は何一つ悪びれることなく「僕は目についた有名なもんを読み漁っただけやから」と言った。

「『週刊文夏』の〝天衝村人災〟と〝天衝村のジャンヌ・ダルク〟という言葉を作ったシリーズ記事ですよ。前者は、天衝村で起きた大規模なインフルエンザ流行のこと、そして後者は――例の中鋪御津花の異名ですよね？」

眞上が尋ねると、編河は一層笑みを深めた。

「そう。その二つは俺の発明で、あの記事は俺の一世一代の出世作だよ。シリーズにして長く書いててさ。主役は例の中鋪御津花だった。彼女が寂れた天衝村をイリュジオンランド誘致によって救おうとしたっていう、まあ英雄譚みたいなものだよ」

「英雄譚……」

「うん。僕もその言葉が正しいと思うわ。あの記事のお陰で、天衝村の外の人達はイリュジオンランド支持に傾いたって言われてるくらい。中鋪御津花は終わりゆく天衝村を救うために、敢えて革新的な誘致に賛成したっていうのを、わかりやすく伝えたものやったね」

藍郷が誇らしげに言うと、編河の方も嬉しそうに頷いた。

「実を言うと俺ぁさ、中鋪御津花のファンだったんだよ」

「……ファン？」

「あの子はね、本物の英雄だったんだよ。それこそ、ジャンヌ・ダルクみたいなね」

編河が懐かしそうに目を細める。

「俺は天衝村闘争を間近で見ながら、ひたすら彼女を応援してた。本当は、報道にあるまじき姿勢なのかもしれないけどな。天衝村の頭の固い連中に比べて、中鋪御津花はどれだけ真に天衝村を想っているかを書き続けた。書けば天衝村の住人達に伝わると思った。たった一人の女の子の力で、二つに分かれてしまった村が一つになるようなお伽噺を信じちまってたんだよ」

それが成立していたら、収まりのいい美談になっていただろう。だが、きっとそうはならなかったのだ。案の定、編河が表情を曇らせる。

「だが、俺が『中鋪御津花は正しい。彼女の下で団結しよう』って書いたところで、和解が進むことはなかったんだわな。むしろ、中鋪御津花を過剰に持ち上げ、世間に彼女の味方をする人間が増えていったことで、逆に風当たりが強くなったんだわ。彼女が英雄視されればされるほど、反発を覚える人間も増えていったし、逆に彼女が裏切り者だって書く記事も増えていった……」

編河は苦々しく呟く。

「そうして、最終的にあの子は怒りに狂った籤付晴乃に撃ち殺されることになったわけだ」

彼の目は、まるで死にゆく中鋪御津花を見つめているかのようだった。

「俺はこれを受けて週刊誌の記者を辞めた……正確には辞めさせられたってわけ。当然の報いだと思うよ？　だって、俺が間接的に銃乱射事件を起こしたんだからね。もし俺が中鋪御津花を神格化しなければ――和平の女神みたいな扱いをしなければ、籤付晴乃にあそこまで憎まれることもなかっただろうに」

「ペン一つで状況をすっかり変えてしまうというのは、俺からしたらすごいことですよ。もし、編河さんが中鋪御津花のことをジャンヌ・ダルクだと煽らなくても、対立は深まっていたでしょうし……」

本当にそうだろうか？　という言葉が頭を過る。もし中鋪美津花を祭り上げなければ、彼女は狙われることなんかなかったのではないだろうか？

とはいえ、編河が何故イリュジオンランドにこだわりを持っているのかが分かる答えだった。

「それでいくと、編河さんは籖付晴乃を憎むと同時に――イリュジオンランドにも憎しみを抱いているんじゃないですか？」

「いーや、だとしてもあんなセンスのない脅迫状は送らないっての」

編河が笑う。

8

その後は特に進展もなく、夕食の時間を迎えた。

てっきり夕食は佐義雨が用意してくれるものだと思っていたのだが、彼女はそういったことをする為にここにいるのではないらしく、夕食はコテージにある冷凍食品を各々が電子レンジで温めて食べる方式になっていた。ハンバーグやらチキン南蛮やら、案外種類豊富なものが揃っているが、眞上からすればどれも変わらないので、適当にチキンの煮込みなどを取る。すると、横から常察がすっと桃の缶詰を差し出してきた。

「あ、眞上さん。よければご一緒にどうですか？　こういうのもあるみたいです」

「あ、いや俺は……そういうのは大丈夫です。というか」

「果物嫌いなんですか？」

「嫌いというわけじゃないんですが……」

「じゃあアレルギーとか？」

「枇杷がお好きだったようなので、アレルギーはありませんよね？」

そう言ったのは、自身も美味しそうに桃の缶詰を頬張っている佐義雨だった。

「アレルギーでもないんですけど……」

「苦手なら苦手だとはっきり言った方がいいですよ。コミュニケーションってそういうものじゃないですか」

佐義雨は白桃を口へ運ぶ箸を止めずに言った。彼女は一応運営側であるはずなのに、あまりにもここによく馴染んでいる。

佐義雨の悠然とした態度は、食後の団欒の際も変わらなかった。

「ココアとコーヒー、どっちかいるかしら？」

気を利かせたのか、そういう立ち回りが好きなのか、渉島と売野がコーヒーを淹れてくれたのだ。正確に言うなら、ココアを作ろうとした売野に続いて、渉島が自分はコーヒーを担当すると言い出したようだ。

コーヒーはホールのキッチンにあったサイフォンを、ココアはポットに入ったお湯を使って作っているらしい。どんどん注がれていくそれらを見ながら、眞上は言う。

「それじゃあ……コーヒーをお願いします」

特にこだわりは無かったので、量の多そうな方を選ぶ。

旨味（うまみ）の感じられないそれを、お湯のように啜（すす）っていく。そうこうしているうちにも、主道や編河がカップを取り、スティックシュガーなどを放り込んでいく。もしかすると、こういう時は砂糖を入れた方がいいのかもしれない。恐る恐る無地の包みに手を伸ばす。すると、目の前でさっとスティックシュガーが取られた。

鵜走は勝ち誇ったような顔で眞上のことを見ている。スティックシュガーが勝利の証であるかのようだ。そのまま、鵜走はこれ見よがしにカップに砂糖を入れていく。

薄々気がついていたことだが、鵜走は何だか眞上に対抗意識を燃やしているような気がする。しかも、どうでもいいところで。歳が近い上に何だか似た雰囲気があるからだろうか。それでいて鵜走は、コンビニ勤務をあまりよく思っていなさそうだ。こういう感覚には覚えがあった。眞上は舐められているのだ。

「鵜走くん、それココアよ？」

「え？　うわ、砂糖入れちゃった」

「……僕からこれ見よがしに奪ったのに大変ですね」

眞上が言うと、鵜走は小さく舌打ちをした。心がヒュンとなってしまった。

思わず身を引くと、今度は藍郷が寄ってきた。そのまま、声を潜めて藍郷が言う。

「なあ、ほんとに外で寝るん？」

「寝袋は貸しませんよ。一人分しかないので」

「いや、話の流れ的にそうはならんやろ。やー、こんな状況になっても夜外で寝んのかなって」

「心配ないです。俺は何度も夜勤を経験していますから」

「夜勤と廃墟での野宿は違うやろ」

「同じ夜なのに、どうして違うんですか」

真面目に尋ねると、藍郷が珍しく言葉に詰まった。誰かを言い負かすのに優越感を覚えるのは趣味がよくないが、この相手ばかりは気分がいい。

「だって、もしかしたらこの中に復讐に燃える籤付晴乃が潜んでるかもしれんやん」

藍郷の目はぞっとするほど冷たかった。まるで、彼が籤付晴乃の代弁者とでも言わんばかりだ。観覧車から人間を次々に撃ち抜いていった男の目を連想させる目だ。

こちらの生殺与奪を握っている、と示しているような目だ。

「……だとしても、負けませんから」

「負けませんって、なんやそれ」

眞上はコーヒーを飲み干すと、藍郷を無視してそっとコテージを立ち去った。

その後、コテージでは宝についてや、籤付晴乃による銃乱射事件についての充実した意見交換が行われたのかもしれないが、眞上がそれを知ることはなかった。目映い星明かりの下で眞上は寝床を決めると、ボーッとイリュジオンランドを見下ろしながら過ごした。イリュジオンランドに来てから一番充実した時間だった。

そうして、眞上は寝袋に包まると、満ち足りた気持ちで眠りに落ちた。

*

夢を見ていた。昔の夢だ。

天井のあるところで眠ることを恐れていた。繰り返し崩落の危険性を教えられた眞上永太郎は、落ちない空を頼りにしていた。この屋根のあるところで寝てはいけないという強迫観念めいた取り決めの所為で、降ってきた雨で起きることも多かった。その所為で風邪を引いて熱を出したことも一度や二度では無い。

夢の中で、眞上は高熱を出して魘されていた。苦しくてたまらなかったが、熱を出すのは嫌いじゃなかった。熱を出した時は移動が無い。眞上は粉吹く壁に囲まれながら、灰色の空を眺めていた。雨が降りそうだった。もし運が良ければ、父親はどこからか傘を調達してきてくれる。この灰色の空が自分に牙を剝く前に、その幸運に恵まれればいい。

早く戻ってきてくれないと、雨が降り始める。天井があるところは恐ろしい。空は墜ちない。

遠くで銃声が聞こえる。眞上は、帰りたい、と思う。

夢の中の空から水滴が落ちてきて、目が醒めた。

ぱちりと目を開けた眞上は、ぼんやりしたまま、目が暗さに慣れるまで天井を見つめ続けた。時刻はよくわからない。真夜中であることだけが確かだった。

ぎしぎしと軋む音がうるさいからだろうか。いや、これよりもうるさい状況下で寝たことはいくらでもある。揺れもあまり気にならない。なら、遠足に出る前の子供のような高揚が眠気を飛ばしているのだろうか？　それはあるかもしれない。

今日一日見て回っただけでも、イリュジオンランドの持つ引力は素晴らしかった。みんなに愛される遊園地になるはずだったにもかかわらず、今やここは忘れ去られた忌まわしき遺物でしかない。そのことが、眞上の心と共鳴する。

目覚める前は、昔の夢を見ていたような気がした。廃墟に放られ、不安な気持ちで父親を探す夢だ。あの時の眞上にとって、廃墟は大きな死骸であり、自分を脅かすものでしかなかった。

その死骸を愛することが出来るようになるまで、結構な時間がかかってしまった。

このまま寝直すのも何なので、真夜中のイリュジオンランドを眺めることにした。寝袋から這い出してみると、月が明るいからか、真っ暗闇の園内も朧気に見える。それに、眞上は視力が良かった。

だから、暗闇に慣れた眞上の目は園内を移動する影のようなものを、見つけることが出来てしまった。

暗闇の中を、何かがひょこひょこと歩いて行く。どこかユーモラスなシルエットの胴体。ランド内を歩いていれば目立つだろう存在感。そして、暗くても分かる二本の耳。

歩いているのはギャニーちゃんだった。昼間、常察たちと見たあのウサギの着ぐるみが歩いている。歩きづらいのか、トコトコと左右に揺れながら歩くのがコミカルで可愛い。……だが、やはり顔つきというか、デザインは可愛くない。

イリュジオンランドが無事に運営されていれば、ギャニーちゃんも人気キャラクターとして名を馳せていたのだろうか。

そこまで考えて、ようやく違和感を覚えた。

閉園した遊園地の中を、どうしてギャニーちゃんが歩いているのだろうか。しかも、こんな真夜中に。ふらつきながら歩いて行くギャニーちゃんは、懸命にどこかを目指している。あの中にいては夜目もあまり利かないだろうに。

ギャニーちゃんは眞上に気がつくこともなく、どんどん奥へ向かって行く。やがて、ギャニーちゃんの姿は完全に見えなくなってしまった。

こんな夜中に着ぐるみを着て歩き回る人間はいないだろう。ということは、きっと眞上の見間違いだ。目を擦りながら、もう一度寝袋に戻り、錆び付いた天井を見つめる。その錆の一つが星のようにも、血痕のようにも見えた。

第二章　着ぐるみに死す

1

　翌朝、起きるなりコテージに向かったのは、朝食を貰う為だった。持ってきたものだけで回していくのもいいが、別で食料が調達出来るならそれに越したことはない。ついでに言うなら、牛乳などの携行出来ないものが取れればありがたかった。

　だが、荷物を纏めてやって来た眞上は、朝食どころではない空気に迎えられた。扉が開くなり全員の視線を集めた眞上は、引き攣った表情で尋ねる。

「えー……と、どうかしたんですか？」

「主道さんがいらっしゃらないんです」と、常察が不安げな顔で言う。

　言われてみれば、部屋の中央でどっしりと構えていた主道の姿だけが無い。

「眞上さん、何かご存じないですか？」

　渉島が硬い表情で言う。そのまま、眉間に指を当てて、大きな溜息を吐いた。

「すいません、俺全然何も知らなくて……」

「ああ、違うんです。この溜息は眞上さんに向けたものではありません。私達は全員、体調がよくなくて」

　言われてみると、ホールに集まっている殆ど全員が、どことなく元気が無い。売野(うりの)なんかはあからさまに顔色が悪そうというか——眠そうだった。まるで、熟睡しているところを無理矢理叩き起こされたかのようだった。

「夕食を摂ってから、妙に身体が怠(だる)くて。私、そこからずっと寝てたんです。……なんか変な感じで」

　売野が眠そうな目を擦りつつ言う。

「もしかしたら、薬でも盛られたのかもしれんな。だって、全員がこんなに具合悪くならないやろ」

　そう言うのは、平素と何の変わりもない藍郷だった。

「……藍郷(あいざと)先生は元気そうですね」

「ああ、多分僕は避けられたみたいなんよ。食べ物は全部個包装やったし、一体何が」

「食後のコーヒーじゃないの？　コーヒー」

　そう言ったのは、編河(あむかわ)だった。編河は右手に嵌めた白い時計を眺めながら言う。

「今、八時二分でしょ。俺、ショートスリーパーだから五時間くらいしか寝ないタイプなんだけど。昨日は十二時前に寝ちゃった。気味悪いよなあ」

「コーヒーだったら話も分かるなあ。僕、それ飲んでへんから」と、藍郷が言う。

「コーヒーだと、私が怪しいことになりますね。それに売野さんも」

渉島は特に頓着した様子も無く言う。すると、売野が「私は変なことなんか何もしてません！」と短く叫んだ。どことなく疑心暗鬼の風が吹いている。

ここで眞上は、自分が特に眠くならなかったことを申告するか迷った。自分はコーヒーを飲んでいるが、特別眠くなったりはしていない。他の人間と違うところといえば、スティックシュガーを入れていないことくらいだ。だとしたら、あの砂糖が怪しかったのだろうか。だが、あの砂糖は誰が使うかは分からなかったし、そもそもコーヒーを淹れた渉島と売野も使っていた。売野に至ってはココアを飲んだ後にコーヒーを飲んでいた始末だ。二人が薬を混入させたのだとしたら、どういう動機なのか分からない。自分も含めて周りも眠らせたかったのだろうか？

「ちなみに、俺も眠いです。俺はココアだけど」

鵜走（うばしり）が欠伸（あくび）交じりで言う。

「私は元々不眠症に悩まされていたので、犯人が誰であろうと責めるつもりもありませんが」

「渉島さん、冗談じゃないんですよ。不謹慎です。……全員に薬が盛られて、主道さんだけがいなくて。どう考えてもおかしい」

常察がどこか悔しそうに言う。

「でも、主道さんは単純に探索に出ているだけかもしれない。あれだけイリュジオンランドの宝探しに熱心だったんだから」

やや顔色の悪い成家がおおらかに言う。確かにそちらの方が自然だ。

だが、その考えはあっさりと裏切られた。

「すいません。対応が遅れました」

そう言いながら、佐義雨が入ってくる。

「どこに行っていたんですか？　こんな一大事に」

編河の質問に、佐義雨は少し悩んでから答えた。

「十嶋の判断を仰がなければならないようなことが起こりまして」

「もしかしてそれって、主道さんがいなくなったことと関連してるん？　彼がイリュジオンランドを出たとか」

藍郷が言うと、佐義雨はゆっくりと首を振った。

「非常に申し上げにくいことなのですが……」

佐義雨が普段より一段トーンを落とした声で言う。彼女がその神妙さを纏っていること自体が途方もなく不穏だった。

「昨夜午前一時三十二分の時点で、主道さんのバンドが心音を感知しなくなりました。ということは――」

「外してどこかに行ったんじゃないですか？」

「それにしては、心音の停止と生体電気の停止にズレがあるんです、ということは――」

「死んでるってこと、ですか」

思わず声が出てしまう。周りの視線がまたも眞上に集まるが、今度は不謹慎だと言われることもなかった。

「探しに行きましょう。きっと何かの間違いよ」

引き攣った顔で売野が言う。狼狽しきった彼女がそう言ってしまうことで、これからの悲劇が確定されてしまったような気がしてならなかった。

2

コテージを出た瞬間だけ、途方もない感覚に襲われた。この広い遊園地のどこに主道はいるのだろうか？　朝だからか、イリュジオンパラシュートの傘から陽(ひ)の光が漏れ出しているのが綺麗に見えた。遠くから見た時には何の綻びも感じられなかったそれに、急に年月を感じる。連想したのはプラネタリウムだ。空いた穴を通して偽物の星空が生まれる。

「遊園地がどうしてミステリで使われづらいんか分かったわ。広すぎて死体が見つかりにくいからやろ。犯行だってしやすいやろうし。これじゃあ隙を見て殺したい放題ってことやん？」と藍郷が言う。

「これ以上好感度下げてどうするんですか」

その時、眞上の耳に妙な異音が聞こえた。

「遊園地というのは、基本的に鳥獣避(よ)けがされていると聞いたことがあります。周辺に獣が嫌がる音を流して、入ってこないようにしているとか」

「何で妙な豆知識を披露してくるの？　遊園地雑学？」

鵜走が不快そうに顔を歪（ゆが）める。

「いや、これはどちらかというと野生動物の方面の知識です」

言いながら、胸騒ぎが止まらなくなる。耳の端に、聞き慣れた生き物の鳴き声が届いていた。

「……イリュジオンランドは山の中に建っています。当然、野生動物がやってくる可能性が高いので、当時はそういった仕掛けを施していたんでしょう。ですが、今のイリュジオンランドはただの廃墟です。となると――」

鳴き声のする方に進路を向けると、全員が文句を言わずに付いてきた。

こちらの方にあるのは、ギャラクシアンジェットコースターだ。ホームに辿り着く前から、頭上に曲がりくねるレールと、それを支える何本もの柱に迎えられる。まるで、巨大すぎるジャングルジムに分け入っているような気分になった。この複雑な迷路をコースターが走っていたのを考えると、途方もない装置だ。

程なくして、鳴き声の主が蠢（うごめ）いているのを見つけた。ジェットコースターのホーム近くにある、背の高い鉄柵のところだ。この鉄柵によってイリュジオンランドは外界と隔てられており、この一線によって夢の国と現実が分けられている。

知性を持った黒い羽たちが、眞上の接近に気づいていち早く飛び立った。彼らの発する高い鳴き声は廃墟と化したイリュジオンランドによく響く。

そうして、今まで山烏にたかられていたものの姿が明らかになった。

「ひっ――――！」

売野が引き攣ったような声を上げる。その後に、常察が引き攣った顔で叫んだ。

「鉄柵に――鉄柵に、刺さってる……！」

視線の先にあったのは、全身を血で濡らし、仰向けに倒れたギャニーの着ぐるみだった。上半身は園内に、下半身は園外にある格好だ。

ギャニーの胸の辺りからは鉄柵が二本突き出ていた。イリュジオンランド内と外を隔てている鉄柵は二本が、互い違いにジグザグとなっているのだが、その二本が両方刺さっている形になる。

そして、鉄柵の高さは十二メートルほどだ。それなのに、着ぐるみが地面に着いている――ということは、相当高いところから突き刺さったか、もしくは無理矢理地面に下ろしたかだろう。

まるで、地面から生えてきた槍に貫かれたような有様に、思わず引いてしまった。血に濡れた瞳の星は、一層おぞましくきらきらと輝いていた。

「あれ、何？　あれ、そんな――」

売野が震えながら距離を取ろうとする。そんな中で、一足早く歩み寄ったのは渉島だった。

「この中には、誰かが……いいえ、恐らくは主道さんが入っているのでしょうね」

言いながら、渉島が臆することなく着ぐるみの頭部に手を伸ばす。それを見て、思わず声が出た。

「待ってください。俺がやります。俺が……外します」

職場でのゴミ出しやレジ締めを率先して行うのとは訳が違う。だが、これを他の人にやらせてはいけない気がした。

頭部には比較的血の付着が少なかったが、それでも注意深く、なるべく耳のてっぺんを選んで摑む。勢いのまま、思い切り引き抜いた。さかさまになった頭部が露わになる。埃っぽさと攪拌（かくはん）された血の臭いが鼻についた。

当然というべきか何というべきか、露わになった本物の頭部は、主道だった。苦しげに目を瞑（つむ）っている姿は、悪夢にうなされているようにも見える。

首元には一目で致命傷だと分かるような大きな傷があった。半円状にぱっくりとついた傷口からは、夥（おびただ）しい量の血が流れた跡がある。ギャニーの着ぐるみが血に濡れているのはこれが原因らしい。

「ひっ……いいいいいいいい……っ！」

売野がそのまま地面に崩れ落ちる。どこにも逃げ場なんてないのに、彼女の指が必死に地面を掻いて、死体から離れようとしていた。

他の人は案外冷静に見えた。口元を押さえている常察や、目を逸らしている渉島はともかくとして、編河も藍郷もじっと事の次第を眺めている。いや、眞上と同じように周囲を観察している。佐義雨や成家……鵜走もそうだ。もしかして、この死体に何か関係があるのだろうか。なら、こうして見ていることで、ボロを出すかもしれない。

すると、鵜走が険しい顔つきのまま言った。

「随分平然としてるんだな。……こんなことになったのに」

「えっ、そ、そんな」

平然としているのはそっちもじゃないか！　と眞上は思ったが、既に要らぬ疑念を抱かれてしまっているのだ。同じような態度を取っていても、眞上のきな臭さは他の人間の比じゃないのだろう。

「いや……だって俺、コンビニで働いてるんですよ？　コンビニだと、ほら……ネズミとかも駆除しなくちゃいけない時があって」

「ネズミと人間が同じなんて、とても奇特な感性をしてらっしゃるのね」

渉島が皮肉っぽく笑う。何を言っても最悪の方向で取られるくらい好感度が下がっているらしい。こういう時こそ、と藍郷の方を見たが、彼は死体の方に近づいてしげしげと眺め回している。肝心な時に役に立たない上に、その冷静さが気持ち悪かった。

「おいおい冗談きついだろ……。宝探しって殺される覚悟までしなくちゃならないのかよ」

編河が冗談とも本音ともつかない呟きを漏らす。

「……バンドが心音を検知しなくなった時刻は、主道さんの死亡時刻だったってことなんですね。午前一時三十二分。それが犯行時刻だ」

成家が確かめるように言うと、傍らに控えていた佐義雨が「そのようですね」と言う。死体を見つけた後だからか、彼女は一転して落ち着いているように見えた。

「ていうか、これどういうことなんだよ。なんで主道さんは着ぐるみを……？　どうなってこうなったんだ？　だって、致命傷はその首の傷だよな。なんでわざわざ鉄柵に刺したんだ？」

鵜走がやや青ざめた顔で言う。

「とりあえず、着ぐるみから出した方がいいんじゃないかしら……。だって、そんなのホトケ様に悪いわ……」

売野がふらふらとした足取りでギャニーの着ぐるみに近づいていく。それを制したのは藍郷だった。

「いや、よく見てくださいよ。主道さんを出してあげようっていう売野さんの気持ちはわかりますけど、無理ですって」

「え……？　無理ってどういうこと？」

「見ればわかるやないですか。主道さんは鉄柵で着ぐるみごと貫かれてるんですよ？　刺、刺さった、い、い、い、いま、まだと脱がせられないいいいんですよ。一旦抜かないと。せやけど、この高さじゃ、そもそも抜くのが無理なんです」

藍郷はわざわざ近くの鉄柵を叩きながら言った。

「想像しにくいですか？　なら、リカちゃん人形のお腹(なか)に鉄の棒が刺さっている状況を想像してください。その棒が刺さった状態で服を脱がせられますか？　っちゅう話なんですよ」

藍郷の言う通りだ。イリュジオンランドを囲む鉄柵の高さは、簡単に見積もっても十二メートル近くある。主道の身体を鉄柵から抜くには、一度主道の身体を十二メートル分持ち上げないといけないのだ。

「着ぐるみに包まれた主道さんにロープか何かを結んで上に引っ張るにしても、一人じゃ無理ですよ。主道さんは恐らく七〇キロはありますからね。そこに着ぐるみ分の重さが加わってるんだから」

「じゃあ、鉄柵を壊せばいいんじゃないの？　何か切るものくらいあるでしょ」と、編河が言う。

「無理です。イリュジオンランドの鉄柵はそうそう壊れるものではありません。この鉄柵は人間の侵入を防止するだけでなく、万一の時に野生動物が入らないようにもなっているんです。熊の膂力(りょりょく)に耐えうる鉄柵を破壊出来るものはありません」

渉島が冷静に言う。数十年と続いていく遊園地を構想していたからか、鉄柵は二十年経ってもしっかりとしている。鉄柵と鉄柵の間が一〇センチくらいなのは、熊を想定しているサイズだったからなのか、と思う。

「なら、着ぐるみの方をどうにかすればいいんじゃないですか？」

鵜走が言うのに対し、ギャニーの頭部を持ったままの眞上が答えた。

「それもかなり厳しいんじゃないでしょうか……。着ぐるみは——特にこういうアクションに耐えうるようなものは、かなり頑丈に作られています。この頭部だけでも触ってもらえば分かると思うんですけど、刃物はなかなか通らないでしょう。ですが、それ以外の方法を取れば中に入っている主道さんに……傷が付きます」

口には出さなかったが、この着ぐるみを損壊するのに一番適しているのは、火を点けてしまうことだろう。だが、そうなれば主道の遺体もただでは済まないはずだ。

「じゃあ、主道さんの死体はこのままにしておくしかないっていうこと？」

売野が信じられないと言わんばかりに口元を押さえる。

「警察を呼んで事情を説明すれば、クレーンか何かで持ち上げてもらえるでしょう。今はそっとしておくしかないと思います」

眞上が言うと、編河が「悪趣味なこったな」と睨んできた。まるで眞上が故意に死者を辱めているとでも言わんばかりだ。

「それにしても……確かに変だな。どうして犯人はこんなことを？　そもそも、どうやってこの高さの鉄柵に刺したんだ？」

成家が訝しげに言うので、一瞬悩んでから口を開く。

「刺す方法についてはありますよ。……この位置ですから」

「この位置、というのは？」

「ほら、この鉄柵の上の方を見てください」

眞上が指差すのに合わせて、全員が鉄柵の上に視線を向ける。そこにあるのは、藍色のレールだった。当たり前に頭上に存在しているので、うっかり見落としてしまったらしい。

「この鉄柵の上は、ギャラクシアンジェットコースターのコース上なんです。とはいえ、ホームから出たばかりのところですが……。ギャラクシアンジェットコースターは鉄柵のギリギリを登り始め、一回目の落下を経て一周していくわけですが……このレールの上から鉄柵に目掛けて落とせば、刺すことが出来るんじゃないでしょうか」

「そんなことが出来るわけないだろ」

鵜走がすかさず反論してくる。

「何もレールの上を歩けと言ってるわけじゃなくて、レールの横には点検用の階段と小さな通路があるじゃないですか。そこを通ればいいんですよ」と眞上が言うと、鵜走は更に訝しげな表情になった。

「だから、そっちでも無理だろ。着ぐるみごと鉄柵に刺さなくちゃいけないんだからさ。お前は着ぐるみを着た人間を持ち上げてあの狭い通路を上って、鉄柵の上に落としたっていうのかよ」

「……それは確かに、厳しいかもしれません。ずっと持ち上げていなくちゃいけないわけですし……」

七〇キロプラスアルファともなれば、眞上でも持ち上げるのが厳しい重さだ。おまけに、ギャニーの着ぐるみは嵩（かさ）がある。手が回らないから、余計に力は入らないはずだ。

「え、じゃあ……どういうことなんでしょうね。でも、レール上から落としたんじゃなかったら、鉄柵を人に刺すことは……」

「ちゃんと考えてから発言しろよ。中途半端に主導権握ろうとするだけなら誰でも出来るんだからな」

「はい……」

鵜走に叱られて、素直にへこんでしまう。けれど、それ以外に着ぐるみを鉄柵に刺す方法が思いつかない。

「いや、ジェットコースターから主道さんを落とす方法はあると思うで」

そう言ったのは、藍郷だった。

「確かに重さも嵩もある主道さんを落とすのは難しいかもな。けど、着ぐるみを着た主道さんが自分でレールの上に上ったんやったら、そこの問題はクリア出来るやろ？　ギャニーちゃんの着ぐるみは動きやすい作りになってるんやし」

「なるほど……！　流石はミステリ作家ですね！」

成家が感嘆したように呟く。それに対し、編河も言った。

「そうか、小説なんて絵空事だと思ってたけど、それを書く知見ってのは本物なんだもんな。こりゃあ小説の中みたいに藍郷先生が事件を解決出来るんじゃないか？」

「いやあ、ジャーナリストたる編河さんにそう仰ってもらえると、僕もこれまで三文文士として頑張ってきた甲斐（かい）がありますわ。事実は小説より奇なりですが、人間が想像出来るものは全て起こりうるっちゅうわけで」

「あの……藍郷先生、ちょっといいですか」

「うん？　眞上くんどうしたん？　助手の不出来な推理を補完してあげるのも探偵の役目だからなあ。気にすることないで」

「そうじゃなくて……主道さんはどうして着ぐるみを着てレールの上から鉄柵に向かって投身したんですか？」

「え？」

藍郷が不思議そうな顔をする。何を言われているのかわからないらしい。

「え？　じゃなくて……それじゃあ主道さんは自殺ってことになりますよね？　なんで主道さんは着ぐるみを着て自殺なんか……」

「眞上くんって小説とか読まんの？　シャーロック・ホームズは？」

「ああ、ええ……はい。廃墟に関係する本以外は読みませんね。なので『技師の親指』だけ読んだことがあります」

「君の廃墟本認定が独特であることはおいておくわ。んでシャーロック・ホームズの言ったことなんやけど、ありえない全てのことを排除して、最後に残ったものがどれだけ奇妙なことであっても、それは真実となるんやって」

「つまり……？」

「つまりやな、主道さんが着ぐるみを着たまま投身自殺することがいかにあり得ないとしても、それは全ての可能性を排除した先の真実だっちゅうことや」

藍郷は誇らしげに言った。まるで眞上のことを華麗に論破出来たとでも言わんばかりだ。

「いや、ありえない全てのことを排除出来ている気がしないんですよ。だって、主道さんは喉を掻き切られていますよね？　自殺するつもりで投身して柵に突き刺さった主道さんは、どうして喉を掻き切られてるんですか？」

「簡単なことやろ。この中に主道さんのことが憎くてたまらない人間がおったわけ。そして昨夜、そいつは主道さんのことを殺害するべく夜のイリュジオンランドを徘徊し──こうして亡くなっている主道さんを発見した。自分の手で殺したいと思っていたそいつは、腹いせに主道さんの喉を切り裂いたんや！」

「なるほど……小説家さんらしい洞察ですね」

涉島が本気ともつかない声でしらっと言う。

「……分かりました。とりあえず藍郷先生のお陰で、この状況がどれだけ異常な状況かは理解出来ました。そういう状況を想定しないと成立しないんですよね」

「眞上くんはさっきからやけに僕に食ってかかってくるなあ。ろくな推理もせやんのに。ミステリ作家である僕に反論するんなら、何か仮説くらい立ててくれればええやろ」

乱暴な論理だが、一部分は確かにその通りだ。藍郷の推理に反論するのなら、眞上が何か別案を考えなければならない。

「はい……。今のところは、藍郷先生の説に従います。……そろそろギャニーの頭置いていいですか？」

「ちょっと待って眞上くん。主道さんの死体を動かすことは出来ないってことはわかったわ。でも、その頭部を取っちゃったら……主道さんの顔は晒されっぱなしってことになるわよね？」

売野がギャニーの頭部をじっと見つめながら言う。さっきから彼女は主道の方を全く見ようとしない。

「え、じゃあ……戻しますか？　頭」

「そっちの方がいいと思うんだけど」

「いやいやいや、無いでしょ。俺が死んだ後こんなもん被せられたら化けてでるけど！」と編河が言う。

「私は死に顔を晒し続けるより頭部を被せられた方がいいですね」と、渉島が返す。

「俺もこんな状態にされるくらいなら丸ごと着ぐるみがいいわ」と鵜走が言い、常察が「打ち覆いの代わりと考えればいいのではないでしょうか」と言う。

「というか、眞上くんにずっと持たせているのも申し訳無いし、やはり頭部はつけた方がいいんじゃないだろうか。悪いけど、戻してもらえるかな」

「……はい」

成家に促されたことが決め手となって、眞上は恐る恐る頭部を被せに行く。当然ながら死体の頭部に触れることになり、喉の傷口もしっかり凝視することになった。

頭部を装着し終えた主道の死体は、悪趣味なオブジェにも見えた。廃園になった遊園地で、かつてのマスコットキャラクターが処刑されている様だ。

全員が気まずそうに顔を見合わせている。これからどうすればいいか考えあぐねているのだろう。昨日見たものを切り出すならここしかないが、どうするべきだろうか。悩んだ末に、眞上はゆっくりと口を開いた。

「……あの、先に言っておきたいことがあるんですけど」

「どうしたんですか？」と常察が言う。

「俺、歩いているギャニーちゃんを見たんです。もしかしたら、あの時に中に入っていたのが主道さんかもしれません」

「ほ、本当に⁉　何時頃だったか分かる？」

売野が焦った様子で尋ねてくる。

「時間はわかりません。すいません……。真夜中に目が醒めて、ボーッとイリュジオンランドを眺めていたら、ギャニーちゃんが歩いているのを見て……最初は夢かと思ったんですけど」

こんなことになった以上、あれは現実だったということだろう。ギャニーの着ぐるみは暗い遊園地の中をしっかりとした足取りで歩いていた。

「多分、ギャニーの着ぐるみが仕舞われていたG３倉庫の方から来たんだと思うんですよね。だとしたら、着ぐるみに入った人物は倉庫から着てきて、ギャラクシアンジェットコースター付近にやって来たのかもしれない」

「どうしてその時にコテージに戻ってきて俺達に言わないいんだよ」

苛立たしげに鵜走が言う。

「だから寝ぼけてると思ったんですって……あんな真夜中に着ぐるみを着て練り歩く理由がわかりませんし」

「そりゃあそうだわな。いい歳した大人が意味もなくそんなことはしない。で、わざわざ『着ぐるみに入った人物』って言ったのは？」

編河が試すような目で眞上を見る。

「今の時点では中に入っていたのが主道さんである保証は無いからですよ。主道さんが自分で投身したにせよ、喉を掻き切った人間は確実に存在するんです。もしかしたら、着ぐるみを最初に着ていたのは、主道さんの喉を切り裂いた人間――切り裂き犯なのかもしれないって」

「どうしてそんなことを？」

「たとえばですけど……返り血を防ぐ為だったのかもしれない。切り裂き犯が元から主道さんの喉を切り裂く予定だったなら、着ぐるみは血を防ぐのにうってつけですから」

だが、これについても謎が残る。返り血を気にするくらいなら、他の殺し方をすればいいのだ。わざわざ大量の出血が予想される喉を狙わなくてもいい。それに、これだと殺した後に着ぐるみを着せ、鉄柵に落とすという順番になってしまう為、どちらにせよ重さの問題が解決しない。

頭を悩ませていると、意外なところから援護が来た。

「確かに、主道さんの喉を切り裂いた人間が元々着ぐるみを着ていた、というのは納得がいきます。主道さんは妙な悪ふざけをなさらない方ですから、自分で着たとは思えません。大方何かの偽装の為に着ぐるみを着用し、不要になったから主道さんに着せたのでしょう」

渉島が着ぐるみの方を見ながら言った。ややあって、視線が眞上の方に向く。

「もし素顔を晒したまま主道さんを殺害しに行っていたら、眞上さんに目撃されていたということですからね」

「ああ、まあ……そうですね。あれなら顔どころか体型もわかりませんし」

だからといって、あんなものを着て人を殺しに行こうという『犯人』の感性は理解出来ない。恐ろしいし、おぞましい。

「じゃあ、眞上くんに目撃させる為に、わざわざギャニーちゃんに入ったっていう可能性もあるんやないか？」

そう言ったのは藍郷だった。

「だって、ギャニーちゃんに入れない人間は容疑から外れるってことやろ。背の高い眞上くんとか、あとは小さい渉島さんなんかは」

藍郷がわざとらしく分断を煽るように言った。この中に犯人がいることを確信しているような口調だ。だが、それは通らない。

「それは無いと思いますけど……多分」

「どうしてそんなことが言えるん？」

「俺がどこで寝るかは、ギャニーちゃんには予想できなかったと思うので」

正確に言うなら、ギャニーちゃんの中に入っていた人間には、だが。あの時、ギャニーちゃんは眞上に気がついている様子がなかった。

「故意に目撃させようとするのは不可能ですよ。だから、目撃されないと思って、ギャニーの着ぐるみを着て歩いたんだと思います。むしろ、俺があの場所で寝るって知ってたら、犯人はああして出歩かなかったかもしれない……。ああ、もし俺が寝ていた場所を知ってる人間がいたとかなら、また話は変わってきますけど……。俺が寝てるところを目撃した方とかいらっしゃいます？　あ、でもこれで募っちゃうと犯人が誰かって聞いているようなもので……難しいな……」

「知らない。そもそも、寝袋で寝るなんて変なこと言い出すのは眞上くんだけだろうし」

常察がやや怒ったように言う。

「僕も結局、眞上くんにすげなくあしらわれてからは知らないからなぁ」と、藍郷も首を振った。

「眞上くんはどこにいたんですか？」

成家に尋ねられた眞上は、すっと昨夜の寝床を指差した。全員があっけに取られたような顔をする。

「観覧車のゴンドラの中です。……昨夜のギャニーから見ると、上ですね」

イリュジオンランド銃乱射事件のキーとなった場所であり、園内の中心に聳え立っている場所だ。

「あの、あそこの緑色のゴンドラです……。時計で言うと、四時の位置にあるやつですね……。俺が入った時は二時の位置にありましたが、中で動いている間に徐々に下降してきて」

出来る限り綺麗に使って出てきたつもりだが、人が寝泊まりした痕跡というか、名残のようなものはまだ残っているだろう。第一、ギャニーちゃんを目撃する為には、ある程度の高さが必要なはずだから、眞上がどこにいたかは予想がつきそうなものだが。

「待って……どうやって？」

渉島が信じられないものを見るような目で呟く。

「支柱に梯子があるでしょう？　点検用のものだと思うんですけど……。それで中心まで上って、あとは鉄骨を渡ってゴンドラの中に入りました。昔の観覧車は人力でした。動力源となる人間が骨組みの鉄骨に乗って、ぐるぐる回すんです。イリュジオンランドの観覧車なんかこんなにしっかりしてるんですから、上れますよ。……上れましたよ？」

嘘つきだと思われたくなかったので、眞上は少し強めにそう言った。何なら、今から上ってみせてもいい。荷物を持って上がらなくていい分、そう時間は掛からないはずだ。

「……犯人」

鵜走が小さく呟く。

「え？」

「犯人だろ！　そんなことを出来るんだから、犯人に違いないだろ！」

「ちょっ……ちょっと待ってくださいよ。それはちょっとズル……ズルくないですか⁉　何でゴンドラで寝てたら犯人なんですか……。そもそも、殺人が起きたのは下なんですし、上で寝てたらむしろ潔白のような……」

こういうところではっきりと言っておかないと本当に犯人にされそうだったので、一応の主張はしておく。

「こりゃあ一本取られたな。でもな、君が撮ってた写真のアングルが変な理由は分かったわ。ムチャクチャなところから撮ってるんだから、そりゃおもろいわ」

藍郷が納得したように言う。写真というのは、ブログに載せているもののことだろう。その通りだ。昔から多少運動神経の良かった眞上は、許される限り自由に写真を撮ってきた。そのお陰で、あのブログは多少なり話題になるようになったのだ。そうでなければ、素人の撮ったスマホの写真なんて誰も見ない。

「それじゃあ着ぐるみの中に入っていた人間が眞上くんに目撃されることを目的としていた……っちゅうのは通らなそうやな。どう考えたって、あんな観覧車の中で人が寝るだなんて思わないやろし。事故だわ」

「事故って……そういう言い方をされても……」

「じゃあ、本当に意味がわからないじゃない」

そう言ったのは、さっきから怯え通している売野だった。

「眞上くんに目撃させる為じゃなかったら、何の為に着ぐるみを使ったの？　その着ぐるみをどうして主道さんに着せたの？　どういう意味があるの？　こんなものが宝探しなの？　これは一体何を責めてるの？　私達にどうさせたいの⁉」

後半になるにつれ、売野の声は甲高くなっていく。

「こんなものが宝探しなら、来なきゃよかった！　これ以上耐えられない！」

「落ち着いてくださいよ、売野さん。そんなんやったらまるで、売野さんがなんか責められるようなことしたみたいでしょ。売野さんみたいな人にそんなやましいとこないやろし、喚く必要ないですって」

藍郷の言葉に売野がひくりと喉を震わせる。一見慰めているようにも見えるが、まるで彼女に追い打ちを掛けているようなものだ。趣味が悪い。

だが、売野の怯えようもおかしかった。彼女はまるで、何かしら殺される理由があるかのような態度だ。

「……何も分からないな。何も分からない。これ以上考えても結論なんか出ない気がするよ」

成家が夢でも見ているかのような口調で呟いた後に、常察が控えめに言った。

「とりあえず、コテージに戻りませんか？　主道さんの死体を見続けているというのは……」

「そうですね。警察が来るまでにまだまだ時間がかかりそうな気がしますし、それまでここに立っているわけにもいきませんよ」

眞上は当たり前のように言った。他の人間が表情を凍らせたことには、まだ気がついていなかった。

3

コテージに戻り、すぐさま朝食を摂り始めたのは眞上だけだった。クロワッサンを頬張りながら、神妙な顔つきをしている面々を見る。特に酷いのは売野で、気分が悪いと言って外の風を浴びに行っては戻ってくるという奇行を繰り返し、一人で外に出るのが恐ろしいと言って藍郷に付き添いを頼む始末だった。基本的に、イリュジオンランドにはゲスト以外はいないはずである。それなら、もしかすると犯人かもしれない藍郷を連れて行く方が危険じゃないのか、と眞上は思った。だが、何も言わなかった。それを言うと更にパニックが増長する。

「もしかしたら、これも十嶋庵の仕掛けた挑戦の一環なのかもしれない」

編河がそう言って肩を竦めた。

「そんなはずないですよ。……これは度を超しています」

血に濡れたウサギの着ぐるみを謎かけに絡めるのなら、十嶋庵はいよいよ異常者だ。だが、そうじゃないだろう。酸化し始めた血は黒ずんでおり、元の色であるパステルピンクがまるで見えなくなっていた。

「主道さんがどうやって鉄柵に刺さったかは別として、故意に主道さんが傷つけられたことははっきりしています。早く警察を呼んでおしまいにしましょう」

そういえば、ここは圏外になっているのだった。なら、佐義雨に警察への連絡を託すしかないだろう。いや、主道の惨状はもう目の当たりにしているのだから、既に連絡はされているかもしれない。

「佐義雨さん。……警察はいつ頃到着するんですか？」

背後に控え、先ほどから不自然に黙りこくっている佐義雨に対し、そう尋ねる。すると、彼女はたおやかな笑顔で言った。

「まだ警察は呼んでおりません。私の一存で決められることではないと思いましたので」

「もしかして、十嶋庵氏が難色を示しておられるのですか？」

渉島が眉間に皺を寄せながら尋ねる。イリュジオンランドで殺人事件が起きたのは二度目だ。もしかすると、十嶋庵の性格からして、介入を嫌がるのかもしれない。

「いいえ、十嶋は何も。むしろ、私がご意向を確認したいのは皆様に対してです」

「皆様って……俺達ですか？」

「ええ、そうです。警察をお呼びになるかどうかは、皆様で決めてください」

佐義雨が口にしたのは、にわかに信じがたい言葉だった。目の前で人が死んでいるのだから、警察を呼ぶ呼ばないの話じゃないだろう。眞上は慌てて言う。

「呼ぶに決まってるじゃないですか。だって、こんなの事件じゃないですか。主道さんは殺された……かもしれないのに、暢気に宝探しとかしてる場合じゃないです。それとも、警察がここに来るまでに時間がかかるとかですか？」

「そうですね……ここの近くには何もありませんから、多少時間はかかると思います。けれど、連絡すれば数時間くらいで到着されると思いますよ」

そもそも、ここの所有者はあの十嶋庵なのだ。大金持ちの十嶋財団が関わっている、ということが到着に影響を及ぼさないはずがない。何ならヘリコプターでも飛ばして来てくれればいいはずだ。

「だったら迷うことはないですよ。ねえ、編河さん？」

鉄柵にもたれ掛かり、何やら考え込んでいる編河に話を向ける。この中では一番外部との繋がりがありそうな人だ。警察を呼ぶことには賛成してくれるだろう。

「まあ、ここにいたらウサギの着ぐるみに詰められて殺されるって……勘弁してほしい話ではあるけど。まるでホラー映画だ」

「そうですよ。……犯人の目的が分からない以上、俺達全員が狙われる危険があります。こんな状況でイリュジオンランドに留まるのは危険でしょう」

「私は――反対です」

そう言ったのは、渉島だった。毅然とした態度のまま、彼女がはっきりと言葉を続ける。

「佐義雨さん。一つ確認したいのですが、警察が介入した場合、宝探しの行方についてはどうなるのですか？　日を改めて、というわけにはいかないでしょう」

「宝探し自体が無効になるでしょう。十嶋の当初の意向通り、イリュジオンランドはこの廃園のまま、多くの人々に開放されることになります」

佐義雨がまるでスポーツのレギュレーションでも説明するかのような口調で言う。

「……そう。そうなのね。分かったわ。なら、私はやはり、警察を呼ぶのには反対です」

「渉島さん、それは流石におかしくないですか？」

眞上がそう言っても、渉島の表情は変わらなかった。

「自分の意見を表明するのに、おかしいも何もあるでしょうか？　今、佐義雨さんは私達に決めろと仰ったんです。私はそれを受けて、立場を表明しただけですよ」

「人が死んだなら、普通警察を呼ぶでしょう」

「そうですね。ですが、私にとって今は非常時です。主道さんが亡くなられたのは残念ですが、警察を即時介入させたところで、主道さんが生き返ることはありません。ならば、私は主道さんの遺志を継いで、イリュジオンランドを獲得したいと考えています」

言っていることは明らかにおかしいのに、渉島の言葉はあまりにも堂々としていた。後ろ暗いことなど一切ないと言わんばかりに毅然としている。

「いずれイリュジオンランドに警察の手が入ることもあるでしょう。その時に、渉島さんは警察を呼ぶことを渋ったと言われてもいいんですか？」

「それでも構いません」

眞上の言葉を撥ね除け、渉島は辺りを見回した。

「とはいえ、この場では私達の立場は平等なはず。皆さんのご意見をお聞かせください。説得で場が纏まらないのなら、多数決ということになるでしょうが」

「多数決なら、どう考えても警察を呼ぶ方に軍配が上がるでしょう。ですよね？」

だが、眞上の言葉に対し「いいえ、私も警察は呼びたくありません」という声がした。

「眞上くんには申し訳ないけど、私も呼びたくない」

眞上に対して、改めて常察が言う。

「常察さんまで何を言ってるんですか……？　ここは警察が必要な場面でしょう」

「警察が必要というだけなら、ここに一人いるから」

そう言いながら、常察が懐をまさぐる。そして、中からドラマなどでよく見る紺色の身分証を取りだした。

「身分を偽っていて申し訳ありませんが、私はれっきとした警察官です。……皆さんの安全は私が守ります。なので、私以外の警察を呼ぶのは待ってください」

そんな常察の姿を見て、眞上は色々なことが腑に落ちるような気がした。

「そんなの信じられるわけないでしょうが」

編河がそう言った瞬間、常察は黙って警察手帳を差し出してみせた。

「偽物だと思うのは勝手です。検めてくださっても構いませんよ」

「なんで警察の人間がこんなところに」

「ああ、……だからだったんですね」

眞上が言うと、常察が眉を寄せた。

「どういう意味？」

「おかしいとは思っていたんです。……今本当にＯＬなのかどうかはおいておくにして、何かそういう関係者なんじゃないかとは思っていたというか」

「それはハッタリ？　私はそんな素振り一度も見せなかったはずだけど」

「えっと、気になっていたのは懐中電灯の持ち方……ですね。常察さんは右利きであるはずなんですけど、ミラーハウスでは懐中電灯を左手で持っていました。大抵の人間は、懐中電灯を利き手側で持ちます。でも、常察さんは暗闇の中で利き手を空けていたんです。もし、有事の時に備える習慣があるのなら——もっと言うなら、銃を抜くことを想定するのなら、利き手を空けておくんじゃないかと。考えすぎかとは思ったんですけど、扉を開ける時も、正面から開けるんじゃなく身体を扉の陰に隠すようにして開ける癖があったので、明らかに普通のＯＬさんではないんじゃないかと……」

つらつらと推理を並べると、常察が言葉を詰まらせた。

「……どういうこと？　もしかして、本業は探偵さん？」

「コンビニで働いていると、何となく身につくことではあるんですよ。お客さんのことをよく観察してると、職業が分かったりとか……あと、この人はホットスナック買うだろうなとか、煙草(たばこ)を買うだろうなとか……。調子良い時は銘柄も当てられたりなんかして」

その時はちょっと嬉しくなったりするものだ。深夜勤務なんかは特に娯楽が少なく、集中力が途切れがちなのでそういう推理に勤(いそ)しみがちである。

「それとこれとはまた話が別だと思うけど……」

常察は戸惑っているが、一応は納得したようだった。

そのまま、沈黙が下りる。いくら常察がいるとはいえ、このまま警察を呼ばないというわけにもいかないだろう。

だが、先に口を開いたのは渉島だった。

「……警察の方がいるなら、安心ということなのかしら」

「そんなことはないですよ」

咄嗟に言ったが、渉島は何も気にしていなさそうな顔で言う。

「だが、常察さんも捜査能力はあるんだろう？　なら、今までの事情を知っている分、捜査をお任せした方がいいのかもしれない」

成家までそんなことを言い出してきた。

「ちなみに、俺も警察は呼んでほしくない派。もし警察が来たら、あれこれ聞かれることになるんだろ？　そういうことになったら今後に影響するだろうし、絶対に嫌だ」

鵜走がいかにも怠そうに言う。

「就活のことを気にしてる場合じゃないんじゃないですか？」

「就活してないやつが言うなよ。こんな事件に巻き込まれて、どうせあれこれ報道されるんだから。だったら、マイナスが大きいままで終わりたくないんだよ」

「マイナス、ねえ。そういうハングリー精神はわかるわ」

あろうことか、編河まで好意的に言う。

「編河さんはジャーナリストですよね？　このままだと、死体を放置していた記者ということになりませんか？」

「いいんだよ。だって、もし自分達で犯人を見つけられたら、全てそいつにひっかぶせればいいだろ？　犯人に脅されて警察に通報が出来ませんでしたってことにすれば、万事解決だって」

真実を報道するジャーナリストにはあるまじき態度だったが、編河は全く悪びれる様子も無かった。

「俺くらいの歳になれば、そういう脚色が至る所にあるっていうのが分かるよ」

「……じゃあ、編河さんも警察を呼ばないんですね」

こうして反対派に囲まれていると、どうして自分が頑張って耐えているのか分からなくなりそうだ。この中に犯人がいるとして、自分はそいつにみすみす殺されるような人間だろうか？　もし自分の身が守れるのだとしたら、警察など要らないんじゃないのか？　ここで気を張る理由は無いのでは？　と、どんどん思考が異常な方向へと傾いていく。

その時、ようやく売野と藍郷が戻ってきた。売野はハンカチで口元を押さえながら「警察はいつ来るんですか？」と呟いた。

「それが、警察はその……来られないかもしれなくて」

パニックを引き起こさないように、婉曲的に言う。だが、売野はがたがたと震え始めた。

「眞上くん。それはどういうこと？　どういうことなの？」

「どういうことかっていうと……いや、仕方ないことで」

「もしかして恐れていたことが起きたんかな」

藍郷が訳知り顔で頷く。ということは藍郷はこうなることを予測していたのだろうか。全員が宝探しを優先し、警察を呼ばない決断をすることを？

「こうなると思ってたんですか？」

「いや、そういう話を聞いただけやな。実際に起こるとは思っとらんかったけど、無い話じゃないやろ？　まあ、二日もあれば解消されるんやないかな」

いまいち要領を得ない回答を受けて、眞上は再度尋ねた。

「それは、二日あれば宝探しが終わるということですか？」

すると、藍郷はどこか気圧されたように「不可能じゃないんやないかな」と言った。

「なら、藍郷先生も同意してくださるということでいいのかしら。二日で済むかは分からないけれど、一旦は警察を介入させないままにする、と」

渉島の言葉に、藍郷は神妙に頷いた。

「……まあ、皆さんがそれでええなら、僕もいいですけど」

薄々嫌な予感はしていたのだが、どうやら藍郷も警察を呼ばない派であるらしい。あの享楽的な印象からして、そういうことがあってもおかしくないと思ったのだが、本当にそうだとは思わなかった。これでまた空気がそちらに傾く。

「ちょっと待ってください！　どういうことですか？　警察を呼ばないって、冗談ですよね？」

眞上の心を正気の方向に揺り戻したのは、売野の悲鳴混じりの声だった。

「だって、殺人が起きてるのに！　何でそんなことを言うんですか？」

「殺人が起きてるからだよ。このままいくと、宝探しの話が無くなる」

「宝探し……？　そんなもの、もうどうでもいいじゃないですか！　信じられません！　だって、あんな酷いことをされてるんですよ？　怖いです。というか、あのままなんて主道さんが可哀想です。どうして皆さん平気なんですか？」

今までで一番人間らしく、まともな主張だ。だが、この場にいる全員が気まずそうな目で売野の方を見るばかりである。自分の劣勢に気がついたのか、売野は小さな声で「どうして……」と呟いた。

「眞上くん。どうにかして、皆さんを説得して。こんなのおかしい……。何なら、私はイリュジオンランドを出るわ。そうしないと、怖いもの。ねえ、眞上くん――」

その時、渉島がすっと売野の方に近寄ってきた。てっきり背中でもさすって彼女のことを落ち着かせようとしたのだと思ったのだが、そうではない。渉島が、冷たい光を宿した瞳で言う。

「売野さん。……私、あなたのこと覚えているわ。とてもいい働きぶりだった。私はあなたのこと、買っているのよ」

渉島が嚙んで含めるような口調で言う。すると、売野は一転して「いい！」と叫んだ。

「わ、私もいいです！　真相を……真相を、明らかに、私達の手で解決しましょう！」

呂律が回らないまま、まるで縋るように売野が言う。

「ちょっと……どうしたんですか売野さん？」

「眞上くん、ごめんなさい。私の方がどうかしていたわ。そこまで過敏になって、皆さんの輪を乱すようなことをしてはいけないと思うの」

さっきとは言っていることが真逆だ。支離滅裂ですらある。一方の渉島は、平然とした顔でなりゆきを見ていた。

特に直接的な脅しの文句を口にしたわけじゃない。なのに、売野は渉島にすっかり服従することになってしまった。一体、さっきの言葉は何だったんだろうか？　何が彼女をあそこまで怯えさせたんだ？

その時、藍郷がゆっくりと手を挙げる。

「僕は警察の介入が遅れること自体は気になりませんけど、常察さんがどうしてそれを嫌がるのかが気になるんですわ。理由は？」

「そうだね。僕も聞きたいよ。このままだと、常察さんが犯人だから、警察の介入を防ごうとしているように見えてしまう」

成家にもそう促され、常察はようやく重い口を開いた。

「私はイリュジオンランドに廃墟好きとして来たわけじゃないんです」

常察は、まっすぐに周囲を見つめながら言った。

「私は、……天衝村の関係者、そして中鋪御津花の関係者ということを備考に書いて、応募して通った人間でした」

常察の告白に、全員が息を呑んだ。

「天衝村の関係者……？　ということは、住んでいたってことなのかしら？」

渉島が緊張を孕んだ声で尋ねる。天衝村との渉外担当であった頃の記憶を手繰り寄せようとしているのかもしれない。

「五歳くらいまで、あの銃乱射事件が起こるまで。あの事件をきっかけに、私は天継町からも離れることになったので」

「そう。ごめんなさい、覚えが無くて……中鋪さんの関係者というのは？」

「中鋪御津花は私の従姉妹です。私は御津花ちゃんを姉のように慕っていました。あんなに心の優しい人は他にいなかった」

「じゃあ……あんたまさか、籤付晴乃を恨んでいるのか？」

編河がどこか不安げに尋ねる。それに対し、常察はゆっくりと首を振った。

「恨んでいるのはハルくん——晴乃さんじゃない。御津花ちゃんを殺したのは晴乃さんじゃない」

「そんなわけないだろ。だって実際に撃たれて死んでるんだし」と、鵜走が戸惑ったように言う。

「天衝村にいた時……晴乃さんと御津花ちゃんがどれだけ仲良かったか知ってるんだ！　……晴乃さんはイリュジオンランドを憎んでいたとしても、御津花ちゃんを殺したりなんかしない。……絶対に」

早く気づけば良かった、と眞上は思う。

本当に全ての犯行が籤付晴乃の行ったものなのかを問うていた時の常察の顔は、並々ならぬ感情を湛(たた)えていた。あの時に、眞上はその話を引き出せたかもしれない。

「じゃあ、あんたは結局何がしたいのさ。何を目的にしてる？」

編河の呆れたような口調に対し、常察は毅然と返した。

「私は御津花ちゃんを殺した真犯人を見つけたいんです。その為にイリュジオンランドに来た。もしこのままイリュジオンランドに警察が入ってきたら、私が主体的に動けることはなくなる……折角、二十年前の真実を解き明かすチャンスが巡ってきたのに」

「二十年前の事件の真実なんか、明かされるはずないと思うけどねえ」

編河が捨て台詞のように言うが、常察は全く動じていないようだった。

「これで納得してもらえるならいいんですが。……このままだと主道さん殺しの犯人だと疑われるのはわかります。申し開きはしません。……ですが、私は必死なんです。ここでイリュジオンランドがまた閉鎖されることになるのは……困る」

それから、またしても沈黙が下りた。互いに視線を交わし合い、出方を窺っている。

「多数決を取ります。警察を呼ばずに、一日の猶予を設けて『宝探し』を継続したい方は挙手をしてください」

そこで手を挙げなかったのは眞上だけだった。

つまり、警察を呼びたがっているのは眞上だけということだ。主道を殺した犯人がこの中にいるかもしれないのに、警察を呼ばない人間が過半数になってしまった。というか、眞上一人だけが孤立した形になる。必ずしもそういうわけではないとは分かっているのだが、少数派の眞上がまるで犯人であるかのような空気である。

「決まりましたね。それでは、私達は宝探しをしながら、主道さんを殺した犯人のことも明らかにするということで。いいかしら？　佐義雨さん」

「こちらとしては構いません。皆様の高い意欲を、十嶋も大変嬉しく思っているはずです」

相変わらず何を考えているのかわからない笑みを浮かべて、佐義雨は頷いた。

「眞上さんには申し訳ありませんが、こちらの意向としてはこのようになりました。勿論、強制力はありませんし、眞上さんが我々を屈服させ警察を呼ぶことや、イリュジオンランドを出て警察をお呼びになることは可能ですが」

「いえ……大丈夫です。渉島さんが話をまとめてくださったことには感謝してますし、この判断に異存はありません。俺も出来る限りで……まあ、主道さんを殺した犯人を探したいと思います」

「よかったです。こうした場で了解を得るのは難しいことですから」

「それでも一ついいですか？　……殺人犯がここにいるのに、渉島さんは怖くないんですか？」

「殺される動機が思いつきません。私を害するような方がいらっしゃるでしょうか？」

渉島が麗しく微笑む。それを見て、つくづく恐ろしい人だな、と思った。

物腰が柔らかいように見えて、渉島は自分の思い通りに物事を進めようとする人間だ。そして、周囲の空気もなるべく支配下に置こうとする。眞上との会話でわざわざ『屈服』という単語を使ってきたのも、彼女の性格を端的に表している。それによって、眞上が暴力によってこの場を支配出来ることを示唆してきたのだ。さりげなく印象を操作してくる人間には気をつけなければならない。

彼女が天衝村との渉外担当だったということに不穏さを感じる。こんな人間が相手で、天衝村の住人達はまともに交渉が出来たのだろうか？

「でも、これでいよいよ盛り上がってきたな。俺は殺される理由がなくても、妙なものを目撃したりして殺されるタイプだろうから」

鵜走がわざわざ眞上の方を見ながら言ってくる。完全に容疑者の筆頭になってしまっているようだ。

そうまで疑っていて、殺されるかもしれないという自覚もあるのに、鵜走もまた警察を呼ばない方に賛成票を投じたのだ。彼らのイリュジオンランドに対する異様な執念は何なのだろうか。

「それじゃあ、各々気をつけて解散しましょう。くれぐれもお気を付けて」

渉島がパンと手を叩き、全員の解散を促す。

何となく彼女は主道がいなくなった後の方が生き生きしているように感じられた。まるで、座るべき椅子に落ち着いた、と言わんばかりだった。

断章２

御津花ちゃんとハルくんがいたお陰で、私はようやく天衝村が好きになってきた。相変わらず村の中は閉塞的で、私は余所者(よそもの)扱いが抜けなかったけれど、それでもここの自然を愛することが出来るようになった。

ハルくんは釣りが得意で、川での遊び方を教えてくれた。その時の川は村を分断するものではなく、楽しい遊び場になるのだった。ハルくんが竿(さお)を揺らすと、大きく育った鮎(あゆ)が光る水面から現れるのだ。

「どうしてこんなに上手いの？」

「特別なことをしてるわけじゃないんだ。よく見てるだけ」

ハルくんは事もなげにそう言ったけれど、私にとっては魔法のようだった。

「でも、ハルくんが一番上手いよ」

「そうかな？　ありがとう」

「大人になったら誰でも釣りが上手くなるの？」

「そういうわけじゃないけど……凜奈ちゃんは釣りが上手くなりたい？」

「ううん。ケーキを上手く作れるようになりたい。この村、ケーキ屋さんないんだもん。私も、天継町に行った時にしか食べれない」

「ああ……うん。まあ、そうだね」

そう言いながら、ハルくんが袖を捲(まく)り上げて、水に手を晒す。ハルくんの腕には大きな傷跡があった。

「それ、どうしたの？」

「昔、猟銃を弄(いじ)ってて暴発したんだ。死ななくてよかった」

ハルくんは当たり前のように言ったけれど、私は怖かった。もしかしたら、その時にハルくんは死んじゃっていたかもしれないのだ。ここでは狩猟が盛んだし、いずれはハルくんも狩猟免許を取って、猟銃を持つようになるんだろう。でもそれが、すごく不安だった。

「傷、触ってもいい？」

「いいよ」

ハルくんの傷は、まるで皮膚の上を流れる川のように隆起している。

その傷を触っている時に、御津花ちゃんがやって来た。

「中林(なかばやし)さん、やっぱりいなくなるみたい」

「中林さんも？　そうか……」

ハルくんが表情を曇らせる。

「……ほら、夏目(なつめ)さんのところの、例の硝安。あれに出資してたのがよくなかったみたい。結局いづらくなっちゃって。これで化学肥料賛成派はみんないなくなっちゃうね」

「……草木灰は天衝村の伝統だから。それを守ろうっていう気持ちは分からなくもないよ」

「ハルくんもみんなと同じことを言うんだね。第一、夏目さんが硝安を導入しようと買い取って、もう後に引けなくなってから……やっぱり駄目って言ったでしょ。夏目さん、それきりずっと何もしないままで……」

「それはタイミングが……」

「同じ事を、ツマの出荷の時もやった。……デパートに話を通して、辻井さんが後に引けなくなってから、新しい事業はこの村に要らないって掌を返された」

「ツマの収穫が負担になっていたのは確かだ。それに辻井さんは籔付の家に詳しい話を通してなかった」

「そうして、この村はいつも新しいことを拒絶する」

御津花ちゃんは重々しい声で言った。

「その所為で、沢山の人が死んだのに」

悔しそうに御津花ちゃんが言う。

「通せばよかった。道路も。一部の農家は確かに農地を潰さなくちゃならないかもしれない。でも、外へのアクセスは確実によくなった」

「今更そんなことを言っても仕方がない」

「だから、今言うんだよ」

御津花ちゃんが噛みしめるように言う。

「天衝村は変わらないといけないんだ。村は土地や伝統じゃない。出て行った夏目さんや中林さんや、辻井さんのことだった。人が村を作るんだよ」

その言葉の意味は、当時の私にはよく分からなかった。

けれど、この言葉以上に、御津花ちゃんの信念を表している言葉もない。彼女にとって、村とは人のことだった。だから、彼女はその通りに行動したのだ。

私は怒っている御津花ちゃんのことが恐ろしくなって、思わず話題を変えた。

「ねえ、御津花ちゃんも釣りが得意なの？　大人だから」

「うん？　得意だよ。むしろ昔は誰にも負けなかったんだから。色々な理由で疎遠になる前は、同じくらいの友達と遊んでたんだけど、私が一番上手かった」

「ハルくんが一番上手いって言ってたよ！」

「えっ！　僕は言ってないよ！　凜奈ちゃんがそう言ってくれただけじゃない！」

「ええ、ハルよりは、というか仲間内でも私が一番——……」

そこで、御津花ちゃんが言葉を切った。

「……いや、晴乃が一番上手いか。ちゃんと認めるところは認めないとね。晴乃の腕前は魔法みたいだった」

御津花ちゃんが私が考えている言葉と同じ言葉でハルくんを褒めたので、私はすごく不思議な気持ちになったのを覚えている。

4

なりゆきで筆頭容疑者になってしまった眞上は、とりあえずコテージから出た。元より私室は使っていないし、あの建物にいること自体が気まずい。いや、こうして単独行動をしようというところが、やはり怪しさを感じさせるのだろうか。

歩きながら、さっき考えていたことをメモに起こす。こうして疑問点を整理したり、一々メモをするのはコンビニ勤務での癖だ。様々な問題に対処しなければならないコンビニでは、こういう地道なライフハックが物を言う。

一、主道は何故着ぐるみを着たまま鉄柵に貫かれなければならなかったのか？

これはシンプルな謎だ。ギャニーの着ぐるみに何か特別な意味があって、何らかの見立てがなされているのでは無い限り、そんな手間の掛かることはしなくていい。

二、主道は何故首を掻き切られていたのか？

これも一の疑問に関連する謎である。主道を殺すだけなら、着ぐるみを着せて鉄柵に突き落とすだけでいい。何故わざわざ首を掻き切ったのか？　血が出ることはデメリットでしかないはずなのに。

三、犯人はどうやって主道を鉄柵に突き落としたのか？

主道を持ち上げるだけでも、眞上くらい体格のいい人間じゃないと難しいだろう。だが、犯人はその上でレールに上っている。そんなことが可能なのだろうか？

考えることを三つに絞ると、少しだけ気分が落ち着いた。問題点をはっきりさせて、一つ一つ解決策を練っていくのは、バイトで学んだ知恵である。こうして問題を小分けにすれば、仕入れの問題も客のクレームもしっかりと捌いていけるのだ。

それにしても、小説の中の探偵はえらい、と眞上は思う。小説の中の探偵は問題を小分けにしたり、わざわざメモを取って図にしたりしなくても真相に辿り着くだろう。だが眞上のような一介のコンビニ店員ではそうはいかない。業務の中に推理が無くてよかった、と心底思う。

当てもなく彷徨い、イリュジオンメリーゴーランドに辿り着いた。こちらは流れ星と競走するというコンセプトのアトラクションで、ゴンドラは星に、馬はペガサスになっている。

星の方はシンプルな形状をしているからかまだ劣化が目立たないが、馬の方は退色が激しく、翼が落ちてしまっている。眞上が乗ったら壊れてしまいそうだ。

星座があしらわれた天井はまるでプラネタリウムだ。思わず柵に手を掛け、じっと見つめてしまう。

するると、隣に誰かがすっと立った。

「……私、このイリュジオンメリーゴーランドに乗ったことがあるんです。プレオープンの時に、真っ先に乗りに来たんですよ。ぐるぐる回る星図が綺麗で……忘れられませんでした」

常察が、ゆっくりと眞上に視線を向ける。

「本当にごめんなさい。私のわがままに付き合わせてしまって」

「……常察さんだけの所為じゃありませんよ。というか、あの場にいる殆どの人間が警察を呼ぶのに消極的だったじゃないですか。常察さんの言葉が無くても警察は呼ばれなかった気がします」

佐義雨が警察の介入と宝探しの中止を繋げて伝えれば、恐らく同じように通報は無しということになっただろう。

ということは、想像以上に参加者達はきな臭く、何かを隠しているのだ。

それに比べれば、抱えているものを開示してみせた常察は比較的信用に値する相手だった。まだ底が知れていないにしても。

「正直な話、ずっと気にしてたんです。眞上さんにはあんなにお世話になったのに、まるで孤立させるような形になってしまって」

「それも別にいいんですよ。……俺が変なところで寝てて、変な証言をしたのが悪いんですから」

「眞上さんは妙なところで恐縮するんですね。でも、ありがとう。少し気持ちが楽になった」

常察はそう言って目を細めた。その顔には若干の疲れが見てとれる。かつての事件を追っていたところに、こうしていきなり新たな殺人が起こってしまったのだ。心労も無理はないだろう。

「プレオープンの日にいたってことは……銃乱射事件が起きた時にいたってことですよね」

「いましたよ。色んな人の頭が弾け飛ぶのを私は見た。特等席でね。その所為もあって、私はこの辺りからも離れることになったの」

「あの……つかぬことをお伺いするんですが、常察さんはどこにいたんですか？　もしかして、常察さんも危ない状況だったんじゃ……」

「いいえ。私は事件が起こる前に、絶対安全な場所に連れて行ってもらった」

「絶対安全な場所？」

「観覧車の中。どんな隠れ場所よりも安全な場所でしょう？　ゴンドラに乗っている男は、ゴンドラに乗っている人間を撃てないんですから」

「それは……確かに。一番安全な場所ですね」

思わず感心してしまう。ゴンドラの中は、どうあっても撃たれない場所だ。

「あそこは色々な意味で特等席だった。銃声と共に地上にいるお客さんたちの頭がどんどん撃たれていくのを、私はしっかりと目に焼き付けたんだ」

常察がぎゅっと目を瞑りながら言う。彼女の瞼の裏には、その時の光景が焼き付いてしまっているに違いない。話題を変えようと、眞上は口を開いた。

「連れて行ってもらった……というのは？」

「文字通りの意味。私の手を引いて、観覧車に乗せてくれた人がいたんです」

「だってそれって――」

「眞上さんの言いたいことはわかります。その人物が観覧車に乗せてくれたっていうことは、銃撃事件を予期していたってことだから。その人物は籤付晴乃本人か、共犯者でしかありえない」

常察が先回りして言ってくれた通りだった。そのタイミングで偶然観覧車に連れて行ってくれたと考えるより、常察だけを事件から引き離そうとしていたと考える方が自然だろう。

「でも、私は共犯者じゃないと思ってる。おかしなことを言うようだけど……あの時私を観覧車に乗せてくれたのは、晴乃さんだと思う」

「それは……おかしいですよね？　だって、常察さんのゴンドラが地上に戻ったときには事件は終わっていたんですよね？　なら籤付晴乃は観覧車にいなくちゃいけない。ゴンドラに乗ったのは常察さんより先じゃないと」

「……だから、おかしなことだって言ったでしょ？　でも、顔を隠したあの人が、私は晴乃さんにしか思えなかった。口では違うって言ってたけどね。だから、私は素直に観覧車に乗った。……もしかしたら、あれは……晴乃さんの切り離された良心なんじゃないかと、そう思うこともある」

非科学的な話だが、常察はそれを強く信じたがっているように見えた。

「わからない……。晴乃さんがどうして御津花ちゃんを殺したのか……わからないの。意見の対立はあったかもしれない。でも、あの二人はそんなことで憎しみ合うようには思えなかった」

「本人同士にしかわからないこともあるかもしれませんけど……」

言ってしまってから、不躾なことを言ってしまったかと思う。だが、常察はゆっくりと頷いた。

「眞上さんの言う通りです。だって……」

「なら、検証しましょう」

「え？」

眞上は背負いっぱなしのリュックから、もう一度例のファイルを取り出した。

「僕は……人と関わるのがそんなに得意じゃなくて。……故郷と呼べる場所も無いですし……人間の心があまり理解出来ない方だと思います。だから、尚更行間を埋めていこうとしてるんです。この辺りは廃墟を相手にする時とよく似ていて、廃墟が本来どういう場所だったかを、僕らは傍証から埋めていくしかないんです。今回も、同じことです」

「同じこと？」

「そうです。中鋪御津花さんと籤付晴乃さんの間に何があったのかの行間を、傍証から埋めていきましょう。そうすれば、輪郭が立ち上ってくるかもしれません」

開いたページには『週刊文夏』の記事のスクラップがある。編河が書いたという、天衝村での対立を追った連載記事だ。第一回〝天衝村人災〟を扱ったページを見た瞬間、常察が「あ」と小さく声を上げた。

「……これ、知ってる。私が来る少し前のことだけど」

ファイリングされた記事を撫(な)でながら、常察は真面目な顔をして言った。

「インフルエンザの流行ね。かなり大規模なもので、村の高齢者が中心に罹(かか)ったの。村の診療所だけじゃ病床が足りなくて、重症化した高齢者は外に運び出すことになったんだけど……運悪く、その時に大雨がやって来たの。川が氾濫(はんらん)して、行き来がままならなくなった。そうこうしているうちに、看病している人達に伝染(うつ)って、負の連鎖が始まった。沢山の人が寝込んで、村が立ち行かなくなった」

常察の説明は、記事での説明とあまり変わらない。だが、記事を読むのと常察の口から聞くのではまるで違う印象を受けた。

「御津花ちゃんは看護師として、その一連の流行を最前線で見てた。随分悔しい思いもしたって言ってたよ。診療所に入院出来たのは十人程度。入れなかった十六人は連鎖して死んだ」

人災と呼ぶには、あまりにもタイミングが悪い話だと思う。小さなコミュニティーでの集団感染と、天衡村へのアクセスを悪くした嵐が重なったことで起きてしまっただけだ。その点を考えると、編河がわざわざ『人災』という言葉を充てたことに、そこはかとない悪意を感じてしまう。

「それが、御津花ちゃんを筆頭としたイリュジオンランド誘致派の根拠になった。人は年々減ってきているし、天衡村をこれ以上存続させるよりも、外に新しいコミュニティーを作った方がいいんじゃないかってことになった、みたいです」

株式会社マジカリゾート側が天衡村の住人達に提示した条件は、移住費用及び移住先の住居の全面提供と、一世帯当たり一二〇万円の補償金。そして、希望者が優先的にイリュジオンリゾートで働ける権利――いわば雇用の確保だった。その当時の天衡村の収入源は主に一次産業によるものが大きく、必要なものは自給自足で賄うことも多かった。あるいは、成人したら出稼ぎのような形で、村に残る家族に仕送りをするパターンもあった。

こうした状況を抜本的に変える方法として、イリュジオンリゾート側の申し出はこの上ない機会だったわけだ。

「でも、諸手を挙げて賛成は出来なかったみたいですね」

「やはり、天衡村はずっと暮らしていた故郷です。それをリゾート開発の為に明け渡すのは抵抗が大きかったんでしょう。……そのことは分かります。私も、帰りたいと思う」

帰りたい、という言葉を、思わず眞上も復唱してしまった。

「この頃の記憶は、ちゃんとあるわけじゃないんです。いわゆる天衡村闘争が始まってからは、あんまり外にも出ませんでしたし」

天衡村闘争の激しさについては、第四回の記事に明るい。

賛成派は執拗にこの村の衰退を指摘し、先の人災の悲劇を繰り返し訴えた。インフルエンザから立ち直った患者の中には後遺症が残った人間もいたとされており、麻痺や味覚・嗅覚障害、それに言葉の障害を抱えた子供もいたとされている。次代で同じことが起きたら、一体誰が責任を取るのか？　という話だ。

反対派は、後遺症はインフルエンザに因るものではないとし、賛成派が度重なる虚言によって世論の同情を買っていると批難した。それに、あの一件はただの運の悪い事件であり、天衡村を解体するよりも村への医者の誘致などを優先するべきだと主張した。

「元からこういう議論は活発だったんですか？　どうしても週刊誌の記事だと、イリュジオンリゾートの誘致計画が持ち上がってからの話しか出てこないので」

「……天衡村をどうするか、という話ですよね。正直、わかりません。私は余所から来た子供だったし……小さかったので。それに、この大流行が起こってからは、川向こうには行っちゃいけないって言われてました」

川というのは、天衡村の中央を流れていた川のことだろう。

「どうしてですか？」

「そちらの向こうには、籤付の家のお屋敷があったからです。籤付の家は、イリュジオンリゾート反対派の筆頭でした」

「籤付の家は……その、この言い方で合ってるかわかりませんけど、村の長（おさ）みたいな家だったんですか？」

「昔は本当にそうだったみたいです。そのことを正しく理解したのは、大人になってからですけどね。戦後になってからは、家柄とかそういうものはふわふわとして……ただ偉いおうちって感じがしました。発言力が強くて、何より外の人間が好きじゃなかった。大感染以降は特に、外の人間を憎んでいるような感じで」

「外の人間が憎まれる謂れはどこに？　こう言ってはなんですけど、その件にはあんまり関わってないですよね？」

「そもそも、天衡村にインフルエンザを持ち込んだのが外部の人間だからです。……外から天衡村にやって来た人間が、感染源になったんだそうです。ただ、それが本当かはわかりません」

だが、それでも村生まれではない常察を白眼視するのには十分過ぎる理由になったのだろう。

「そんな感じだったら、常察さんは天衡村での生活が辛かったんじゃないですか？」

「確かにいつまでもよそ者扱いっていうのは寂しかったし、私が天衡村って名前を口にするだけで籤付の家の人に睨まれたりもした。でも御津花ちゃんがいたから。それに、私が知っているハルくんは、私には優しかった」

雑誌で紹介されている籤付晴乃は、あまり常察と相性が良さそうには見えない。天衡村の移転に強硬に反対し、結果として村が賛成に取り込まれると、計画を破綻させる為だけに凄惨な事件を起こしたような、思い込みの強い性格の男。両親は事件が発覚するなり二人とも首吊り自殺している。

「そんな人じゃなかった。絶対に」

それから、常察はぽつぽつと籤付晴乃との思い出を語り始めた。だが、彼女の言う通り、小さい頃の思い出はかなりふわふわとしている。籤付晴乃が中鋪御津花と仲が良かったという話も、それが本当に籤付晴乃との思い出かどうかすら判別出来ない有様だった。詳細に語れたのは出会いの話だけだ。籤付晴乃が、庭で遊ぶことを許してくれたという話。

「結局、その後籤付の家のおばあさんに見つかってすごく怒られたんですけど。晴乃に許可を貰いましたって言っても、この庭の所有者は私だって怒るの。そりゃあそうだって話なんですけど。こんなことをしたのは私だけだって」

「それは……大冒険ですね」

「でも、果物が生ってる木があんなにあったのは籤付の庭だけだったから。そこに忍び込んだのは勇気があるって、私が初めてだって言われて」

懐かしげに常察が目を細める。

「あとは、ハルくんは釣りがすごく上手で、よく村の川で名前も知らない魚を釣ってくれました。……あれ、ちゃんと名前を覚えておけばよかった」

埋め立てられた川を幻視するかのように、常察が目を細める。

「あと、ハルくんは銃の腕も……上手かったみたい。これはみんなが言ってたことだけど。でも、私の記憶ではハルくんはそこまで猟銃が好きだった気もしないの。一度、暴発して腕に酷い傷を負って跡も残って」

「それは……確かに、銃から離れそうなものですが」

「でもそうならなかったんだね」と常察は言った。

「五歳になる頃には、私は天継町の方に移住したんだけど、ハルくんはまだ天衝村に残っていたみたい」

イリュジオンランドが完成したのが二十年前である二〇〇一年。ランドの建設を行っている段階では、この山の奥にはまだ反対派が残って抗議を続けていたという。だが、ランドのアトラクションが八割ほど建設された頃に、最後の立ち退き作業が行われて残っている人間も軒並み散っていったそうだ。

そして、籤付晴乃は完成とともに戻ってきた形になる。

彼女の口は、中鋪御津花が反対派と言い争いの段になると重くなった。ここは彼女の記憶だけでなく、後から調べたことも混じっているからなのだろう。天衝村に新しいものを導入しようとして失敗してきた歴史。化学肥料、道路開発、大規模事業。その中で、大企業の剛腕で唯一成功してしまったイリュジオンリゾート誘致。

「すいません。あまり役に立たない話でしたよね」

「いや、そんなことないです。雑誌の記事だけじゃわからないことが、常察さんの言葉からわかるっていうのはあると思うから……」

「どうしてそこまで親身になって聞いてくれるんですか？」

「え？」

「だって、その……変な意味じゃなくて、眞上さんは私の過去に何の関係も無いじゃないですか。なのに、どうしてこんなに考えてくれるんだろうって。……どうして？　正直、眞上さんは、そこまで他人に興味があるようには見えなかったのに」

「同じだからです」

言葉が口を衝いて出た。眞上自身も自分から出た言葉に驚いてしまうくらい、咄嗟に出てきた言葉だった。

頭の中に、曇り空が広がっている。観覧車の中で見た夢が、頭上に広がる青空を覆っていく。

「俺も、とある人の考えが知りたくてたまらなかったからです」

あの日、父親は傘を持ってきてはくれなかった。それどころか、戻ってきてくれることすらなかった。熱を出した眞上は、雨が降り始めたのを受けて、父親の言うことを聞かないで、初めて天井のある場所に移動した。空は墜ちなかった。

「でも、過去の人は過去にしかいません。どれだけ対話をしようと思っても、不可能な時は不可能なんです。だから、どうにか積み重ねで虚像を補完していくしかない。それがどれだけ不毛だって言われても」

だから、眞上は常察の助けになりたいと思ったのだ。籤付晴乃の虚像を追いかけて、こんな廃遊園地までやって来た彼女のことを無下には出来なかった。

それに、話を聞いているうちに、眞上の中には天衝村に対する特別な感情も立ち現れていた。

「……じゃあ、考えないといけないですね。ちゃんと」

「だから、その為に協力出来ることは、一応しますから」

「一応ですか。そこは謙虚なんですね。眞上さんなら私の謎だけじゃなく、主道さんの殺人事件も解決出来るんじゃないですか？」

「いや、その……。そ、そんな本職の探偵みたいな期待をされても困るんですけど」

「だって、私が警察だってことも見抜いたくらいなんですしね。コンビニ店員の洞察力で気づいたことがあれば教えてほしいです」

常察が妙に明るく言うので、何だか流れに乗らなければならないような気分になった。ややあって、口を開く。

「一つ聞きたいんですが……あのウォーターサーバーの後ろに貼ってあった紙は、常察さんが貼ったものじゃないんですよね？」

「私じゃありません。だから、驚きました。あれは一体どういう意味なんでしょうか？」

まっすぐに尋ねられて言葉に窮する。正直な話、眞上は常察があれを貼ったんじゃないかと思っていたからだ。彼女は右利きで条件に当てはまる。何しろ、内容が内容だ。彼女以外に真犯人を糾弾するメッセージを書こうという人間が見当たらない。

もしあのメッセージが常察の手によるものであれば、真犯人と名指しされるのは『籤付晴乃を騙った銃乱射犯』になるだろう。彼女の視点からすれば、あのゴンドラの中にいた男ではなく、自分を救ってくれたのが籤付晴乃なのだから。

「じゃあ、別に真犯人を設定しているか、もしくは籤付晴乃が無実だと信じている人間が別にいるってことか……」

小さく呟くと、常察が「え」と小さく戸惑いの声を漏らした。

「今回イリュジオンランドにやってきている人々は、ただの関係者じゃないかもしれない、とは思いました」

「ああ、それは……」

「常察さんはただのＯＬじゃなくて中鋪御津花の関係者だった。そういう風に、他の人間もある程度イリュジオンランドの過去に関わりがある人なんじゃないかと思うんです」

「私はともかくとして……成家さんや売野さんはただのキャストだと思うんですけど」

「それにしては、警察の介入を拒むほど宝探しにこだわるんですよね。おかしいですよ」

「……売野さんがどうしてもイリュジオンランドを手に入れたがっているような感じはしましたけど」

「そうでしょう？　でも、売野さんがイリュジオンランドを手に入れても仕方ないじゃないですか。だから、イリュジオンランドを手に入れて何かをしたいというより、他の誰かに渡したくないんじゃないかなと……」

「渡したくない？　どうして？」

「理由は分からないですけど……」

ただ、それが売野のイリュジオンランドでの過去に由来しているのは間違いない。彼女が売店で働いている時に、きっと何かがあったのだろう。渉島が何かを囁(ささや)いただけで、さっと顔色を変えたところからも、彼女には明確な弱みがあることがわかる。

「気になるのは、十嶋庵がその秘密を知っているかどうかですけど……ここまで来たら、多分把握していると思う」

それでいくと、十嶋庵の目的は何なのだろう。関係者を集めて何をしたいのかがわからない。ヒントの意味も未だわからない。謎だらけだ。

「あの、アガサ・クリスティーの『ひらいたトランプ』という小説を読んだことありますか？」

「無いですね……というか、廃墟に関連するものしか活字は読まないです」

「その小説の中にシャイタナ氏という大金持ちの蒐集家が出てくるんですよね。彼は色々なコレクションを誇っているんですが、その中でもとりわけお気に入りなのが、殺人犯のコレクションなんです。シャイタナ氏は殺人を犯した人間を自分のパーティーに呼んで、肴にして楽しむのが趣味で」

「……つまり、シャイタナ氏が十嶋庵で、俺達が殺人犯ですか？」

「殺人犯じゃなくても、イリュジオンランド銃撃事件の関係者というだけで、蒐集に値すると思います。それでも、眞上さんや藍郷先生がいるから一概には言えないか」

「望んでいる関係者が全員集まらなかったから、人数合わせで呼んだのかもしれないですけどね。一人くらい本物の廃墟オタクがいないと、廃園になったイリュジオンランドを楽しむという建前が瓦解しそうですから……」

「だとしたら、いい人数合わせですよ。私は眞上さんがこの事件を解決してくれるんじゃないかと思っていますから」

常察が目を細める。

「主道さんも、もう話すことが出来ない過去の人でしょう？」

常察から向けられた期待は重いが、妙な趣味嗜好をしていそうな十嶋庵の鼻を明かせるかもしれない。

「それじゃあ……あんまり気が進みませんが、ジェットコースターの検分に行きましょうか。何かが一番見つかるとしたらそこですし」

「行きましょう。眞上さんと一緒なら安心ですし」

「信頼してくれるのはありがたいですけど、俺が殺人犯だったら危ないんじゃないですか？　常察さんよりは膂力がありそうですし」

「それはそうかもしれないけど……。実を言うと、私には拳銃がありますから。これを言うと、余計な疑心暗鬼を生む気がして言えなかったんですけど」

「それ、誰かに奪われないでくださいよ……。ミステリとかだと拳銃を奪われて第二の犯行が起こるじゃないですか」

「小説を読まないのに、そういう展開には詳しいんですね」

「休憩中にバックヤードのテレビでミステリドラマをやってるんですよ。俺の休憩時間は割と固定されてますから、一時間ドラマと相性がいいんです」

「てことは月九の恋愛ドラマも？」

「参考にはしてます」

ツボに入ったのか、常察がくつくつと笑う。恋愛ドラマはピンとこなかったが、常察の笑顔に繋がったのだから見ていてよかったかもしれない。

ギャラクシアンジェットコースターは遠巻きに見ても目立っていた。園内をぐるりと一周するコースは、ロケーションの上でも素晴らしいだろう。乗り口はランドの東側——もっとわかりやすく表現するなら、主道の死体の近くにあった。

「……あの、大丈夫ですか。このままだと主道さんの死体の近くを通ることになりますけど」

「仕事柄何度も見てるから大丈夫。ありがとう」

「それでもやっぱり……心配です。コンビニとかでネズミの死骸を処分する時でも、俺やっぱりウッてなりますよ」

「それが正しい反応なのかもしれないですけどね——あれ？」

常察が前方を指差す。いつの間にか、主道の死体の前には藍郷が立っていた。

「藍郷先生？　ここで何してるんですか？」

「ああ、常察さんに眞上くん。いや、捜査に決まっとるやろ？　捜査。一応これでもミステリ作家やから、何かしらの貢献が出来るんじゃないかと思ってな、まずは現場を見に来たんや」

「……変なことしてないでしょうね」

「この状況で出来ると思うん？」

藍郷はそう言って、主道の死体があるところを示す。

ギャニーちゃんに覆われた主道の死体は、赤い雨避けシートで覆われていた。閉店後の屋台に掛けるようなやつだ。

「成家さんが死体に覆いをかけたんや。それをわざわざ取り払って弄ろうとは思わんて。だから、全然触ってすらない」

「……流石に、あのまま放置しておくのは主道さんに悪いよね」

それについては眞上も同意だ。あんな着ぐるみを着せられたまま死後も晒され続けるのは耐えられない。シートの形状から見るに、着ぐるみの頭部は眞上が装着した時のままのようだ。着ぐるみを着せられたまま死に顔を晒すのと、その死に顔さえウサギで隠されるのとではどちらがいいのだろう。

「それで？　シート越しの死体を見て、ミステリ作家は何かしらの推理を組み立てられたんですか？」

「多少はな。たとえば、主道さんが喉を掻き切られないといけなかった意味とかは」

　そう言うと、藍郷は意味ありげに笑った。

「俺は小説を読まないけど、ミステリドラマは見るタイプなんですよね。で、知ってるんです。探偵がそう言う時は絶対教えてもらえないから無視するべきなんですよ」

「いやいや、探偵だってやりたくてあんなことしてるわけじゃないんやって。とりあえず分かってるっぽい振りをしないと信頼を失う、でも何もわからないから誤魔化すんよ。そんな感じ」

「じゃあ分かってないんですか」

「どうやろなあ。真実を知れば、人は優位に立てる。だからはぐらかすんかもなぁ」

　のらりくらりとかわすような言葉だが、藍郷の言葉がただのハッタリではないような気がした。主道は喉を切られなければならない理由があった、ということだろうか？　着ぐるみを着ている相手を絞め殺そうとするのは大変だということだろうか？

　ただ、着ぐるみを着ている相手を殺そうというのなら、高いところから突き落とした方が楽なのではないかとも思う。先ほどの疑問点その二だ。

喉を刺せば血が大量に出てしまうし、実際に主道の着ているギャニーちゃんの着ぐるみは変色するほど血まみれだ。何か、そうまでして刺殺にこだわらなければいけない理由があったんだろうか？

「とりあえずギャラクシアンジェットコースターに行こうや。眞上くんが注目していた例の通路も見られるで」

5

　ギャラクシアンジェットコースターは星の船に乗って流れ星と競走するというコンセプトらしい。紺色の機体に銀色の星がちりばめられているのは煌（きら）びやかで美しいが、メリーゴーランドの方も流れ星との競走をテーマにしていた覚えがあるので、そこはかとない被りを感じる。このテーマパークの仮想敵はとにかく流れ星であるようだ。

　コースター本体は四人乗りで、やや小さい。それが五台ほど並んでいるので、回転率自体は悪くないのかもしれない。

「こういう小さなコースターは、二十年前からぽつぽつ流行（はや）りだして、今は結構多いんですよ。小さいと小回りが利くので複雑なコースも走らせられますし、乗るお客さんも景色を楽しみやすいので」

「へー……結構詳しいんですね、常察さん」

「遊園地であんな事件に遭ったからですかね。色々調べるようになったんですよ。ギャラクシアンジェットコースターが、どんな意図でこういうコースターになったのかとか」

常察がどこか懐かしそうな顔をして呟く。

安全バーのスポンジはすっかり腐ってしまい、銀色のバー本体が見えているが、コースター自体はまだまだ動きそうだ。手を伸ばし、バーを掴んでゆっくりと動かしてみる。すると、カタカタと玩具のような音を立てて、コースターが動いた。

「意外と軽いですね……全然動きます」

「でも確かに、ジェットコースターとかよくキャストさんが引っ張って位置調整したりしてますもんね。場所によってはお客さん乗ったままでも普通に」

常察がそう言ったことで、なるほど腑に落ちた。眞上はあまり遊園地に詳しくないが、常察が知識を補完してくれるだろう。

「折角だし乗ってみればええんちゃう？　ホームを動かすくらいなら危なくもないやろ」

藍郷がさりげなく促す。すると、常察も頷いた。

「そうですね。私が乗ってみるので、眞上さんが押してくれますか？」

錆びたコースターに、常察が何の躊躇(ためら)いも無く乗り込む。危ないとか不衛生だとかの前に、もしかしたら死体が乗っていたかもしれないものだというのに。そういう物怖(ものお)じしないところも警察官の資質なのか、それとも身分は偽っていたけれど、廃墟好きなのは本当なのか。

どれかを考えるのも面倒になって、眞上は言われるがままコースターの背に手を掛けた。

「いきますよ。摑まっててください」

「はい」

常察がすっかり萎(しな)びてしまった安全バーを摑む。

力を込めて押すと、コースターはあっさりと動いた。想像していたよりもずっと重くない。びっしりと付いている車輪がレールと滑らかに嚙み合って、抵抗を限界まで減らしているのだ。ひたすら加速していく乗り物の凄みをまざまざと感じる。

「あの、上までは登らないので、傾斜があるところまで行ってみてもいいですか」

「いいよ。大丈夫」

常察の許可を取って、眞上はもう少し先——最初の傾斜までコースターを押していく。それでも、勢いは衰えない。階段を上りながら、傾斜を押し切り、一つ目の傾斜を登り切る。ここからは地面と水平のレールが続き、また二つ目、三つ目の傾斜を登る形になるのだ。そして、長い下降が始まる。

「折角だから、もう少し押してもらえるかな？　この水平なレールの半ばくらいだよね」

直接的な言葉を言われなくても、常察が何を示しているかは分かった。しっかり摑まっていてくださいよ、と言いながら例のポイントまで押していく。

そこでようやく、鉄柵に刺さったギャニーの——主道の上まで辿り着いた。

「……ここから落としたんでしょうね、多分」

「そうみたいですね……」

常察が下の方を覗き込みながら言う。柵はコースターの真下にあった。

「ここから突き落とせば、少なくとも刺さりはすると思います。今回みたいに胸に綺麗に、というのを目指さなければですけど」

何故なら、鉄柵は互い違いにジグザグと配置されているからだ。よほど狙いを外さなければ、どちらかには刺さる。

「……そうだね。着ぐるみのどこかには刺さりそう。おなかとか、そういうところに。ということは、必ずしも胸じゃなくてもよかったのかな。ここから突き落として、狙った場所に刺すのは難しいもんね」

「じゃあつまり……どういうことなんでしょうね？　突き刺したかった……ってことなんでしょうか？」

分からない。予想以上に高さのある場所だ。この高さなら、突き落とすだけで鉄柵に刺さなくても殺せただろう。なら、うっかり刺さってしまっただけなのだろうか？

いや、そうじゃない。思い直す。落下死させるなら、ここじゃなくてもいい。上手い具合に鉄柵が下にあるのはこの位置だけなのだ。あれは必要だった。

それに、高さの問題もある。

「この、地面と水平になっているレールの高さが大体二十メートル。鉄柵が確か十二メートルの高さですから、レールから鉄柵までの距離は八メートルってところですか」

「八メートルあっても、鉄柵が一重になっているんだから刺さる確率は高いって話でしたよね？」

「いや、違います。ここで問題になってくるのは深さなんです」

柵に貫かれた状態で、なおかつ接地していた主道の死体を思い出す。

「この高さから落としても、鉄柵にあそこまで深くは刺さらないんです。貫通した後は勢いが弱まりますから、大体柵の半ばくらいで止まるはずです。ということは、犯人は主道さんを落とした後、その死体を紐（ひも）か何かで無理矢理地面まで下ろしているんです。そんな手間を掛けてまで、どうして地面に下ろさなくちゃいけないんでしょう？」

確かにそうだ。もし突き刺すことだけが目的なら、半ばで着ぐるみが止まっても問題はなかったはずだ。なのに犯人はわざわざ一手間を掛けてまで主道の死体を下ろしたのだ。それは一体何故だろう？

「でも、主道さんがわざわざ通路を登ってこなくてもいいってことはわかりましたね」

「そう？　どうして？」

「だって、こんなにお誂え向きの台車があるんですよ？　主道さんの入った着ぐるみをコースターに乗せて、安全バーを握ってここまで引っ張ってくればいいんですから」

直（じか）に持ち運ばなくていいのなら、ハードルはとても楽になる。コースターは出来る限り摩擦を無くして進む為に設計されている。それは、人間を運ぶ理想的な台車としても活用出来る。二十年の歳月が削り取ったものが、美しい装飾と安全性だけでよかった。好都合だ。

「確かに、そうすれば主道さんが自分で登ってこなくても済むか」

「そうなんです」

「でも、コースターに乗せるのには、ちょっとギャニーちゃんは大きくないですか？　手足がはみでそうだし、耳が大きいし」

「……少しバランス感覚は必要になるかもしれませんね」

ギャニーがウサギであることをこんなに憎らしく思ったこともなかった。確かにあの耳は重そうだ。

「ああ、でも……頭は後で嵌めたんじゃないですかね。どうせ落下の衝撃であらぬところに行くでしょうし。頭部を後から付ければ、もっとバランスが取りやすくなります」

「あ、そうか。眞上さんは本当に賢いですね」

「それに、もし頭の部分が無ければ、一人でも落とせるかもしれません。……正直、頭を外した状態で落としたんだとしても、主道さんを落とせるのは……相当力のある男性になりそうですが」

だとすると、自分が筆頭容疑者であるということになってしまうのが辛い、と眞上は思う。自分だったら、着ぐるみを着た主道を落とすことも可能だ。このコースターに乗せ、転がし落とすような形で落下させればいい。

疑われるかもしれない、という眞上の恐れを察知したのか、常察は笑顔で言った。

「でも、二人でやれば力は関係無いですよね。この狭い階段を分け合うのは大変かもしれませんけど、自分一人で転がし落とすよりは楽なはずです」

常察が血塗れのギャニーを見下ろしながら呟く。そのまますると落下してしまいそうで、眞上は慌てて言った。

「そろそろ戻りましょうか。……やっぱりちょっとこのシチュエーションは怖いですよ。下に落下している人がいるんですから」

「それはそうだね」

「ちゃんと摑まっててくださいよ、本当に。ここから後ろ向きに下っていくんですから」

生きた人間を乗せている状態だと、戻る方が厳しそうだ。コースターの後ろに回って、支えるような形でゆっくりと戻る。その間、常察はしっかりとバーを握っていた。

「あ、やっと戻ってきた。二人で何話してたん？」

「藍郷先生にはあんまり関係のないことですよ。名探偵なんだからどうにか出来るでしょう？」

「そういう意地悪言うと、助手役として出してやらへんで」

「廃墟探偵シリーズの助手、大抵死ぬじゃないですか……」

「でも、収穫はありましたよ！　藍郷先生。主道さんはこのコースターを利用して運ばれたんだと思います」

そう言って、常察は先ほどの経験を交えながら推理を語ってみせた。コースターを台車に見立てての、主道の運搬だ。

「眞上くんがコンビニ仕込みの怪力で押せたっちゅうことじゃなく？」

「いちいち癇に障る言い方をするな……そういうことじゃないですよ。だったら押してみればいいじゃないですか」

眞上が言うと、藍郷は小さく肩を竦めた。そういう力仕事は君の役目だ、と言わんばかりだ。ならいちいち言わないでほしい。

それはそれとしても、このコースターを動かすのは誰にでも出来るだろう。常察だって出来るはずだ。

「けど……これでもなお、何でそんなことをしたのか分からないんですよ。さっきの藍郷さんのひらめきを合わせれば何か思いつくかもしれないと思ったんですが」

「いや、どうやろね。全然やわ。何しろ、犯人の絞り込みすら出来てない。睡眠薬すら判断材料にならへん。睡眠薬を飲まされた振りをしていた人がいるのかもしれんし」

「私は……少なくとも飲んでましたよ」

その言葉では何一つ証明出来ないと知りながらも、常察は言わずにはいられないようだった。

「僕もや。お陰で起きてからずっと後頭部が痛い」

「藍郷先生はコーヒー飲んでなかったでしょう」

「コーヒー以外が混入経路かもしれんやろ。あー痛い、痛いわあ！　ミステリ小説とかだと、主人公も飲まされて、異変が一人称で綴（つづ）られたりするから信じてもらえていいわなあ！　僕視点では僕が主人公だからイコール視点人物やのに、ままならへんわ！」

藍郷が冗談めかして言う。だが、本当にその通りだ。黙りこくっている眞上に拍子抜けしたのか、藍郷が続ける。

「……さて、ギャラクシアンジェットコースターの調査はこんなものか。これからどうする？」

「それなら、見てみたいところがあるんです」

常察がすかさず言う。

「もう誰かが調べてるかもしれないけど……Ｇ３倉庫に行ってみないですか？　あそこにはギャニーちゃんの着ぐるみがあった。一つは主道さんが着ているものだろうけど、残りの四体がどうなってるか知りたいんです」

「確かにそれは……調べるべきかもしれませんね」

ギャニーの着ぐるみが犯行に使われた以上、犯人はＧ３倉庫には確実に向かっているのだ。痕跡が残っているかもしれない。

「ジェットコースターからＧ３倉庫か、結構距離があるな。遊園地が何でミステリに使われないかわかったわ。広いし、調べるところは多いし大変やもん」

主道の死体を探している時も同じようなことを言っていたな、と思う。

「そう考えると、廃墟探偵というのがそもそも設定的に大変なんじゃないですか？　どうしてそんなものを考え出してしまったんですか？」

藍郷はひゅうとわざとらしい口笛を吹いて、全てを誤魔化している。自分が思いついた設定に振り回される作家は哀れだ。

「廃墟が好き。それだけで理由になるやろ」

藍郷が言う。

「好きだから、ですか……」

それは、眞上が最初に同志に求めていたものだ。廃墟が好きだから、という理由で集まった人間であってほしい。だが、ここに集まっている人間の大半が、そんな牧歌的な理由でやって来ているわけじゃないことを、眞上はもう知ってしまっている。

「藍郷先生は、イリュジオンランド銃乱射事件の真犯人は誰だと思いますか？」

差し当たって、そんな質問を投げてみる。藍郷は右利きだから、あの張り紙を貼った可能性がある人物だ。もしかすると、この質問が呼び水になって、何かが分かるかもしれない。

だが、藍郷は真面目な顔をして言った。

「真犯人は、おらんと思うよ」

「え？」

「僕の答えになるんなら、籤付晴乃ってことになるけどな。遠因なんかいくらでもあるかもしらんけど、実行した人間が一番悪いやろ」

藍郷の声は、どこか冷え切っている。まるで自分が裁定者であるような顔をしていた。

「もう一度言うわ。撃った人間が悪い」

断章 3

イリュジオンリゾートの計画は、天衝村を救う最後の希望だった。マジカリゾート側が出してきた条件は破格だったし、これでみんなが、少しでも幸せになるだろうと思った。このまま行けば、私達は離ればなれになるしかない。それだけは絶対に嫌だった。

けれど、渉島さんたちと共に臨んだ話し合いの結果は惨憺たるものだった。

「駄目だ。イリュジオンリゾート計画なんてものは受け入れられない」

「どうして？　先の大流行で分かったでしょう。ここは、あまりにも閉じている。もし、交通の便がもう少し良ければ、川の氾濫に耐えられるくらいの設備が整っていれば、村に大きい病院があれば、助かった命があるんです。イリュジオンリゾートを誘致して、私達は移住するべきです。この村に愛着があるのは分かるけれど、天継山の近くには住めるはず。私達の大好きな村は残る」

「残らない」

籔付の家のおじいちゃんが言う。その顔は物々しく、私を拒絶してきていた。

「どうしてですか？　村はこの場所に自然に生まれたわけじゃなくて、ここに住んでいる人が作ったものですよね？」

「御津花ちゃん……いや、中鋪さん」

声が低くなって、私の呼び名が変わった。

「いくら言っても、こっちの意見は変わらんよ。どれだけ説得しても無駄だ」

「どうしてですか？　説明が足りないのなら、いくらでもします。交渉が足りないのなら、私が全部引き受けます。勿論、お互いに代表を立てて、不平等なことが起こらないように――」

「そういうことじゃないんだよ。こちらの意見は変わらない。何故かわかるか？」

まるで小さい子供に言い聞かせるような口調で、籤付のおじいちゃんが言う。

「そっちの意見の方が正しいからだ。正論だからだ。こんなちっぽけな集落に執着していても仕方がない。ここを出て新しい暮らしを模索するべきだ。理解出来るさ。何しろそちらの方が合理的なんだからな」

自分の顔がみるみる青ざめていくのが分かった。まるで、冷たい川に肌を晒した時みたいに、真っ白になっていく。自分と相手の隔たりを反映している。それはもう、悲しいまでに。

「だがな、正しさでなんか人は動かんよ。ここにいる全員は、くだらない意地にくだらなくしがみついて生きてきたんだ。そんな意地と古い因習を、進歩的で正しいものがいつでも駆逐していいものかね」

ずっと疑問だった。変わるきっかけならいくらでもあったはずだ。

天衝村の交通の便が悪いのは、ちゃんと道路が整備されていないからだ。そのお金が無いからだ。なら、どうにかして外貨を手に入れる為の手段を模索しなければいけなかった。天衝村に新しい産業をもたらそうという取り組みは、今まで全部上手くいかなかった。山菜の加工工場を建てるという話も、宝石の加工場を建てるという話も、星のよく見える天衝村の特性を生かして、天文台を建てるという話もあった。

その全てが、村を変えてしまうという理由でまともな話し合いもされずに却下されてきた。それらの計画には様々な側面があり、私も全てが丸ごと優れた計画だったとは言わない。変わらない天衝村の魅力だって、沢山あるとは思う。

でも、その所為で救えなかった命があった。井口(いぐち)さんも紙村(しむら)さんも——お母さんも、本来なら助かった人達だ。交通の便さえ良ければ、大雨に対抗出来るだけの備えがあれば。村を挙げての葬式であれだけみんな涙を流していたのに、悲しみの原因にはどうして目を向けないのだろう？

もう私はあんな目に遭いたくない。この村にいる全ての人と、最後まで幸せに過ごしたい。どうして分かってもらえないのだろう？

「お前はこうして向き合っている俺らのことを、無知で進歩の無い人間だと思っているだろう。だから、教え導く自分の正しさにしか目がいかないんだ。こうして閉じられた場所で何が守られてきたかを知らない。知ろうともしない」

「そんなことはない！　私は天衝村の為にこんなに必死で——……私はこの村が好きなんです」

「お前が好きな天衝村は存在しない」

籤付のおじいちゃんがきっぱりと言う。

それで、その日の話し合いは終わりになった。


「本当に大丈夫なの？　こちらはもう既にイリュジオンリゾートを成功させる為に、沢山の人が動き始めているのに」

話し合いが終わった後、渉島さんがそう言ってきた。渉島さんについてきた周りの人達は、こちらを見ながら何かを囁きあっている。

「誘致に賛成している人々も沢山居るという話だったのに、こちらが説明をした段階では賛成の声なんか少しも上がらなかった」

　今日の話し合いは、まずマジカリゾート側が説明をしてから、私が補足説明と質疑応答を行うという流れになっていた。だが、渉島さんが話をしている時の反応は芳しくなく、私が話し始めた時ですら、賛成派は俯き通していた。

「本当はもっと賛成している人達がいるんです。でも、あの場では反対派の人達の声が大きかったから、言い出しづらかったんだと思います」

「そうして大事な場で言い出せないのなら、結局反対の声の方が通ってしまうんじゃないかというのが心配なんです。もう三ヶ月後には大体の合意が取れていないと、二年後のオープンに間に合わなくなる」

　心の中で「え」という声が漏れる。いつの間にオープンの時期が決まってしまったのだろう。まだ一回目の話し合いが終わった段階なのに、間に合わないということがあるのだろうか。間に合わないとはどういうことなのだろう。

「大丈夫です。……みんなには、きっと分かってもらいます」

「分かってもらうんじゃなくて、合意が必要なの。これ以上遅れたら万全の状態でのオープンは難しくなるかもしれない。そうしたら、天衝村側に払えるものも少なくなってくる。そうなったらお互いの為になりません」

　知らない話がどんどん出てくる。こんな早さで話が進んでいくなんて思わなかった。けれど、ここで立ち止まるわけにはいかない。ここで話が取り下げられたら、私に——イリュジオンリゾートに期待をしてくれた人達の思いはどうなるのだ。

話は少々性急だけれど、それはこの計画がそれだけ大きくて重いものだという証だ。この計画を成功させる以外に、天衛村を守る方法は無い。

でも、どうすればいいのだろう。反対派のみんなは、このままではいけないことを理解している。それならもう、説得なんて出来ない。

その時、私は編河さんに話しかけられた。

編河さんは見るからに胡散臭（うさんくさ）い痩せぎすの男で、この暑いのに長袖を着続けていた。話しかけられた時はぎょっとしたし、信用出来ないと思った。けれど、編河さんはこの状況を打開出来る方法があると言ってくれた。

「君のやっていることは正しい。あとはやり方だけなんだ」

編河さんは大手出版社の雑誌記者をしていた。『週刊文夏』だ。天衛村の商店にも時折入荷している雑誌の一つである。尤も、週刊文夏が毎週来るようなことはないのだけれど。

彼はマジカリゾートの大型リゾート計画に強い関心を持っており、天衛村にこっそりと出入りしていたらしい。一番最初に見つけたのは凜奈ちゃんだ。凜奈ちゃんはああ見えて、外の人には敏感なのだ。そこから、ちゃっかり編河さんに遊び相手になってもらっているところは、何というか凜奈ちゃんの強いところだな、と笑ってしまう。

「今の天衛村と、イリュジオンリゾートのことを報道したら、きっと味方が増える。この変わらない村の中で全てを済ませようとしたら駄目なんだ。まずはここから、外に広げないと」

そうして編河さんは、今の天衝村の現状と、イリュジオンリゾートの誘致計画のことをしっかりと報道するべきだと力説した。もし外の人間が客観的な目で計画を見てくれたら、きっと村の中の空気も変わっていく、と言った。

そうかもしれない。マジカリゾート側があれだけ前のめりであるのなら、オープン日は譲れないのだろう。なら、焼け石に水でも外からの力があった方がいいのかもしれない。この記事が、小さな一歩になったら。

私は編河さんに記事の執筆をお願いした。毎週記事を掲載し、天衝村の現状をリアルタイムで報道する。そうしたら、天衝村も変わるかもしれない。

6

問題のG3倉庫に辿り着いた時、何だか嫌な予感がした。ギャニーの着ぐるみが本能的に苦手だからというわけではなく、妙な臭いがしたからだ。

「……すいません、常察さん、藍郷先生。少し離れていた方がいいかもしれないです」

そう言って二人を遠ざけてから、意を決して扉を開く。

最初に感じたのは、耐えがたい焦げ臭さだった。充満した煙が、ぶわっと鼻につく。

「……これは……」

倉庫の中は酷い有様だった。

ギャニーの着ぐるみだったものが無惨に焼かれてしまっている。恐らくは、灯油でも掛けて焼かれたのだろう。主道の死体を見つけた時、着ぐるみを焼く想像をしたことを思い出した。ギャニーの着ぐるみは結構頑丈らしく、今なお黒いウサギのシルエットと化しながらも、そこにある。尤も、到底着られるような状況ではないが。

黒焦げになったギャニーは三体。しかも、そのうちの一つは頭部が無くなっていた。

「酷い……何でこんなことを？」

常察は本気でショックを受けているらしく、わなわなと震えている。

「ギャニーの着ぐるみは全部で五体。今ここに四体あるはず。けれどここで三体が焼かれていて、一体が消えているってことは……」

何者かがギャニーの着ぐるみをどこかに持って行ったということだ。こうして、消える人形が犯行を暗示しているミステリの話を聞いたことがあるような気がする。だが、それは確か廃墟の話ではないため、結局は読まずに終わってしまったのだ。

「ということは、もう一人死ぬってことだったりしてな」

藍郷が早速ろくでもないことを口にする。

「不謹慎ですよ」

「不謹慎ってわけでもないやろ。そういう可能性をちゃんと注視出来てこその探偵やし」

「それに、一体だけが無くなってるわけじゃないです。丸々一体と、ついでにもう一体の頭が無くなっています。これはどういうことですか？」

「さあ？　一人は頭部を切られるって予告なんかもわからんけど」

藍郷が適当に返してくる。そして、そのまま颯爽と言った。

「これで明確になったことが一つあるな。主道さんは自分からレールに投身したわけやない。犯人はギャニーの着ぐるみを必要としている。だから、真夜中のうちに一体と頭部を奪ったっちゅうわけや」

「一体何の為に……？」

「主道さんの時ですら何の為かはわかっとらんかったやろ？」

藍郷の言う通りだ。鉄柵に身体を突き刺したいのなら、着ぐるみが無い方がずっと都合がいい。

倉庫の隅には赤いポリタンクが転がっていた。中身はすっかり空になっている。

「このポリタンク、一体どこから持ってきたんでしょう？」

「見取り図のことを覚えてますか？　イリュジオンランドの倉庫が記載されていたやつ。僕は資料を読んで中身をざっと転記したんですが、Ｇ７には灯油が貯蔵されていました。あれを確かめに行きましょう」

「ちょっと待ってください。二十年後も使えるものなんですか？」

「使えますよ。少なくとも、燃えはします」

この現場の異臭が強いのは、古い灯油を使っているからなのだろう。ある程度年数の経った灯油は黄色く変色し、異臭を放つように変化するのだ。

「どうしてわざわざこんなことを……」

「どういう意味や？」と藍郷が尋ねる。

「もしギャニーの着ぐるみが必要なだけなら、奪うだけでいい。なんで残りのギャニーを焼いたんでしょうか？」

「自分の模倣犯が現れないようにしたのかもしれんな。あるいは犯人には着ぐるみに強い思い入れがあって、焼かれたことに意味があるんかも」

「そういう心情的なものなんでしょうか、これ」

それに、一体丸々必要なだけならいい。頭だけ奪われた三体目のギャニーは何に使われたんだろうか？

「どちらにせよ、ギャニーちゃんにこんなことをするんだから人の心が無いですよ」

常察が唇を尖らせながら言う。

「ギャニーちゃんは、イリュジオンランドの構想段階で発表されてたキャラクターで、初めて見た時にかわいいなーって思ったんです。だから、すごく思い出深いというか……」

常察が懐かしそうに言う。

「あ、そうだ。ついでに思い出したことがもう一つあります。私、あの日ギャニーちゃんには風船を貰ったんです」

「風船？」

「ギャニーちゃんが配ってたんですよ。すぐ飛ばしちゃったんですけど……犬の風船」

「どうしてウサギが犬の風船を？」

「宣伝の為です。わんにゃんオンステージの宣伝」

いきなり星も宇宙も関係無さそうな単語が出てきて、戸惑う。

「イリュジオンランドの正式なオープンの日には、色んな催しをしてお客さんを呼び込もうって計画だったんですよ。その中に、珍しい犬や猫と写真が撮れるステージがあって、私はそれをすごく楽しみにしてました。ついでに言うなら、首に蛇も巻ける！」

「なるほど……それは確かに盛り上がりそうですね。蛇はわんにゃんではないですけど」

首に蛇を巻いて喜んでいる常察の姿が簡単に思い描ける。

「他にも色々と大きな出し物が予定されてたはずなんですよね……。アイドルがやって来て歌ってくれるとか、あとは、大きな天体観測望遠鏡を入れたテントが来るとか……。ほら、イリュジオンランドって星がテーマですから。映画の先行上映の案もあったんですよ。有名監督とのコラボで。それは確かステージでやる予定だったんですけど……」

それら全ては叶わなかったというわけだ。やって来る予定だった犬や猫のことを想像すると悲しい気持ちになる。

その時ふと、あることがひらめきかけた。

「なんか、引っかかることがあるような……」

「どうしたの？　ひらめきそう？」

「いや、どう引っかかってるか分かんないんですけど……。プレオープンから正式オープンまではあまり日が空かなかったんですよね？」

「そうだね。確か一週間後とかだったと思います。色々確認してたんですよ。犬猫の檻がステージ脇にちゃんと置けるかとか。そういうイベントも全部リハーサルみたいにプレオープンの時には確認していました。実際には犬たちは来なかったんだけど」

「なるほど……」

思いつきかけた眞上の脳髄が、急にしゅるしゅると萎んでいく。あと少しで何かに到達出来そうだったのだが、何かを追い求めているだけで繋がらない。

「うーん……」

何か、これに関連する話を思い出せそうな気がする。

「とりあえず、G7倉庫に行きましょう。灯油がどれくらい残っているのかを知りたいので」

だが、眞上の目論見はそう上手くはいかなかった。

G7倉庫は、事務所の裏手にあった。他の倉庫とは違い、一般的な白いプレハブ仕立てであり、戸締まりも厳重なものになっていた。裏には危険物の表示の看板も貼ってある。倉庫には鍵が掛かっていた形跡があるが、劣化したのか強引に外されたのか、錆びた閂だけが残っていた。

倉庫の中には灯油の入った赤いポリタンクが四つあったが、元が何個だったかが分からない。中身を開けてみると、ツンと刺激臭がした。劣化した灯油の臭いだ。

「ギャニーの着ぐるみの近くに落ちていたポリタンクと同じものですね。犯人はこれでギャニーを燃やしたみたいです」

「ということは、全部でポリタンクは五個あったっていうことなんでしょうか？」

常察が怖々と言う。

「そうだといいんですけど……」

この灯油は、恐らく事務所のストーブに補給する為のものだったのだろう。なら、もう少し多くても不思議ではない。他にも、G7倉庫には分類出来なかったらしき雑多なものが大量にあった。眞上でさえ振り下ろすのが大変そうな大きな斧や、大振りの鉈まで壁に掛かっている。

「この鉈とか一応もらっとこか。犯人が僕らに襲いかかって来た時、武器になるやろ」

「素人が振り回すと危ないですよ。それに、鉈を使うにはコツがいるんですから」

「それもコンビニで習ったん？」

「これは父親に習いました」

自分の体重を上手く掛けないと、あらぬところに刃が向かってしまう。切るのではなく、叩き折るようなイメージで振ること。父親は眞上の後ろに立って、何度もそう繰り返した。

「へえ、お父さんはそういうのも教えてくれたん？」

「色々教わりましたよ」

素っ気なく言うと、藍郷は意外にもそれ以上のことを尋ねてこなかった。

「とにかく、武器を持って行くとかそういうのはよした方がいいと思います。いざという時は、そんなもの何の意味もありませんし」

「わかったわ。眞上くんがそう言うなら、僕も大人しくしとる」

「あとは、無くなったギャニーの着ぐるみがどこにあるかですね。すぐには見つからないかもしれませんけど、探しましょう」

そう言って、倉庫から出ようとした、その時だった。

「そんなことはあなたの為にもならないわよ」

事務所の方から、渉島の声がした。開け放された倉庫の扉から、ゆっくりとそちらを窺う。事務所の中にいた時は気づかなかったが、よく見ると事務所の窓は一部が割れてしまっていた。この所為で、裏手にいれば外に会話が筒抜けになってしまう。そして、恐らく渉島はそのことに気づいていない。

「今更こんなことをしたってお互いの為にならないわ」

「けど、気にしてはいるんですよね？　だから俺に交渉を持ちかけてきた」

話している相手は、どうやら編河であるらしかった。編河は興奮を隠せないようで、嬉々として話している。

「……波風を立てたくはないだけ。そもそも、あなたが盗ったものは、株式会社マジカリゾートの企業情報ですよ」

「二十年間も放っておいたものに所有権を主張されてもね。渉島さんは他のものも回収したんでしょう？　埃が出てきそうなものは全部取っ払ったわけだ。でも、俺が持ってるのが一番ヤバいでしょ」

「……果たしてそうかしら？　私はここから立ち去ることも出来るのよ」

「俺はちゃんと、この資料の何がヤバいかを知ってる。使い道をね」

「妙なことをするなら、こちらは名誉毀損で訴えてもいいのよ」

「訴えられるものならね」

編河は煽るように言う。隣にいる常察が小さな声で囁いた。

「これ……渉島さんと編河さんですよね。何の話をしてるんでしょうか」

「何の話か言うたら、脅迫の話ってことになるのかもな」

藍郷が何故かほくそ笑みながら言う。それに合わせるかのように、事務所の中にいる編河が笑った。

「なんなら、俺の部下ちゃんたちは、もうこっちに向かってるわけだから」

「向かってる？　どういうこと？」

「俺がイリュジオンランド内に潜入して、なんかいいネタ掴んだ時の為に、一日遅れてイリュジオンランドに来るよう言ってるんだわ。もう待機してると思うよ？　まさか外に出たら通報されるシステムだとは思わなかったけど……だったら、資料だけ外に投げ渡せばいいんだからね」

「それがバレれば、十嶋庵氏のイリュジオンランド譲渡の話も立ち消えになるかもしれない。それを分かっているの？」

「バレなきゃいいでしょ。あの佐義雨とかいう人も、四六時中見張ってるわけにはいかないでしょ。それに、電気が無いんだ。夜はめちゃくちゃ暗い。そこをちょちょっと懐中電灯で合図してもらって、投げ渡しをすればいいわけだから。俺の方もこう……ね？　ほら、この腕のやつでパチパチと」

編河が何かをしている——見せている？　気配がする。声しか聞こえないので、何をしているのか直接は判別出来ないが、どうやら腕時計のライトを点滅させているらしい。あの時計にはそういう機能も付いていたようだ。

ともあれこの話でいくと、編河の部下はもうこの近くにいるということなのだろう。改めて、編河の記者としての立ち回りの上手さを感じてしまった。色々な意味でバックアップを取るということを怠らない。

「こういう古き良き伝令手段を使えばまだまだ穴がありそうってことで」

「私に何をしろと言うの？　金銭的なこと？」

渉島の声は依然として落ち着いているが、そこには隠しきれない苛立ちがあった。

「金銭的なもんなんかじゃない。こっちは干されてるんだよ。干されるってわかる？　昔は時代の寵児（ちょうじ）ってことになってたのに、今やどうよ。こんな廃墟雑誌とかいう誰も読まないようなもんに押し込められてさ。誰だって出来るんだよ、こんなもん」

吐き捨てるように編河が言う。

「俺は帰りたいだけなんですって。報道の世界に。もしこれから渉島さんが俺にネタを流してくれるなら、俺はこんなことしなくて済むんですよ。だから、今後のご贔屓を約束してほしい」

「今の状況はあなたが全部引き起こしたことでしょう」

「でもそれで、そっちだって得をしたはずだ」

「あなたがやったのは報道じゃない。煽動だわ」

「何とでも言えばいい」

編河は吐き捨てるように言って、途端に声色を変えた。

「俺ぁ、午後十時にってことになってるんで。それまでに良ければお話しさせてもらえると」

その言葉を最後に、編河と渉島の声が聞こえなくなった。恐らくは事務所から出たのだろう。

そっと倉庫の扉を閉め、見つからないように暗闇の中で話す。

「……えっと、それで……どういう意味だったんでしょうか、今の」

「はっきりしとることは一つ。午後十時に、編河は何かしらを部下に渡す。それが渡ると、渉島さんは何か不利益を被る」

纏めるとあまりにも不穏な話だ。比較的人当たりの良かったはずの編河が、ああして渉島に牙を剝いている様は、聞いているだけでぞっとする。

「報道じゃなくて、煽動……」

思わずそう呟きながら、編河と交わした会話を思い出す。

編河は対立を煽ってしまったことや、中鋪御津花を祭り上げて分断の象徴に変えてしまったことを悔やんでいたはず。

だが、それがもし対立を煽るべく書かれた悪意のあるものだったら？　そうしたら、あの銃乱射事件は、間接的に編河が引き起こしたということにならないだろうか？

「そんなはずないよ。だってあの記事は御津花ちゃんの努力を――……」

「正当に評価したから？　それが正しいというわけじゃない」

藍郷が真面目な顔をして言う。

「だとしたら、真犯人っちゅうのは、それを煽動した編河なんかもなぁ」

藍郷の言葉に完全に頷けたわけではない。たとえ煽動されたところで、それを行ったのは他の人間なのだ。

「とりあえず、戻りましょうか。お昼も食べないといけないでしょうし……」

「そうやね。あの状況でも朝食をバクバク食べてた眞上くんと違って、僕らは何も食べてないし」

「………そうですね。一度戻りましょうか。……あんな会話をしていた渉島さんと編河さんがどんな顔でコテージにいるのかも気になりますし……」

そうしてコテージに戻ろうとした最中に、鵜走を見つけた。

鵜走はミラーハウスの横——正確に言うなら、入口から見て右側にぴったりと設置されたワゴンの上に乗っていた。ワゴンには商品を飾る階段状の棚が展開されている。商品が何一つ載っていないので、端から見れば不格好な階段に見えた。だが、当然ながらワゴンは上に乗るものではない。

「何をしてるんですか？」

「うわっ……なんだ、眞上さんかよ。あ、それに常察さんと藍郷さんもか」

鵜走はワゴンから身軽に降りると、呆れたようにじろりとこちらを見回してきた。

「ワゴンは乗るものじゃないと思うんですけど」

「ここが現役のテーマパークだったら、こんなことしなかったすよ」

馬鹿にしたような口調だ。廃墟でどうしてそんなことを気にするのか、という話だろう。

「このワゴンどこから持って来たんですか？」

「持って来たわけじゃない。ここにあったんすよ。わざわざ展開してあってさ。多分、昨日の夜に持って来られたものだと思うんすけど」

「どうしてそんなことを？」

「そっちも登ってみたら分かるんじゃない？　ただ、どうしてそんなことをしたのかは分かんないけど。それとも、観覧車には忍び込めてワゴンには乗れないなんておかしな話は無いっすよね？」

そう煽られると、登らないわけにもいかなかった。鵜走に言われるがまま、眞上は恐る恐るワゴンに足を掛けた。一瞬申し訳ないことをしている気分になったが、廃墟の一部だと割り切って体重を掛ける。

すると、鵜走が屋根に登った理由がすぐに理解出来た。彼が言う。

「少し動かしたけど、それ以外は何もしてないって。ミラーハウス近くを歩いてる時に、耳の先が見えたんだ。だから、確かめに行った」

ミラーハウスの平たくて赤い屋根の上には、黒焦げになったギャニーの首が転がっていた。

7

無くなっていたギャニーの首は、簡単に見つかった。ミラーハウスの屋根の上で。保管場所には明らかに適していないだろう場所だ。

「隠した……にしては、ちょっと不自然やなあ」

藍郷の言う通りだ。実際に、ギャニーの首はあっさりと鵜走に見つかってしまっている。

「隠したわけじゃないんじゃないでしょうか。だって、わざわざワゴンまで置いて、踏み台代わりに登れるようにしてたんだし」

常察が頬に手を当てながら言う。あの位置にわざわざワゴンが置かれた理由は、そのまま踏み台にする為だろう。というより、犯人があの屋根にギャニーの首を置く為に使って、そのまま放置されたという方が正しいだろうか。

「見つけられてもいいくらいなら、どうして屋根の上に乗せたんでしょうね」

「さあなぁ。何かに使った結果なのかもしらんけど」

藍郷が言う。折角見つけたギャニーの首だったが、結局屋根の上に置いておくことになった。

「一応他の人にも伝えておきましょう。ギャニーのことと、その首が屋根にあったことは共有しておいた方がいいと思います」

眞上がそう言うと、鵜走も素直に頷いた。

そうして、揃ってコテージに戻った時に、事件が起きた。

「あなたが私達に睡眠薬を飲ませたんでしょう！　誰も信用出来ない！」

「落ち着いてください売野さん。あなたは何か勘違いをされています」

「いいえ、勘違いなんかじゃない！　どうして主道さんを殺したんですか？　その後は、私も殺す気なんでしょう！」

渉島に食ってかかっているのは、意外なことに売野だった。今までの調子とはうってかわって、半ば狂乱気味ですらある。

「どうしたんですか！　大丈夫ですか？」

慌てて、二人の間に割って入る。そこで気がついたのだが、部屋の中にはミネストローネの匂いが立ちこめていた。オリーブオイルとトマトの匂いが濃厚に香ってくる。

「何があったんですか？」

「……ここにキッチンが併設されていたから、軽食を作ろうと思ったの。佐義雨さんにも許可を頂いたので。とはいえ、温めただけなのだけど」

ちらりと渉島が大きな鍋に視線を向ける。それに対し、鵜走が言った。

「カレーか何かですか？」

「いいえ、ミネストローネ。缶を開けて温めただけだけど……。思いの外大量にあったから、皆さんにもいかが？　と勧めようとしたら……」

「昨日の夜のことを思い出したんです。みんなで食事の後にコーヒーと……カフェインが苦手な人はココアを飲んだんですけど……。スティックシュガーが配られたんですね。それを配った人は、渉島さんだったの！　渉島さん、何故か一度自分のところに引き寄せて、それからみんなに配ったのよ！　きっと、あれが睡眠薬だったんだわ！」

「それは暴論じゃないですか？」

「いいや、そんなことない。渉島さん以外でコーヒーに砂糖を入れたのは私、常察ちゃん、それに編河さんだった。みんな具合が悪いって言ってた人だもの！　一方で、ココアを飲んだ成家さんと鵜走くんは眠くなってないもの」

「あれ？　でも鵜走くんは何かを入れていた気がするけれど」

「そうです。俺は眠くなってます。ココアに砂糖を入れるタイプなので」

鵜走がいけしゃあしゃあと言う。それに対し、売野は厳しい目を向けた。

「なんなのそれ！　でも、じゃあやっぱり砂糖が怪しいんじゃないですか！」

「でも、私も睡眠薬を飲まされた側の人間なのよ」

「そんなものはいくらでも言い張れるじゃないですか！　そして、今度はスープを温めたでしょう。今度入れられるのは毒かもしれない……毒に決まってる！」

「ちょっと待ってください。僕はもう既にミネストローネを頂きましたよ」

成家が戸惑ったように言う。すると、売野は「砒素(ひそ)だったら死ぬのはこれからです！」と叫んだ。流石に毒を盛られていたら、何かしらの症状が出ていておかしくないだろうに。もう話を聞き入れる気もないらしい。完全に疑心暗鬼にやられてしまっている。

「信じられないというならこれを見てよ！　ゴミ箱から拾ったんだから！」

そう言って、売野はバラバラとスティックシュガーの袋のゴミを散らばせた。袋には縞模様が入っているものと無地のものが混在している。

「これ、縞模様のやつが二つしかなくて、残りは無地なの。これ、無地のやつは睡眠薬入りだったってことよね！」

売野が高らかに言うが、少し違和感を覚える。眞上の記憶が正しければ、袋は全部無地だったはずだ。記憶違いだろうか？

「売野さんが偽装した……ということではないですよね？」

「なんてこと言うの眞上くん！　それは最低よ！」

「実を言うと、俺も見たわ。紙コップを捨てる時に袋の柄が違ってるの」

編河が合わせて言うので、確かに信憑性は高そうだ。この二人が揃って渉島を嵌めようとしているのではない限り、偽装ではなさそうである。

つまり、渉島が混入犯であるという話には頷ける部分がある。いくらなんでも、ここまではっきりと袋の柄が分けられているのは不自然だ。だが、それなら何故、渉島はそのゴミを回収しなかったのだろうか？　人数分の袋のゴミが用意出来なかったからだろうか？　それであろうとも、疑念を抱かせるくらいなら、せめてゴミを自分の部屋のゴミ箱に捨てるべきだろう。だが、その疑念はあっさりと解かれた。

「ええ、そうです。睡眠薬を混入させたのは私です。でも、上手くいきませんでしたね」

渉島は何の躊躇いも無く言った。

「どうしてそんなことを？」

編河が怖々と尋ねる。渉島のことを脅していた身だから気になるのかもしれない。

「皆さんを眠らせているうちに、一人でイリュジオンランドを探索しようと思ったんです。私はこのイリュジオンランドを所有したい側の人間ですから」

「外は暗い。その状況下で探索に？」

「実際にはあまり捗りませんでしたし、成家さん達には睡眠薬を飲ますことが出来ませんでしたからね。すぐに戻って来ました。ですが、何度も出来る手ではないので睡眠薬を飲ませられるのが最初の一夜だけなことを考えると、試みるだけでいいのではないでしょうか」

渉島は淡々と言う。

「じゃあ、主道さんを殺したのも渉島さんってことなんでしょう⁉」

売野がまるで裁判官のような口調で言う。それに対し、渉島はきっぱりと言った。

「私は主道さんのことを殺したわけではありません。きっかけを作ってしまったことは申し訳ないと思っております。もし大勢の人が起きていたら、未然に止められたかもしれないのに」

「睡眠薬を飲ませたのに殺してないなんてことが通るんですかね？」

鵜走が挑むように言う。

「ですが、私は着ぐるみを着た主道さんを鉄柵に突き落とすことは出来ないですよ」

「でもなあ、僕らはギャラクシアンジェットコースターで、着ぐるみをコースターに乗せて運搬する方法を検証しとるんですよ。あれなら、非力な渉島さんでも運べるっぽいですけど」

藍郷がカマを掛けるように言う。実際には、女性一人で運ぶのはかなり厳しいと思うのだが、そこを隠している。それに対しても渉島は「そうなのですね」と言った。そして、静かに続けた。

「なら、売野さんが安心出来る状態にしましょうか」

「私が？　どうやって？」

「私のことを見張ってください。私は今から警察が来るまで、部屋から一人では出ません。調査をする時も、誰かと共に行動しましょう」

それで安心でしょう？　と、渉島が売野の方を見て言った。まっすぐに言われたことで、売野の方もやや怯んだようだった。それを受けて、常察も言う。

「閉じ込めるのはちょっと問題があるような気がするんですが……」

「常察さんならそう言うと思ったけどなあ。でも、それで無罪放免にしておいたらどうなると思います？　また渉島さんは同じことをするかもしれないですよ？　そうなったら常察さんが一番困るんと違うかな？」

藍郷が言うと、今度は常察が黙る番だった。

「私の部屋の扉の前は障害物か何かを置いて塞いでくださって構いません。こうなった以上、私が宝探しをする道理も通りませんでしょう？　皆さんのご負担でないのなら、見張りなどもして頂いて構いません」

「それでは、そのように。渉島さんにはお部屋に食料を持って行って頂いて。私が部屋の前で見張りをしておきます」

佐義雨が言うと、成家が「そんな数時間も同じ人に見張りを任せるわけにもいかないんじゃないか」と言う。

「そうしたら、その時は私が代わります。私を信用して頂くことになりますが……」

常察の言葉に、編河も手を挙げた。

「何なら、俺も見張ってもいい。二時間くらいでいいならな」

一見親切な申し出だが、恐らく編河は扉越しに渉島と話したいのだろう。例の脅迫に応じるかどうかを確認したいのだ。だが、意図を察したらしい渉島が「いいえ、それには及びませんよ」と言った。

「へえ、それでいいんですかね」

「編河さんの手を煩わせるわけには。やはり、編河さんにはイリュジオンランドを手に入れて頂きたいですもの。どうぞ好きにお過ごしください。常察さんにも同じことを言いたいですね。となると、眞上さんにお願いするのがいいのかしら」

渉島が意味ありげな視線を向けてくる。

「俺ですか……」

「イリュジオンランドの所有権にご興味が無いのなら、私のような性悪を見張ることに時間を使ってくださってもいいのではないかと」

まるでイタチのような笑顔を見せながら、渉島が言う。それを見て、改めて不安な気持ちになった。今、渉島は自分の睡眠薬混入を暴かれて窮地に陥っているはずである。なのに、渉島の敷いたレールの上を丁寧になぞらされているような居心地の悪さがある。どう答えるべきなのだろうか。

「いずれにせよ、まずは私が見張らせて頂きます。皆様におかれましては、最後まで十嶋の挑戦を楽しまれますよう」

佐義雨がそう言ったことで、ホールの中に静寂が戻った。その中で、渉島だけがすっくと立ち上がり、まるで女王のような佇まいで歩き出す。

「それでは皆さん。この度は本当に申し訳ありませんでした」

一礼をして部屋に戻る渉島を見送るまで、誰も口を開かなかった。次に、目が醒めた様子の売野がバタバタと部屋に戻っていく。ややあって、藍郷が言った。

「ミネストローネに罪は無いやろうけど……捨てよか。それ」

「勿体無いじゃないですか。なら俺が全部食べます」

眞上が言うと、鵜走が「じゃあ食べちゃってくださいよ。俺はもううんざりです」と言って、冷蔵庫を漁り始めた。そして、ゼリー型の栄養食品を取り出して、ホールで吸い始める。このままだと昼食を食べ損ねそうだ。眞上は溜息を吐いて立ち上がると、まだ部屋に濃厚な香りを振りまいている深鍋に向かう。

編河に肩を摑まれたのは、その時だった。

「なあ、眞上くん」

「どうしたんですか、ミネストローネなら分けますけど」

「ここだけの話なんだけどな。俺にもし何かがあったら、俺の部屋を漁っていい。パスは０６４２だ」

一段声を低くしながら、編河が言う。その声はミネストローネの煮える音に負けるほどささやかだったが、ちゃんと眞上の耳には入ってきた。

「……俺が部屋に押し入って編河さんのことを殺すかもしれないとは考えないんですか？」

「そうだとしたら、俺の見る目が無かっただけだ。でも、あんたはそんなことしないよ」

「どうしてそんなことを？」

「部外者だからだよ」

てっきり人柄の方を言われると思ったのだが、返ってきたのは思いもよらない言葉だった。

「眞上くんは部外者だ。天衝村にも、イリュジオンランドの因縁にも関わりが無い。だから、殺されないし殺さない。いや、邪魔になったら殺されるかもしれないけどな。だからだよ。あんたなら、ちゃんと俺の遺(のこ)したものを有効活用してくれるはずだ」

まるで本気で死を覚悟した人間のような顔で、編河が言う。

遺すものとして思いつくのは、渉島に対して取引材料として持ちかけたものだろう。彼が夜の十時に、控えている自分の部下に渡すだろうものだ。だが、眞上はそれの存在を知らない体でいるしかない。お玉でミネストローネを掻き混ぜながら、眞上も囁き返す。

「遺されたものが何であったとしても、俺は有効活用なんか出来ませんよ」

「そんなことない。あんたは、見れば分かる。もし使い方が分かんなかったら、週刊文夏の編集部に持って行ってくれ。編河からだって言ったら通じるだろ」

無条件の期待を懸けられていることが分かる。その期待を重く感じるのにもまして、自分がそれに対して加担するだろうと思われていることに違和感を覚えた。眞上は脅迫者じゃない。それとも、彼が遺そうとしているものは、眞上が想像しているようなものではないのだろうか？

「そもそも、どうしてもしものことがあるって思うんですか？」

「俺ぁさ、人から恨みを買ってる自覚があんのよ。特に、あの渉島って女にはね」

「……でも、渉島さんは今、見張り下にあります。それに、自分で閉じこもるって言ってますよ」

「それでもね、何があるか分かんないでしょ」

編河は警戒心の強そうな目を細めながら言った。それに対し、眞上は思わず尋ねた。

「あの時の言葉は、本当だったんですか」

「あの時？　どの言葉よ」

「中鋪御津花さんを祭り上げて、後悔しているって」

報道ではなく煽動だった。真犯人がいるとしたら、それはあのムーブメントを引き起こした編河だった。悔いていると口では言いながら、渉島との会話で威圧的なところを見せていた男。

「本当だよ。後悔してる」

編河は笑顔で言う。そして、パッと離れた。

「やっぱいいや。この匂い嗅いでたら気持ち悪くなってきた。煮詰めすぎじゃない？」

「少し水を足せば大丈夫ですよ」

周りにわざと聞かせるような音量の会話に、敢えて乗ってみせる。

「でもいいよ。渉島さんも煮詰めてたんだもんな。二重に煮詰められたら不味（まず）いよ」

そう言って、編河は離れていった。振り向くと、ホールに残っているのは成家と鵜走だけだった。

「鵜走さん、成家さん、これどうします？」

「俺は食べとく」と、鵜走が言い、成家も「僕ももらえるかな」と、返した。すっかり煮詰まってしまったミネストローネを三枚の皿に盛って、テーブルに配膳する。

そうして一口目を運んだ瞬間、鵜走が言った。

「さっき、編河と何話してたんすか？」

鵜走がじっと眞上の方を見つめる。そこでようやく、鵜走がミネストローネを欲しがった理由を理解した。「うんざり」と言っていた割に心変わりが早いと思っていたが単に、眞上と話したかっただけなのだろう。

「何って……ミネストローネの話と……少し探りを入れられただけだよ。あの人、多分、俺が何か摑んでると思っているみたいで」

「本当にそれだけ？　そうとは思えない」

「むしろ、そっちの方がなんだか編河さんに思うところあるみたいだけど」

意趣返しのつもりで尋ねたのだが、意外にも鵜走は言葉を詰まらせた。今まで、就活の為だとか言っていた鵜走の本当の顔が覗いたような気がして、逆に戸惑ってしまう。そのまま、鵜走は歯噛みしながら言った。

「あの男がどんな人間か分かってるから警戒しているだけ」

「別に……普通の編集者だと思うけど……どうして？」

「あいつの腕時計、ライトが付いてるんだ。あいつは懐中電灯が無くても夜のイリュジオンランドを歩けたんすよ。怪しいでしょ」

「……それは確かにまあ、そうですけど。なら、懐中電灯を持って歩ける人間は全員怪しいんじゃないでしょうか……備品でいっぱいあるんですし……」

鵜走は答えない。ミネストローネを義務的に啜っている。そこで眞上は切り口を変えることにした。

「鵜走くんのお父さんはギャラクシアンジェットコースターの担当だったんだよね。ということは、天衝村出身だったの？」

「……どういう意味ですか？」

「アトラクション担当には天衝村出身者が多いと聞いたので。そうだったんですか？」

鵜走が一瞬だけ目を見張るのが分かった。もしかすると、このアトラクション担当者の任命法則を知らなかったのかもしれない。ややあって、彼が言う。

「実際は半々くらいだったみたいすよ。俺、二十年前とかだとまだ四歳くらいなんで。後々になってから、例の銃乱射事件の話をされて、そういうことなのかって思ったくらい」

「他の天衝村の人々との交流はあった？」

「正直、全然無い。天衝村でのことは殆ど記憶に無いし、俺は――」

「君は、本当に天衝村で産まれた子供なのか？」

その時、成家が静かに尋ねてきた。

「天衝村の診療所で取り上げられた子供だった？」

「えっと……はい、そうですけど。覚えがありませんか？　鵜走の家」

鵜走がしっかりとした敬語に戻って、成家に尋ねる。

「いや……鵜走さんの家には子供が大勢いたからね。その中の一人っていうことで……」

その時、成家が手に持った皿を取り落とした。ミネストローネの熱い飛沫が、腕に掛かる。

「あっつ！」

「うわ、成家さん！　早く冷やして！」

成家は慌てて、キッチンの水道を捻り、服の上から腕を水に晒した。

これで、さっきの話を聞くタイミングが無くなってしまった、と眞上は思う。だが、ぽつりと鵜走が言った。

「あの男さえいなければ、天衝村があそこまで分断されることもなかった」

その声は、暗く澱んでいた。

「あいつは嘘吐きだ。天衝村人災を作ったのはあいつだよ。関係の無いことを繋ぎ合わせて事件に仕立て上げて、みんなが望むような物語を作り出した」

「それはどういう――」

「ごめん。ちょっと着替えてくるよ」

その時、成家がそう割って入ってきた。眞上も慌てて「あ、はい」と返す。

8

流石の眞上も、今日も外で寝ようとは言えなかった。あらぬ疑いをかけられるのはごめんだ。それに、外には例の主道の死体がある。あそこから発せられる強烈な負のオーラに取り込まれそうで恐ろしかった。改めて佐義雨に個室の使用を申し出ると、佐義雨は嫌な顔一つせず眞上の私室に案内してくれた。

部屋は、編河が言っていた通り、パスコード式のロックが掛かっており、部屋の中にはエアコンとストーブが両方置いてあった。それに、ベッドと小さな机。一般的な観光用のシングルルームといったような風情の部屋だ。

「中には個別のシャワーもあります。こちらは飲用水にも利用出来ますから」

佐義雨が言うのに合わせて、小さく礼をする。

「ああ、ありがとうございます……」

「そういえば、昨日はどうなさったんですか?」

「昨日は……ほら、イリュジオンランドは通電してないけど、水は通ってるって言ってたじゃないですか。プールの近くにシャワールームがあったので……」

「冷たくなかったんですか？」

「冷たいは冷たかったですが……」

「……そうですか」

「ちなみに、あれって飲んでいいものですよね？」

「どうでしょうね……。山から引いた湧き水を濾過(ろか)して使っていましたが、廃園になったイリュジオンランドで、濾過装置が上手く作動しているかどうか……」

佐義雨にそう言われると、急にお腹の辺りが痛んできたような気がした。気のせいであってほしい、と眞上は思う。

「それにしても、予想以上に面白い方ですね。眞上さんは」

「そうでもないですよ。湧き水飲めば面白い判定ですか」

「保護司である眞上虎嗣(とらつぐ)に引き取られたんですよね、例の事件の後は」

「……え？」

「弦滝栄樹(つるだきえいじゅ)の息子さんですよね、あなた」

不意に出された名前に心臓が跳ねる。ややあって、眞上は冷静に答えた。

「……知ってたんですか？」

「誤魔化したりしないんですね、あなた」

「……眞上虎嗣さんは知りません。眞上という姓はこの国に十世帯ほどありますよ。人違いじゃないんですか」

「私、眞上さんに興味があるんです」

佐義雨がいつの間にか距離を詰めてきている。佐義雨は、女性にしては背が高い。なので、一八七センチの眞上にもある程度肉薄出来る。彼女の夜の底のような瞳に、困惑したような自分の顔が映っていた。

「……いいんですか。十嶋庵が、じゃなくて」

「あら、まさか私が十嶋庵だと思っているんですか？　どうして？」

「いやその……だって、佐義雨さんの爪……」

「爪？」

「爪が……すいません。爪、凄く綺麗に短く切ってありますよね？　でも、初日に見た時に……爪の下の方にテープのようなものが付いていて。あれ、多分ネイルチップを貼り付けるテープですよね？　だから、普段は佐義雨さん、ネイルチップをされているんじゃないかと思って……というと、パーティーに出るような方なのかと」

コンビニでもネイル用品はよく扱われる。眞上が働いていたコンビニでも、除光液と一緒に透明のネイルチップが置かれていた。これが急に必要になる場というのが想像出来なかったが、思いがけず取れてしまった時に、応急処置として地爪を隠す役割があるのだそうだ。

「私はテープじゃなく、専用の接着剤を使う派ですけどね」

「あっ、はい……そうなんですか」

「いやでも、本当によく気づかれるんですね」

佐義雨はそれ以上のことを何も言わず、笑顔で頷いた。

「ならば、宝探しの方も成功させてください。十嶋庵はそれを望んでいます」

「……イリュジオンランドを欲しがっている人は他に沢山いるのに、どうして俺に？」

「イリュジオンランドが欲しいから、全員があそこまで必死になっているわけじゃない、そのことはもうおわかりでしょう？」

佐義雨が笑う。

「ここに集まっている人間は、全員別のものが欲しいのです。それを見定めれば、自ずから真相は明らかになりますよ」

「どういう意味ですか……？」

「とりあえず、一番イリュジオンランドに囚われている人物を——売野さんを落ち着かせてあげてください。売野さん、部屋から出てこなくなってしまったんです。私ではどうにもならないので、是非に」

そう言って、佐義雨はホールの方に向かって行ってしまった。自分でも無理だ、と言おうとしたのだが、放っておく気にもなれなかった。

ここに来ている人間は、全員別のものが欲しい。

果たして、それは一体何なのだろう？

9

ノックをするなり、枕か何かを扉に叩きつける音がした。

「いきなりノックをしないで！　誰か言って！」

「すいません、眞上です。……ノックをしてから声を掛けるべきかと思って……脅かしてしまいましたか？」

「……眞上くん？」

売野の声が近くなる。どうやら、扉の前までやってきたらしい。

「……ごめんなさい。疑心暗鬼になっていて。私、怖くて……」

「いいんですよ。……でも、どうしたんですか？　どうしてそんなに怯えてるんですか？　売野さんが怯えていた渉島さんは、未だに見張られて部屋から出てきてません」

「そんなので安心出来ない！　私は……。だって、渉島さんが主道さんを殺したんだとしたら……あの人は人殺しってことでしょう？　そうしたら、私も……」

「どうして殺されると思うんですか？　渉島さんが犯人だったとして、売野さんが狙われる理由が無い」

扉の向こうにいる売野の表情は見えない。ただ、彼女が息を呑んだことだけが分かる。

「私がそう思っていても、あっちはそうじゃないかもしれない。第一、主道さんだって何故殺されたか分からないじゃない」

「確かにそうかもしれません。でも、売野さんの怯え方は度が過ぎています。まるで、殺される理由があるみたいだ」

「私が悪いっていうの？」

出会ったばかりの時の彼女からは想像も出来ない冷たい声だった。

「そういうわけじゃありません。ただ……。いえ、いいです。あの、売野さん。渉島さんに何を言われたんですか？」

眞上が言っているのは、警察を呼ぶかどうかで話し合いになった時のことだ。売野はあれだけ警察を呼ぼうとしていたのに、渉島の一言で態度を一変させた。あれは一体何だったのだろうか？

「何も言われていないわ、変なことは。聞いていたでしょ」

その通り。渉島はただ、仕事ぶりを知っている、と言っただけだ。

「売野さんは天継町に住んでいたんですよね。イリュジオンランドで研修を受けたのはいつ頃ですか？」

「プレオープンの一ヶ月前よ。アトラクションの人達はもっと早かったみたいね。でも、私は売店担当だから」

鵜走の時のようなことは起こらなかった。売野は不自然ではない答えを返している。

「わかりました。……何か困ったことがあったら言ってください。俺は、宝物が見つかったら、イリュジオンランドの権利は売野さんに差し上げます」

売野は答えなかった。たっぷり数秒待ってから、眞上は扉の前から立ち去った。

それから、眞上は仮眠を取ることにした。今度もまたあの曇り空の夢を見るだろうか、と思ったが、夢は見なかった。

断章4

騙（だま）された、と思った。いや、私が被害者ぶるのはよくないだろう。私が騙してしまった。

空き家になった家を見ながら、呆然（ぼうぜん）と立ちすくむ。家財道具一式を残したまま捨て置かれた家屋の窓が割られていた。これで何軒目だろう。深い悲しみと罪悪感が胸を焼く。

彼らはマジカリゾートの移住に乗ったわけじゃない。逃げるように去って行ったのだ。

わざわざこの場所を待ち合わせ場所に指定したのは、彼にこの結果を見せたかったからだ。けれど、待ち合わせ場所に来た編河さんは、特に何の感慨も無さそうな顔で私を見つめていた。

「特集、終わりましたね。全八回も特集してくださってありがとうございます」

「こちらとしても凄い反響だったからね。むしろありがとうと思うよ」

「でも、私は納得がいっていません。どうして——どうして、掲載前に私に確認してくれなかったんですか？」

取り決めでは、全ての記事は掲載前に私に確認させてもらえるはずだった。けれど、最初の一回を除いて、編河さんは天衝村を訪れることもなければ、私に許可を取ることもなかった。私はわざわざ街に出て『週刊文夏』を手に入れ、その度に戦慄していた。

天衝村人災。天衝村のジャンヌ・ダルク。夢のリゾート計画。死にゆく村を救える唯一の手立て。恥ずかしくなるくらい扇情的な見出しで、天衝村は煽られていた。

「天衝村には他にも記者が来ました。それどころか、こんな辺鄙(へんぴ)なところなのにテレビまで来たんですよ。……それに、近隣にやって来た観光客が、わざわざ私達を見に来るんです。一度、子供の人権を守る為の団体が乗り込んで来たこともありました。……夏目さんの子供の為に」

目の前にあるのは、その夏目さんの家だ。天衝村の中でも一際大きく、歴史のある家だった。彼らはイリュジオンリゾートに対しても肯定的だった。応援してくれていた人だったのに。

「……そうなんだ」

「編河さん。あなたは夏目さんの子供を利用しましたね？　あの子は別にあの人災の所為で嗅覚に異常が起こったわけじゃなかった」

村の医療の不備で犠牲になった可哀想な子供。その効果は絶大だった。負わなくてもいい障害を負わされてしまった子供を、天衝村から解放しなければならない。ここに来る人達は使命感に燃えていた。

「利用したわけじゃない。これは解釈の一つだよ。人災の所為だとは言っていない。そういう子供が天衝村にいるというだけで、直接的にどうと書いているわけじゃない。よく読めばちゃんと分かる」

「よく読む人がどれだけいると思ってるんですか。そうじゃないからこうなったんじゃないですか！」

思わず声を荒げると、編河さんは心外そうに眉を顰めた。確かに彼は嘘を書いているわけじゃない。けれど、読者が編河さんの思い通りに誤読するように仕向けている。それに、編河さんの書き方では、まるで反対派が血も涙も無い人間のようだ。分断を煽っているように映るお陰で、まるで歩み寄りが見られない。

「あなたの所為で、夏目さんは家財道具も、大枚はたいて買った肥料も、全部そのまま置いて出て行くことになった。あの家、誰も片付けないから、ずっと晒し者みたいにされてる」

「どうせ更地になるのに」

ぼそりと編河さんが言う。その言葉を聞いてぞっとした。私が呆然としているのを見て取ったのか、編河さんが取り繕うかのように言う。

「でも、そのお陰でようやく、過半数の合意に至れたんだろ？　まだ籤付の家なんかは抵抗しているみたいだけど」

「まだ話し合いは終わっていませんから」

「どうも、イリュジオンリゾート側はかなり工事を急いでるみたいじゃない。再来月にはもう始まるんだろ？　二〇〇一年にはイリュジオンランドの完成を目指すとか。一年半は厳しいよね。もうプレスリリースを打ったから止められないとか」

「まだ最終合意には至ってません。金額面でも、移住条件でも話し足りないところは沢山あります」

「開園日が決まったら、話は進むんだよ」

編河さんは渉島さんと同じようなことを言った。私も肌感覚で分かっていた。私達の知らないところで話が進めば、押し切られるしかない。外からの声はあまりにも大きい。そこにはイリュジオンリゾートの完成を楽しみにする無邪気な声も混じっていた。

「君は間違ってないよ。合意している住人がいる。それに、村人は死ぬわけじゃない。移住するだけだ。彼らがいる限り、天衝村は無くならない。その思いで、君はここまでやってきたんじゃないか」

「そんなことを言わないでください。あなたは……あなたは結局、この村を食い物にしただけじゃないですか」

「俺が書いたのは、たかが記事だった。マジカリゾートの力の方がずっと大きいよ。あるいは、マジカリゾートが打ち出したイリュジオンリゾートの魅力の方が。仮に天衝村に同情的な人々がいたとしても、いざ出来上がってしまえばみんな忘れる。この地面もコンクリート敷きにして、何もかも見えなくなる」

編河さんが足で地面を叩きながら言った。涙が溢れてきそうになる。泣くわけにはいかない。最後までやりきらなければ。

断章5

九月二十八日（木）

遊園地が出来るのが理由で、私は村から引っ越しすることになった。他の人達もぞくぞくと村を出て行く。私はみつかちゃんやはるのお兄ちゃんたちと離れるのが寂しくて仕方なかったけれど、遊園地の為には仕方ないことだった。それに、遊園地が出来たら、そこでみんなで遊べるそうなのだ。

残っているのは、みつかちゃんたちと、秘密の庭のあるお家だった。それ以外は、もう平らになってしまったお家もある。私が住んでいた家も平らになって、つるつるの地面になるんだそうだ。今住んでいる街はつるつるの地面ばっかりだから、こうなるのが楽しみだった。

遊園地で遊べるのも楽しみだけど、天衝村で魚釣りをするのもすごく楽しかった。遊園地にはプールがあるみたいだから、そこにお魚が放せればすごく面白いと思う。はるのお兄ちゃんたちもきっとそう思ってくれるんじゃないかな、と思う。

第三章　燃える迷宮

1

ノックの音で目を醒ました。気持ちを切り替えて、すぐに応対する。

「ごめん。もう十一時近くだし、休んでいるかと思ったんだけど……」

そこに立っていたのは成家だった。思わず時計を確認し、編河のことを思い出す。編河はもう既に部下と接触しただろうか。だが、それを確かめる方法は無い。

「いや……全然大丈夫です。どうかしましたか？」

「ミステリーゾーンの探索に行かないかと、誘いに来たんだ。どうせ中は暗いだろうし、明るい時に行かなくても構わないんじゃないかと思ったんだ」

成家が懐中電灯を掲げながら言う。その手に懐中電灯は三つあった。

「どうせ残り数時間なんだ。宝探しを最後まで完遂したいんだよ」

「別にいいんですけど……どうして俺なんですか？」

「実はこれ、常察さんの提案なんだ。三人一組になってミステリーゾーンを見に行きたいって」

彼女なりのリスクヘッジだったのだろう。

ここまで言われて断る理由は無かった。仮眠を取ってある程度身体は回復していたし、三人で行動しようという成家の意図も理解出来る。本来は売野が狙いを定めていた、宝のありそうな『迷路』系の場所だ。一応は見ておいた方がいいだろう。

ちらりと廊下に視線を向けると、まだ佐義雨は渉島の部屋の前に座っていた。ややあって、眞上は言う。

「少し待っていてください。準備をします」

「待ち合わせは十一時だから、まだ少し時間はあるよ」

「ありがとうございます。間に合わせます」

そうして、十一時ぴったりにコテージを出ると、常察がもう既に待っていた。

「あ、眞上くんも来てくれたんだ」

「一応……見ておきたいと思って」

「眞上くんのそういうところがいいところだよね」

「お二人とも我が儘に付き合ってもらう形になって、申し訳ないとは思っているんだけど」

成家が申し訳なさそうに言うのを見て、常察が慌てて否定する。

「そんなことないですよ！　そもそも、私も三人一組で見に行った方がいいって思ってました」

「それならよかった。……行こうか」

成家が率先して歩き出す。彼の持っている懐中電灯の明かりが、地面を美しく裂いていた。

「成家さんはどうしてイリュジオンランドを手に入れたいと思ったんですか？」

「そうだね。強いて言うなら、郷愁のようなものなのかもしれない」

「成家さんはこの辺りの出身なんですか？」

常察が尋ねる。

「天継町に知り合いがいたくらいだよ。天衝村のことは殆ど知らない」

「そうなんですか……」

それきり、また沈黙が下りた。ややあって、常察が言う。

「私、後で渉島さんの警備に回ろうと思うの」

「常察さんが？」

「張り込みは慣れているし、渉島さんをあのままにしておくわけにもいかないから。そういう状況に慣れていないわけじゃないしね」

「そうかもしれませんが……」

そんなことを話している間に、ミステリーゾーンに辿り着いた。

元々は乗り物に乗って巡るライド型式のアトラクションだったらしく、ホームには八人乗りのコースターが停まっていた。小回りを利かせるようなアトラクションじゃないからか、大型のものになっている。

「これに乗るわけにもいかないので、歩いて行くことになりそうですね」と、成家が言う。

「レールに足を引っかけないようにして慎重に進みましょう。俺が足下を照らすので、成家さんと常察さんが周りを照らしてください」

アトラクションの入口であるトンネルを潜りながら言った。すると、入るなり足下の人骨に出くわしてぎょっとする。

「なるほど……こういうのがあるんですね」

「眞上くん、普通に驚くんだね。何だかちょっと面白い」

「本物かと思ったんですよ……二十年の間に何か別の事件でもあったのかと思って」

「流石にそれはないと思うけど……蜘蛛の巣なんかは本当に張っているみたいだからね。勘違いするのも無理は無いよ」

成家が巣を払いながら言う。ミステリーゾーンは入口が開けている分、埃などが入り込みやすかったのかもしれない。

照明の落ちたミラーハウスも恐ろしかったが、人を怖がらせる為に作られた施設の恐ろしさは一入だった。暗い中に、ぽつぽつとゾンビや骸骨が配置されているのがうっすらと見える。機械仕掛けの化け物たちは、永遠に通電されずに眠っている。

「ちょっと怖いね。眞上くんじゃないけど、本物なんじゃないかと不安になる」

常察が普段より細い声で言う。

その瞬間、奥の方でガタガタと音がした。

「きゃっ、何……⁉」

「誰かいるんですか？」

奥の方に声を掛けてみるが、返答はなかった。天井から血まみれの死体がぶら下がっている。そういうコンセプトで作られたゾーンなのか、辺りには血のように見える塗料が大量に撒き散らされていた。

「……俺達が中に入ってきたことで、何かが倒れたりしたんですかね？　振動とかで……」

「だといいんだけどね」

成家が注意深く歩みを進めながら言う。

もう少し先に進むと、イミテーションの人骨がバラバラとレールの上に転がっているのが見えた。ライド型式のアトラクションでレールの上に何かを転がすということは無いだろうから、仕様ではないだろう。どうやら、先ほどの音はこの人骨が崩れた音だったらしい。

「さっきのはこれが崩れた音みたいですね……何かがこの人骨を押しのけて置かれたという感じでしょうか――」

そう言いながら、先にあるものを懐中電灯で照らす。

するとそこには、ギャニーの首が落ちていた。「ひゃあ‼」と叫びながら、常察が大きく飛び退く。

「大丈夫ですよ。……これ、例のギャニーの頭です。怖くないですよ。可愛いって言ってたじゃないですか」

言いながら拾い上げ、常察に向ける。だが彼女は全く喜ばず、またも小さく悲鳴を上げた。

「ギャニーちゃんは可愛いですが、時と場合によるじゃないですか！　こんな場所にあるから――」

そう言って、常察がミステリーゾーンの先を示す。

そこに、人の足が落ちていた。

「っ、!!」

成家が声にならない悲鳴を上げて後ずさる。眞上も思わず頭部を取り落とした。膝上から切断された足は、ギャニーの頭部と同じくらい大きい。成人男性のものだ。靴が脱がされているので、左足であることが判別出来たが、拾い上げる勇気は湧かなかった。

「こっちには……腕があります」

成家が、人骨が転がっていた部分を指差す。そこには肘から切断された右腕が転がっている。裸の腕には、編河がしていた腕時計が嵌まっている。そのお陰で、切断された腕がイミテーションではないことがはっきり見てとれた。

「どうして……これ、何……？」

座り込みそうになる常察を支えながら、もう少しだけ先に進む。

今度はもう隠されていなかった。レールの上に、右足があった。ヘンゼルとグレーテルで出てきたパンくずの道標（みちしるべ）のように、人間の足が落ちている。

「あとは左腕だけですね……」

思わず漏れた呟きに、常察が引き攣った声を上げた。

「左腕だけ、って……」

常察が殆ど呆然としながら言う。それに対し、眞上ははっきりと言った。

「人間が解体されてるんですよ。このミステリーゾーンの中で」

「そんな……あり得ない……一体誰が……誰を？」

一瞬、自分が殺されることを予期していたかのような編河の口調を思い出す。彼の部屋のパスコードは、メモ帳にまだ残っていた。

「もう少し先に行ってみましょう。左腕だけじゃなく……残りもあるかもしれない」

そうして、左腕が見つかったのはミステリーゾーンの出口付近だった。

裸の左腕には、例のバンドが嵌まっている。その近くには懐中電灯も落ちている。恐らくはこの人物が持って来たものなのだろう。それを見た瞬間、常察が一際大きい悲鳴を上げた。そのまま、崩れ落ちる。さっきとは明らかに違う反応だった。

「どうしたんですか？　大丈夫ですか⁉」

「その腕——その腕の持ち主、知ってる」

常察の目には涙が浮かんでいた。そのまま彼女は腕に駆け寄り、躊躇いなく拾い上げた。

その腕には、川のような形の、引き攣れた大きな傷跡があった。

彼女が語っていた、籤付晴乃の腕の傷だ。

「これがバラバラ死体なら、残りは——」

言いながら、眞上は手に持ったライトであちこちを照らしていく。

すると、ミステリーゾーンに飾られている巨大な天秤の、向かって左側の皿の上に、何かが置かれているのを見つけた。

例のギャニーだった。だが、ギャニーの身体には腹いせに使われたのかと疑ってしまうほど全身に鉈による傷があった。おまけに、主道に着せられていた物と同じく、その腹には深々と鉈が刺さっている。

「あそこに『残りの部分』があるっていうことなんでしょうか？」

「そうかもしれない。でも、あそこには届かないよね？」

死後の裁判をモチーフにした一角に据えられている天秤は、支柱の高さが優に八メートルを越している。それが、左皿を上に傾かせている為、眞上でも到底届かない高さになっていた。

恐らくは、元々天秤の両皿は平行だったのだろう。だが、犯人はギャニーの着ぐるみを左皿に載せた後、自分が右皿に乗るか何かすることで、左皿を上げたのだ。皿自体に重さがあるので、右皿は地面につかんばかりに下がってしまっている。一度上がってしまうと、下ろすことは難しいだろう。

「どうしてこんなことを……？」

「見せつける為、でしょうか。あそこにあれば嫌でも見つけますから」

そう言いながらも、疑問が拭えなかった。一体どうしてそんなことをしたんだろう？

「とりあえず戻りましょう。佐義雨さんに話をしないと」

2

腕を抱きしめたまま離すまいとしていた彼女をどうにか宥めて離させ、眞上たちはコテージに戻った。コテージに戻れば、少なくともこの四肢が誰のものかは確定出来る。

騒ぎになっているかと思ったのだが、ホールは思いの外静かだった。というのも、そこにいたのは藍郷と佐義雨だけだったからだ。恐らく、売野はまだ部屋から出てこないのだろう。なら、編河と鵜走は？　一体どこにいるのだろうか？

眞上たちが戻ってくるのを見るなり、佐義雨が言った。

「十時二十八分、編河さんが亡くなられました」

彼女の顔は微かに強ばっているようだった。この展開は、流石に楽しめないということなのだろうか。

「渉島さんにはもう既に伝えてあります。売野さんは酷く怯えられていて……部屋から出てこようとしません」

やはり、あそこにあったのは編河の身体なのだ。

「その……俺達、ミステリーゾーンに行ったんです。そうしたら……そこに、誰かの足とか……手が落ちてて……腕には編河さんの時計がはまってて、天秤の上には鉈を刺されたギャニーちゃんが……いたんです。あの中には多分……」

「じゃあ何ですか？　バラバラ死体があったっていうことですか？」

「編河さんの死亡時刻は十時二十八分ですよね？　だから多分……あれは解体されたばかりの……」

常察がそこで言葉を詰まらせる。

「死体を見つけた第一発見者が怪しいっていうのは定石やけどね」

訝しげに言う藍郷に対し、成家が冷静に言った。

「私達があそこに行ったのは十一時十分くらいだった。ほんの四十分前まで編河さんは生きていたんだ。僕達にバラバラにする時間なんかなかった」

確かにその通りだ。殺すだけなら、まだ出来る目があった。だが、解体の手間が、あそこにいた全員のアリバイになってしまっている。

「私は渉島さんの見張りをしていましたし、藍郷さんは部屋にいました。共に強いアリバイはありませんね。ですが、鵜走さんは部屋の扉をノックしても出てきませんでした」

佐義雨の言葉は、まるで鵜走のことを犯人と定めているかのようだった。

「お部屋の中にいらっしゃらなくとも、イリュジオンランドの中にはいらっしゃるはずです。また、死亡しているわけではありません」

「なら、一刻も早く鵜走くんのことを探さないと――」

常察が言う。今にも外に飛び出して行ってしまいそうな彼女の腕を摑み、慌てて制した。

「この街灯も無い中で見つけられるとは思えません。鵜走くんが生きていて、ランド内に留まっているのなら明るくなってから探すべきです」

それに、編河が死んだ以上、眞上にはやることがある。鵜走を探すにしろ、佐義雨が彼を犯人だと断じた理由を知らなければならない。

「……分かった。じゃあ、朝になったら……鵜走くんを探して、話を聞こう」

「あと……これは言っていいことなのか分からないんですが、編河さんは誰かに殺されることを予期していたような気がします」

「どうしてそんなことを？」

眞上はあの時聞いた渉島と編河のやり取りを思い出す。脅されていた渉島。取引材料を持っていた編河。

「……分かりません。これから分かるかもしれませんが」

そう言って、眞上は編河の部屋の前に立った。メモを参照する必要もなかった。教えてもらったパスコードを入力する。

「待って。どうしてパスコードを知っているの？」と、常察が尋ねる。

「編河さんが、自分に何かあったら開くようにって教えてくれたんです。……どうして俺なのかはわかりませんが」

「……そうだったんだ」

「出来れば、最初は俺だけ中に入っても大丈夫ですか？　編河さんがどういう意図で俺に託してくれたのかが分からないので……」

「その方がいいと思う」と、成家が頷く。

編河の部屋の扉は本当に開いた。彼がただのおためごかしではなく、本気で眞上を信頼してくれていた証のようで少しだけ感動する。

編河の部屋は綺麗に整頓されていた。というより、ベッドとシャワールーム以外をまともに使った形跡が無い。机の引き出しを開けると、目当てのものがあった。

クリアファイルに入った、一枚のビラだ。何のことはない。イリュジオンランドの本オープンに合わせ、巨大な天体観測望遠鏡が来るという内容のチラシだ。望遠鏡はテントの屋根を開けて設置するタイプのもののようで、なかなか本格的だ。だが、これといってどこにもおかしなところが無い。

編河はどうしてこんなものを遺したのだろうか？　編河の話からすれば、これは渉島を脅す為の立派な脅迫材料であり――編河に何かがあった時には『週刊文夏』に持ち込まれるべきものだ。こんなビラ一枚が何故脅迫になるのかが分からない。

これを見たら、眞上には意図が通じるようにしていたはずだ。一体それは何なのだろうか？

「これを見られて、渉島さん達が困る理由……」

もう一度、ビラを丹念に検める。隅にはテントの設置予想図があり、場所はステージの裏手、イリュジオンパラシュートの左隣だとされていた。イリュジオンコーヒーカップとイリュジオンハイウェイの間である。

「……あれ？」

その瞬間、ひらめくものがあった。仮説を検証する前に、気になることを書き留めておく。

四、どうして編河の死体はミステリーゾーン内でバラバラにされたのか？　残りの部分はどこに行ったのか？

そして、少し悩んでからこう書き加えた。

五、編河は常察の探していた『ハルくん』なのか？

部屋から出てホールに戻ると、真っ青な顔の常察が座っていた。

「……これでわかった。私が知っていた『ハルくん』は編河さんだったんだ」

常察がじっとうなだれながら言う。あの腕の傷は、言われてみれば説明を受けていた例の傷に似ていた。かつての籤付晴乃が、猟銃の暴発で作ってしまった傷だ。

「状況を整理しましょう。……常察さんの知っているハルくんには腕に傷があったんですよね？」

「そう……。そうだった。ゴンドラに乗せてもらった時も、その傷があったからハルくんだと思ったんです」

「ということは……」

「私が思っていた『籤付晴乃』は、編河だったっていうことなんでしょうね。天衝村に出入りしている編河のことを、御津花ちゃんが話してくれていたハルくんだと勘違いしていた。編河は取材の為に御津花ちゃんと長く接触していたから、それを見ていた私は仲良しだと思い込んでいた」

編河の年齢は四十代後半だ。二十年前なら、中鋪御津花と年齢が釣り合う。二十年前の籤付晴乃の年齢とも、だ。勿論、庭で出会ったのは本物の籤付晴乃なのだろうが、そこから先は、記憶の入れ違いがあったのかもしれない、と眞上は思う。

「もしかしたら、編河さんはそれを利用したのかもしれません。幼い常察さんが万が一誰かに中鋪御津花さんの動向を尋ねられた時に、常察さんが『ハルくんと会ってた』と答えることを期待して、あなたにそう名乗っていた可能性がある」

「じゃあ、乱射事件を起こしたのは本物の籤付晴乃で、私を助けてくれたのは編河さんだったってこと?」

「あなたをゴンドラに乗せた人間がいる以上、乱射事件を起こした人と、あなたをゴンドラに乗せた人の二人がいるのが現実的な解釈だとは思っていました。なら、編河さんが真の『ハルくん』である可能性は否定出来ないと思います」

「そう、だったんですね……」

常察が自分の掌を見つめながら、ぼんやりと言う。

彼女はずっと籤付晴乃の無実を信じながら、真相を明らかにする為にここまでやって来たのだ。

彼女が慕っていた『ハルくん』が、中鋪御津花を撃った犯人とは別であると明らかになれば、少なくとも納得はいくのだろう。ややあって、常察が言う。

「……でも、私の『ハルくん』が編河さんだったとして……。彼は、銃乱射事件が起こることを知っていたということになりますよね？　取材の過程で知ったんでしょうか？　それとも——……もしかして、鑵付晴乃に銃乱射事件を唆したのも編河さんなんでしょうか？　だから、真犯人を名指ししたんでしょうか？」

「もし編河さんがそれを知っていてスルーしたのだとすれば、確かにそれは真犯人なのかもしれませんが……」

「だって、あの一連の記事が最も脚光を浴びたのは、イリュジオンランド銃乱射事件が起こった後でしょう？　それがあって、編河さんの記事は世を席巻するものになった。自分の記事の注目度を最高潮にする。その為に、編河は事件を起こそうとしている鑵付晴乃を見過ごした」

「その後、時代が変わると対立煽りを繰り返す彼の記事は現代の価値観にそぐわないものとされ、段々と日影ものになっていったと」

それは、後味の悪い筋書きだった。だが、編河が鑵付晴乃を止めなかった理由として、これ以上しっくりとくるものはない。何しろ、彼は天衝村には関係の無い人間なのだから。他にイリュジオンランド銃乱射事件を起こすメリットがあるとすれば、別方向の利潤だ。

「いずれにせよ、納得のいく筋書きではあります。……鑵付晴乃は無実じゃなくて、『ハルくん』は私の思っているような人じゃなかった。……これだけでイリュジオンランドに私がこだわる理由も無くなる」

常察がぽつぽつと呟く。ややあって、彼女が顔を上げた。

「犯人は鵜走くんなんでしょうか？」

「……鵜走くんの姿が見えないですし、死体を解体する時間があったのは鵜走くんだけですが」

「でも、動機が分からないですよね？　だって、鵜走くんは二十年前の事件に関係が無いはずです。父親がギャラクシアンジェットコースターの担当だったから、その職を奪われたことが理由だったとか？」

「──それは、一つ考えていたことがあって……」

だが、その前に確かめないといけないことがある。

「……すいません、先に少しいいですか？」

「わかった。……ホールにいるから」

「お願いします」

そう言うと、眞上は渉島の部屋の前に立つ。見張りをしていた佐義雨が、黙って立ち上がった。会釈をしてから、クリアファイルを持ったまま、ノックをする。

「すいません、渉島さん。もうお休み中かもしれませんが」

少しだけ待っていると、渉島の声がした。

「いいえ、神経が高ぶって眠れなくて」

扉越しの対話は二回目だ。だが、怯えて隠れる売野に対し、渉島のこの余裕は何なのだろうか？

「何かあったのかしら？　編河さんが亡くなったと聞いたけど」

「そうですね。その前にあなたに聞きたいことがあります」

「なんですか？」

「あなたはここにいて、安心していますね？」

渉島の目がじっとこちらを見ている気がする。ややあって、彼女がゆっくりと口を開いた。

「どういう意味か分からないわ」

「分かるはずです。記憶では袋はすべて無地だったんですから」

それとなく言ってみたものの、渉島は答えなかった。その代わりに、別のことを尋ねる。

「中鋪さんは補償を求めていらっしゃったんですよね。それは？」

「イリュジオンリゾートの計画自体が頓挫してしまいましたから。勿論、警備の不備ということで、亡くなられた被害者の遺族には相応の金額をお支払いしました。また、裁判もしっかりと起こされています。双方納得のいく額で収まったと思っていますが。この一件がきっかけで、マジカリゾートは倒産していますし。十嶋財団に買われたことでも損失が補塡出来なかったくらいです」

素っ気ない言葉が返ってきた。

「けれどあなたには財産があった。不名誉だとしても肩書があった。そうして今も、表舞台で活躍している」

眞上が言うと、渉島は話を打ち切るように言った。

「もう構いませんか？」

「……はい。分かりました」

一歩引いて、ホールに戻る。そこには、藍郷と常察がいた。常察に向かって、眞上は静かに尋ねた。

「もしイリュジオンリゾートが本当に稼働していたら、補償は予定通りに行われていたと思いますか？」

「……分からない。結局、移住した天衝村の住人達は、移住費用を負担されただけで補償金を受け取ってませんから」

常察が物憂げに言う。

「けれど、もし補償がされなかったら、御津花ちゃんは裁判を起こすと言っていました。主導した自分の責任だからって」

「そうですか……」

そう言った瞬間、外から轟音（ごうおん）がした。

「何？　何の音？」

「外で何か変な音が……」

「ミラーハウスの方だ」

藍郷がそう言って外に出る。その後を慌てて追った。

最初は異変の正体に気づけなかった。ミラーハウスの方から震えるような音がする。排煙の小窓から、煙が上がっていた。

「火事……？」

ミラーハウスから煙が上がっている。入口からは舐めるような炎が吹き上がり、手招きをするようにこちらへ伸びていた。照明の無い廃遊園地の中で、ミラーハウスから上がる炎だけが明るい。中から響く硬質な音は、まるでオルガンの音色のようだ。

熱で鏡が割れている音だ、と反射的に理解する。

「これは……どうすればいいんですか⁉」

「これで消せないか⁉」

成家が持ってきたのは、先端から水の湧き出るホースだった。プールから引っ張ってきたものだろう。この長さがあれば、ミラーハウスに横から水を掛けられるかもしれない。

ホースを受け取り、入口に水を掛けようとする。だが、ホースは左右に水を分散させてしまう。よく見ると、ホースの先が千切れてしまっていた。この所為で、水が上手くかからないらしい。

仕方なく、先を潰して水の勢いを強める。

だが、炎の勢いは全く弱まらず、中からは鏡が割れる音だけが響く。

「駄目だ、戻りましょう。ここにいても、出来ることがありません。周りに燃え移ることはないはずです」

佐義雨がそう言ったことで、全員が消火を諦めた。

ミラーハウス内の炎が消えるまで、二時間ほどを要したが、鶉走の死はコテージに戻ってすぐに判明した。

「鵜走さんが亡くなられました。十一時五十六分です」

断章 6

騙された、と言ってしまっていいと思う。御津花はまんまと利用されたのだ。

お母さんが亡くなったことへの御津花の絶望と悲嘆に、もっと向き合うべきだった。

御津花があの編河という記者と接触し、外へと天衝村の状況を発信してから、全てが変わった。天衝村は対外的な評価に晒されるようになり、裁かれるようになった。外の評価の上では、御津花の方が正しかった。

だから、認められなかった側は戦うしかなかった。どうせ負けることを知っていたから、意地でも戦わなければならなかった。籤付の家は今でも立ち退いていない。家の中ですら対立が始まっている。勝手に合意してしまった籤付の家の父親と、それを認めない祖父の間で分断が起こっている。

同意してしまった以上、立ち退かないわけにはいかない。時間はもう残されていなかった。

天衝村の建物は既に取り壊され、コンクリートで舗装され始めている。こう言っては何だが、杜撰(ずさん)な仕事だと思う。それとも、こんなスピードで工事が進むことは普通のことなのだろうか。

天衝村がこんなことになるのは初めてだから、判別がつかなかった。

コンクリートで舗装された地面に触れながら、昔埋めたタイムカプセルのことを思い出した。あれは掘り出されたのだろうか？　いや、水道管などの設置工事に影響の無いところだから、上手い具合に掘り返しを免れたかもしれない。上物が取り払われた後の一部の地下室なんかは、そのまま埋め立てられたようだから。僕のタイムカプセルもこのまま閉じ込められ続けてくれればいい、と思う。

待ち合わせた御津花はコンクリートで埋められた自分の家の跡地を見ながら、墓でも参るように手を合わせていた。そうして僕に気づくと、静かに尋ねる。

「知ってる？　ハル。まだ一年以上あるのに、もうイリュジオンランドのスタッフが募集されてるの。アトラクションは、もうパーツが用意されていて、運び込まれるのを待っているものもあるって」

「そうなんだ。……スタッフが募集されてるなら、応募してみようかな」

「ハルが？」

「だって、天衝村は無くなるし。外で働くしかないから」

御津花が表情を硬くする。そんな表情をさせたいわけじゃなかったのに、と思って僕まで口を噤んでしまった。

「……晴乃は反対派なんでしょ。イリュジオンランド」

「仕方ない。……仕方ないんだよ」

「責めてるわけじゃないんだ。ただ、そうだよねって。……私達、天衝村が大好きだったのにね。

どうしてこうなっちゃったんだろう」

御津花が苦しそうに言う。どうしてこうなったのかは、僕にも分からない。イリュジオンリゾート計画という大きな獣が全てを呑み込んでしまった。食べられる側に自由なんてあるのだろうか、と僕は思う。僕に撃たれた鹿は、撃たれる自由を行使したわけではない。そういうことだ。

「……天衝村が無くなるのは辛いことだけど、きっとこれでよくなることもある、と思う」

コンクリートの下に全てを閉じ込めて、先に進めることもある。

「そうだよね。……そのはずだよね、ハル」

「凜奈ちゃんだって、すごく楽しみにしてるんだ。あの子はきっとすごく……喜ぶと思う」

僕は凜奈ちゃんのことまで引き合いに出して、御津花を慰める。そうして、呪文のように繰り返し続ける。大丈夫、きっとよくなる。

3

流石の眞上も、その夜は上手く眠れなかった。割れる鏡の音が耳について、眠りを妨げる。朝になるのを待って、ようやくベッドから降りる。まるで免罪符のような時間の使い方だ。

横になるのを諦めて、机に置いておいたメモを見る。

六、ミラーハウスは何故焼かれたのか？　鵜走は本当にミラーハウス内で死んだのだろうか？

後半については、確かめられなくもない。

実際にあのミラーハウスに行けばいいのだ。少し悩んでから支度をし、部屋を出る。廊下では運悪く藍郷と鉢合わせしてしまった。

「おはようさん、眞上くん」

どうやら、渉島の見張りを担っていたらしい。

「藍郷先生は寝てないんですか？」

「寝てないわけやないよ。早めに起きたから、常察さんと交代したんや」

「常察さんも見張りをしてくれていたんだ……」

なら、自分もベッドで時間を潰していないで見張りに回ればよかった。

「どうしたん？　そろそろ宝は見つかりそう？」

「……そうですね。もし皆さんに話を聞けたら、ですが」

眞上はそう言って、朝食も摂らずに歩き出した。

まずはミラーハウスの中を見なければならない。

ミラーハウスの入口は炎に炙(あぶ)られ、黒ずんでしまっていた。だが、もう火の心配はないだろう。

一歩足を踏み入れただけで、床に雪のように降り積もる鏡の破片に迎えられた。

ミラーハウスの中は、玻璃(はり)の莚(むしろ)のようになっていた。

熱で割れた鏡の破片が四方八方に散っており、ここで転んだらと想像すると、ぞっとする。こういう時にギャニーの着ぐるみがあれば、防護服の代わりになっただろう。あの気味の悪い着ぐるみを切望するようになるとは思わなかった。

恐る恐る、足を進めてみる。すると、天井からつららのように鏡の破片が落ちてきた。慌てて腕でガードすると、手の甲に鈍い痛みが走る。やはりこのまま中に入るのは危険だろう。

だが、まだ目当てのものが見つかっていない。気をつけながらも、先に進んでいく。

その先に、仰向けに倒れた、鵜走らしき死体があった。

鵜走の死体はさほど焼けていなかった。衣服に火が移ってはいるが、人間の形を保っているし、彼が何者なのかはわかる。恐らくは火に捲かれて脱出出来ず、煙で意識を失ったというのが妥当だろうか。その証拠に、鵜走の近くの扉が開いている。手当たり次第開けたのが見て取れた。開けた扉の近くは余計に燃えている。

そして、鵜走の近くには何故かランタンが置かれていた。キャンプ用のものなのか、かなり大振りである。ランタンも割れてしまっているので判別がしづらいが、ＬＥＤタイプではなく、実際に火を入れるタイプのもののようだ。どういうことだろう？

そう思った瞬間、天井の鏡がぱらぱらと降りかかってきた。そろそろ出ないとまずいかもしれない。今は、鵜走の死体がミラーハウスの中にあることを確認出来ただけで十分だった。だが、心の中に手帳に書くべきことを書き留めておく。六の補足だ。

七、どうしてミラーハウスは焼かれたのか？　鵜走は何故あそこで死んでいたのか？（犯人はどうやってミラーハウスに効率的に火を点けたのか？）

八、編河を殺したのは鵜走なのか？

コテージに戻ると、成家と藍郷、それに常察と売野がいた。売野は久しぶりに姿を見た気がするが、随分やつれてしまっていた。渉島と彼女を見張る佐義雨以外、残っている人間が全員ホールに集まっていることになる。

「あ、眞上くん。どこに行っていたの？」

成家が言う。

「ミラーハウスです。鵜走くんがいるんじゃないかと思って……」

「あのミラーハウスに？　危なくない？」と、藍郷が言う。

「あのミラーハウス、天井まで鏡だったのが仇になりましたね……。破片とかが目とかに入ったら危ないので入んない方がいいと思います」

「そうか……眞上くんが言うなら相当なんだろうね。やめておこうか」

成家が深く頷く。前のように訝しげに思われてはいないようだが、まるで自分がリトマス紙か何かのようで、これはこれで落ち着かない。

「鵜走くんは恐らく、一酸化炭素中毒で窒息死したんだと思います。用いられたのは灯油だと思うんですけど……」

「灯油？」

「ギャニーの着ぐるみを焼く時に使ったものだと思います。灯油を撒くことは難しくないと思うんです。でも、それだけであんなに急に燃え上がるでしょうか？　ミラーハウスはその性質上、木製の建物よりはずっと燃えにくいはずですから」

何か工夫があるはずだ。だが、それは一体何だったのだろう？

「もう遅いかもしれないけど、……警察を呼ぼうってことになってるんです」

常察が沈鬱な面持ちで言う。

「もっと早くに決断してれば、こんなに沢山の犠牲者が出ることは防げたかもしれないのに。……私の所為です。ごめんなさい」

「常察さんの所為じゃないですよ。俺達全員の所為です」

眞上がそう言うと、常察は力なく微笑んだ。

「今呼べば、今日の昼過ぎ……遅くても夕方には到着するようなんだけど」

ということは、眞上のやっている捜査もそこで終わりということだ。途中まで組み立てていた推察のようなものも、実際の警察が検証すれば終わる。何なら、眞上が今からもっと調べればいい話だ。だとしたら、犯人の意図はどうなるだろうか？

そう思った瞬間。背筋を冷たい汗が流れた。

常察から聞いた過去の天衝村の話、そしてイリュジオンランドにやって来たばかりの時に読んだとある雑誌の記事が繋がる。考えられないことではない。

「常察さん。イリュジオンランドは旧天衝村の真上に立っているんですよね。この辺りは家屋があったところをそのまま埋め立てている」

「?……そう、ですけど。何しろ、オープンまで日が無かったので、重機で一気に上物だけを取り払って」

それを聞いて、眞上は再度深く考え込んだ。最悪の想像が頭の中を過る。

その時、藍郷が「あ」と小さく声を上げた。

「それで、実はこっちも進展があったんやけど」

そう言って藍郷が出してきたのは、一枚の紙だった。それに既視感を覚える。それは、一日目の脅迫状とよく似ていた。

「それは?」

「鵜走の部屋にあった遺書や。いや、告発文やな」

そのまま、藍郷が手に持った紙を押しつけてきた。慌てて、その文面に視線を走らせる。

『編河がイリュジオンランド銃乱射事件の真犯人。天衝村に関する彼の記事は、分断を煽り天衝村を破滅させた』

「……これだけですか?」

「これだけやけど、動機にはなるやろ。鵜走はこの告発文を遺して死んだんやから」

「でも、分からないな。どうして鵜走くんは編河さんに恨みを抱いていたんだろうか？　天衝村に関係があるのは、鵜走くんの父親だろう？」

「それは……そうなんですが」

幼い頃の鵜走が天衝村にそこまで強い愛着を持っていたとは思えない。二十年前といえば、鵜走が四歳くらいの頃だ。その頃に遺恨を残していることは、あまり本人がどうという問題ではない気がする。

なら、鵜走が遺恨を抱くに足る理由は一体何だ？

そう思った瞬間、眞上の頭に過る考えがあった。思わず口元を押さえる。

もし眞上の考えが正しかったとすれば、十嶋庵が何故自分達を集めたかに説明がつく。

そして、それは眞上が求めていた展開でもあった。

「疑問点だけが増えていきますね」

不意に背後から声を掛けられる。常察だった。

「ごめんなさい、勝手に覗き込んじゃって」

「いえ、大丈夫です」

「それ……手帳？　疑問点をメモするなんてマメなんだね。眞上くんが持ち込んでるファイルみたい。二十年前の事件のこととか、かつての天衝村の地図とかまとめてあったやつ」

「……主道さんも、編河さんも、鵜走くんも……もう言葉を持たない過去の人ですから」

メリーゴーランドで交わした言葉が、今もまだ残っている。

「過去の人間が語るべき言葉は、生きている人間が受け取るしかないんです。逆に、過去からの言葉が欲しいなら、自分が考え続けるしかないんです」

「でも、もう終わりやろ。今呼べば昼間には警察が来る。そうなったら、全部解決するやろ」

「そうかもしれません。ただ、まだ解決していない部分があります。そして、確かめなければならないことも」

そう言うと、眞上は売野の元へゆっくりと歩いて行った。

彼女は覇気の無い顔で、朝食用のシリアルを口に運んでいたが、眞上が来たことで皿を置いた。

「どうしたの？　眞上くん」

「売野さん。あなたは売店の担当じゃないですね？」

「どうしてそう思うの？」

「そう考えたら、納得がいくことがあるんですよ。売野さんが使っていた売店用のワゴン、見せてもらいましたよね」

「ええ、閉じていたものだったけれど……」

「あれは、ギャニーカチューシャのものじゃなかったんです」

ぴくりと売野が反応を示す。

「ワゴンの開き方が違うんです。あれは階段状に開くタイプでした。恐らく、あの棚に載るような平たいものを置く棚なんです。ということは、あの売店で売られているものはカチューシャじゃなかったんですよ」

あの平たい棚にカチューシャを並べるとしたら、十数個が限度だろう。重ねて置くにも二つまでだ。おまけに、子供が触れればすぐに崩れて落ちてしまうはずだ。あの棚に置くならもっと安定性の高い、クッキーか何かの缶か、もしくは落としても大丈夫そうな光るスティックなんかじゃないだろうか。

「私の記憶違いじゃない？　何しろ二十年前のことだもの」

売野は何の衒いも無く言う。だが、眞上は追及を緩めなかった。

「いくら何でも、売店で担当したものは忘れないでしょう」

「記憶が混乱していたのよ！　あんなことがあったんだから無理もないでしょう！」

「そもそも、ギャニーカチューシャは、プレオープンの時は売られてなかったんじゃないですか？」

「そんなはずはないです。私、カチューシャをしている子を沢山見た、そのはず……」

「常察さんが迷子になった時のことを話してくれたんです。……誰かが観覧車に乗せてくれたって言った時の話です。あの時、常察さんは御津花さんに見つけてもらいたくて、ギャニーのカチューシャを付けたって言ってました」

「それがどうかしたの？　可愛いと思うけど」

「そうですね、いい方法だと思います。でも、常察さんは一体どこでギャニーカチューシャを手に入れたんでしょうか？」

あの当時、常察は五歳になったばかりだ。財布を持ち歩いているような年齢じゃない。だからといって、迷子の子供相手に無償でカチューシャをあげるというのも考えにくい。

「答えは簡単です。あの日、カチューシャは来場者に無償で配付されていたんですよ。常察さんは、大人になってからイリュジオンランドで売られるはずだったカチューシャの値段を見たから、それが売っているものだと勘違いしたんです」

売野の表情が固まる。

「無償配付していたカチューシャを売っていたとは勘違いしないでしょう。もっと別のものと言ってくれれば誤魔化せたんですが」

「そ、そんな……嘘だわ」

「どうですか？　言い逃れても構いませんが、俺はその先の話をしたいんです」

ややあって、売野が観念したように呟いた。

「そう……そう、そうなの。私は売店の担当じゃなかった。私はアトラクション担当だった……それが、私の秘密……私の罪」

売野が手を握りしめ、開く。それを交互に繰り返す。

「イリュジオンランドが一般の人に開放されると決まった時……私の背筋は凍りついたわ。これまでずっと逃げ切れていたのに、今度こそ、周囲にバレてしまうんじゃないかって」

「そんなの気にしなければいいんやないですか？　わざわざ来る方が危ない気がしますよ。元同僚だっているのに」

「藍郷くん。絶対に知られたくない秘密があったとして、それが暴かれるかもしれないのに、手をこまねいていられる？　私には無理だった。だから、この地獄に応募してしまったのよ」

売野が低い声で言う。万が一の可能性であっても、彼女には絶対に看過出来ないところだったのだろう。

「応募欄には『イリュジオンランド元職員』って書かなかったから、それで……通らないなら通らないで諦めがついたけど、通ってしまって……だからね、初日に成家さんが私とは面識がないと言った時は安心したの。プレオープンの日にイリュジオンランドに働きに来てた人はいっぱいいたし、みんな誰がどの担当だったかなんて覚えてないんだって……」

「売野さんの担当は？」

それを尋ねると、売野ははっきりと言った。

「観覧車よ。籤付晴乃が乗り込み、多くの人間を殺したギャラクシアン大観覧車」

売野はとうとう胸のうちを吐き出した。そのまま、目に涙を浮かべながら続ける。

「おかしいと思っていたの。黒い……黒いケースのようなものを持っていて……何かな、とは思ったの。実際聞いたわ。そうしたら、望遠鏡だって……この辺りに観覧車なんて大きなものが出来たのは初めてだから、これで見てみたいんだって……おかしいとは思ったのよ！　でも、お客さんは多かったし、私も慣れてないから」

二十年間ずっと封印され続けていた売野の苦しみが、言葉の端々から滲み出ている。彼女はどのくらい罪悪感と悪夢に苦しめられてきたのだろう、と眞上は思う。イリュジオンランドが廃園になってもなお、彼女の事件は終わっていないのだ。

「わかるでしょ！　私があそこで籤付晴乃の乗車を止めていたら！　そうしたらイリュジオンランド銃乱射事件は起きなかった！　何の罪もない人間が何人も殺されることはなかったのよ！」

「そんなことはないです。籤付晴乃は観覧車に乗らなくても、誰かを撃ち殺していたはずです」

咄嗟に眞上が言うと、売野は一層苦しげに顔を歪めた。

「そう思いたいわ、私もね。でも、そんなことはないわ。もし籤付晴乃が地上にいたらすぐに取り押さえられていたと思うもの。あそこは絶好の狙撃場所だった。私がそうしてしまったの……」

これ以上の無理な否定が何の慰めにもならないことは分かっていた。ゴンドラが地上に戻るまでの間、そのおぞましい治外法権がなければ、あそこまで被害は大きくならなかった。

けれど、それは籤付を乗せた売野だけの罪なのだろうか？

「わかりました。これで一つ疑問が解けました。どうしても引っかかっていたんです。俺の考える二十年前にあった出来事と、あなたの証言が食い違っていたので。そこが解消されてくれれば、謎は解けます」

言いながら、眞上は思う。

佐義雨緋彩は——いや、十嶋庵は、こうした関係者たちがイリュジオンランドに入ることを良しとしたということだ。

渉島の部屋の前から遠まきにこちらを見ている佐義雨は、眞上の方を見て薄く微笑んでいる。

その微笑みに挑みかかるように、眞上は言った。

「すいません。渉島さんを部屋から出してくれませんか。俺が今から、解決編を担当します」

「解決編？　まるで名探偵みたいなことを言うんですね」

「ええ、そうです」

眞上はぴくりとも笑わずにそう言った。

「今回の一件は、全部俺達ゲストが判断をミスしたからです。常察さんも同じことを言っていましたが、誰が何と言おうと、あなたに警察を呼ぶよう迫ればよかった。そうすれば第二、第三の殺人は防ぐことが出来たかもしれないのに。……俺が唯一反対していたんだから、あそこでもっと粘っていれば――」

「いいえ、そんなことはありません。眞上さんがあそこで何を言おうと変わりませんでした」

「それは、俺の言うことなんか誰も聞かないだろうってことですか？」

「そうではありません。意味が無いんです」

ややあって、佐義雨が静かに言った。

「あの時は――警察を呼ぶことが出来なかったのですから」

「警察を呼ぶことが……出来なかった？」

そのまま復唱すると、佐義雨が大きく頷いた。

「実は、昨日の朝イリュジオンランドに続く道路で土砂崩れが発生したんです。すぐに復旧にかかりましたが、それでも撤去に今朝まで掛かりました。つまり、あそこで呼んでいようと警察が到着するのは今日の昼頃です。一日の猶予を取っても変わらなかったんです。ヘリが飛ぶかどうかは微妙な状況ですし」

「……そんなことが起こっていたのに、どうして言わなかったんですか？」

「言っても変わらないことなら、それぞれが選択した上でのことだと思って頂いた方がいい」

佐義雨が淡々と言う。

それではまるで、今までのことが全部十嶋庵によって仕組まれていたかのようじゃないか。背筋を冷たい汗が流れる。

だが、土砂崩れの話を聞いて腑に落ちた点がある。編河が何故一人で襲われたかだ。編河が襲われたと目される時間は、本来なら部下と接触している時間だった。だが、部下は土砂崩れにより待ち合わせ場所に到達することすら出来ていなかったのだ。犯人は相当運が良かった、と後から納得する。

と、同時に、あの人物がどうしてあの場面であんな反応を示していたのかについても思い至った。彼は——彼女は、このことを知っていたのだ。

「……——今は、そんなことを話している場合じゃないですね。まずは、この事件の収拾をつけないと。時間が無いんです」

第四章　事件は巡る、星は回る

Ｉ

観覧車前に集まった参加者達は、車座になってお互いを見回す格好になった。眞上から見て時計回りに渉島、佐義雨、売野、藍郷、成家、そして常察が座っている。思えば、随分減ってしまったものだ。頭上を見れば、風に揺れるゴンドラがきいきいと音を立てていた。眞上が宿泊場所として利用していた緑色のゴンドラは、巡り巡って八時の方角にある。誰もここを訪れない間も、観覧車はゆっくりと回り続けていたのだろう。どこも欠けることなく完璧な円としてあるそれの前で、同じように円を形作っている自分達は、何だかこの事件を象徴しているようにも見えた。

この場所は延々と回り続けている。

「突然どうしたの？　もう警察が来るのに」

売野が不安そうに尋ねてくる。それに合わせて、成家も言った。

「そうだよ。さっきまで、常察さんに先にイリュジオンランドを出て地元警察に合流してもらおうかと思っていたんだ。事情を説明するのに一番適しているだろうから」

「私はそんなに権限があるわけじゃないですし、イリュジオンランドに留まっていた方がいいって言ったんですけど……そちらの方が成家さんも売野さんも安心されるそうなので」

常察が申し訳なさそうに言う。

「それを引き留める形になってしまってすいません。ですが……イリュジオンランドを出るのは、少し待ってください」

眞上は浅く息を吐く。そして、周りを見渡した。

「さて、皆さんには貴重なお時間を割いて頂いてしまってすいません。ですが、これで少なくとも今回の事件については解決します」

「まるで名探偵のような口調で話すんやね」

藍郷が揶揄うように言う。それに対し、眞上は皮肉っぽく笑って答えた。

「本来なら、こんなことはしません。ですが、名探偵をやらなくちゃいけない理由が出来てしまった」

「名探偵をやらなければいけない理由？　そんなん、ミステリにしか存在しやんやろ」

そうじゃない、と眞上は思う。これはもっと切実な説得だ。本当は手荒な手段に訴えてもいいのかもしれない。犯人の目的を達成させない為なのだから、最悪、行動不能にさせてしまえば事足りる。眞上の体格なら、相手の自由を奪うこともたやすいだろう。

そうしないのは、犯人が目的を実行する手段が確定出来ないからであり――眞上がこの事件を、言葉で解決したいと思ったからだ。

「そのことは後から説明します。まずは俺の話を聞いてください」

「そろそろ警察が来るのに、眞上くんが解決する必要があるのかしら？」

渉島が冷静にそう尋ねてくる。確かに、予定ではそうなっているはずだ。だが、その疑問に答える前に、眞上は言う。

「渉島さんはもう目的を達成されましたからね。警察が到着しても問題が無いんでしょう？」

「眞上くんの言っている意味が分からないわ。宝探しに目が眩（くら）んで、警察をすぐに呼ぶ判断が出来なかったのは、私の落ち度だと思う。仮にも私はイリュジオンランドの運営側だったのだものね。けれど土砂崩れで、どのみち警察は来られなかったんじゃなかったかしら？」

「あなたの目的は宝探しじゃなかった」

眞上は、はっきりと言う。渉島の表情は変わらなかった。眞上のことを試すように、薄く微笑んでいる。眞上はしばし彼女と見つめ合った後、円環を形作っている他のゲストにも視線を向けた。

「渉島さんだけに言うのはフェアじゃないかもしれませんね。ここにいる人達は全員、宝探しに興味が無いのにもかかわらず、それを建前として警察の介入を拒んだんですから」

周りの空気がサッと変わる。あの藍郷ですら、微かに表情を強ばらせたように見えた。

「たとえば、常察さんはイリュジオンランドを調査することで、中鋪御津花さんが殺された銃乱射事件の真相を明らかにしようとしました。そして売野さんは——自分が観覧車の担当であったことが再度世間に大々的に暴露されるのではないかという恐れからここにやって来ました」

売野がびくりと身を震わせ、眞上のことを睨む。だが、彼女の目的を明らかにする必要がある。それに、ここに残っている人間は誰も売野のことを責めたりしないし、徒に彼女のことを広めたりもしないだろう。

「このように、十嶋庵は過去の銃乱射事件に関わっていて、イリュジオンランドに来る動機のある人間を集めてきたんです。十嶋庵がどうしてこんなことをしたのかは分かりませんが……」

眞上が言葉を切る。そして、改めて渉島の方を見た。

「渉島さんと主道さんの動機は一致していました。あなた方二人は、自分達の不都合な過去を葬り去る為にここに来て、早々に目的を達成した。本来なら、宝探しもそこそこに引き揚げても構わなかったんでしょう。ですが、お二人は編河さんにその『不都合な過去』を知られてしまい、脅されてしまった。だから、渉島さんはパートナーである主道さんが殺されても、警察をすぐに呼ぶわけにはいかなかったんです」

何故なら、あそこで警察がやって来てしまえば、編河との交渉に猶予が無くなってしまうからだ。あの口振りからして、編河はこのネタを記事にすることに前向きだった。渉島との交渉の機会が無ければ、そのまま記事に仕立てていただろう。

「私達の不都合な過去、とは何かしら？　私が天衝村との渉外担当であることはもう周知の通り。そのやり方が強引だと批難を受けたことも、今までずっと引き受けてきたことです。銃乱射事件に関係があるというのならそうなのでしょうね。間接的にはその通りです。これ以上、何を隠せると？」

「あなた自身の殺人を」

眞上は、目を逸らさずに言う。

「渉島さん。そして今は亡き主道さんは——中鋪御津花さんを殺しましたね」

「どういう意味ですか？」

渉島よりも先に、常察が尋ねる。

「やっぱり……銃乱射事件の犯人はハルくんじゃなかったんですか？」

「……いえ、そういうことじゃありません。中鋪御津花さん以外の三人は間違いなく籤付晴乃が撃ちました。ですが、中鋪御津花さんだけは撃っていない。いや、正確に言うなら撃てなかったんです」

「撃てなかったっていうのはどういうこと？　知り合いの子だから？」

売野がおずおずと尋ねる。

「そういうことじゃありません。物理的に射線が塞がれていたんです。中鋪御津花さんとゴンドラの中の籤付晴乃の間には、丁度障害物があったんですよ」

そう言うと、すかさず藍郷が反論した。

「いや、そんなことはないやろ。中鋪御津花が撃たれたゲート近くと観覧車の間には、背の高いアトラクションが無い。撃つことは可能だったんやないか？」

確かに藍郷の言う通りだ。園内マップを見る限り、その間には高さのあるアトラクションは無い。実際に歩き回っても、矛盾していなかった。

「けれど、この位置だとおかしいんです。何故なら、イリュジオンランドはあの時、正式オープンの準備をしていたんですから」

そう言って、眞上は懐からクリアファイルを取り出した。

「それは……？」

「これは、編河さんから託されたものであり——渉島さんを脅す材料になっていたものです」

眞上が取り出したのは、オープン記念のイベントであるイリュジオンスターツアーズのチラシだった。大型の天体観測用テントを設置して、本格的な天体観測望遠鏡を据えるという天継山に相応しい企画だ。

「それの何がおかしいの？」

売野が不思議そうな顔をして言う。確かに、これ単体ではそういう反応になるのも無理は無いだろう。眞上も最初は編河がこのビラを遺した意味が分からなかった。だが、ここにいる人間の中で渉島だけが、微かに表情を強ばらせていた。彼女には、これの意味が分かるのだ。

「注目すべきところは、この天体観測用テントがイリュジオンハイウェイとイリュジオンコーヒーカップの間に配置される予定だったことです」

「え、それって……」

常察がマップを確認する。そして、視線をあるべき方角に向ける。

「そう。本来なら——今の状況なら、イリュジオンパラシュートがある場所です。おかしいですね。でも、実際にはこの配置は実現出来ていたんです。イリュジオンランドにやって来たばかりの俺に、売野さんが教えてくださったでしょう？」

「え、私……？」

「このランドの中で、イリュジオンと名の付くアトラクションは例外なく動かせるんです。だから、あの当時は配置が変わっていたんですよ。プレオープンの日は、何もかもが正式オープンの際と同じ仕様になっていました。天体望遠鏡を迎え入れる為に、当日は、観覧車とゲートの間にはイリュジオンパラシュートを移動させていたんです。だから、射線が塞がっていた。あの日の正しいイリュジオンランドは、本来はこうなんです」

園内マップを取り出し、黒いマジックで強引に矢印を書き込む。イリュジオンパラシュートをゲートから見て右側に動かし、今現在イリュジオンパラシュートがある位置に天体観測用テントを書き加える。

「これがあの事件が起きた当日のイリュジオンランドです。これだと、イリュジオンパラシュートが邪魔をして撃てなくなってしまうんですよ」

「それはつまり……？」

常察が小さく呟く。

「当日、観覧車から中鋪御津花さんを撃つことは出来なかった。彼女は籤付晴乃に撃たれたわけじゃない。別の誰かに撃たれたってことです」

中鋪御津花を射殺した真犯人の頭の中には、本オープン用の園内マップが描かれていたのだろう。恐らく、彼女の殺害は突発的に決まったものなのだ。実際の園内のレイアウトを、中にいる人間が把握するのは難しい。それで、実際の状況とは矛盾が生じる死体が生まれてしまった。

「……発想の飛躍が過ぎるわね。どうしてそんなことを？」

「このビラを、編河さんはまるで切り札のように掲げていました。これ一枚で、渉島さんを脅迫出来ると思うほどに」

「あの男、あなたにそんなことまで話していたの？」

渉島が不快そうに目を細める。

実際は、編河から直々に話を聞いたわけじゃない。編河が渉島を脅しているところを盗み聞きしただけだ。だが、眞上は特に否定せずに続ける。

「最初はどうしてこのビラがそんな効力を持つのか分かりませんでした。だから、考えたんです。このビラが脅迫材料に値するほど力を持つ場合はどんな場合だろうかって」

「逆から考えたっちゅうわけやね」

藍郷が訳知り顔で頷く。最初は名探偵気取りだったというのに、藍郷は今や何でもない傍観者のような顔をして、行く末を見守っていた。

「渉島さん、あなたはイリュジオンランドが開放されることで、天体望遠鏡の為にアトラクションの位置が変えられたことが――中鋪御津花さんが籤付晴乃に殺されたわけではないことがバレないように、それに繋がる情報を隠滅したかったんです。けれど、運悪く編河さんにこのチラシを回収されてしまった」

コテージに戻ってきた編河が、嬉しそうに欲しいものは手に入ったと豪語していたことを思い出す。実際に、この一枚だけで渉島達を脅すには足りたわけだ。

「ここで、当日あっただろうことを推測します。イリュジオンランド銃乱射事件が起こり、籤付晴乃が自決。イリュジオンランドのスタッフがゲストたちを避難させ、残ったのは一部のスタッフだけ——という話でした」

「どこもおかしくないように思うけど」

渉島が返す。そして、眞上は言った。

「事件が起こった際、あなたはどう考えたでしょうか？　このままだとイリュジオンリゾートの計画は破綻する。けれど、天衝村の人間を移住させてしまった以上、裁判を起こされれば賠償金を支払わなければならない。ですが、裁判というものは往々にして、事情を知っている人間がどれだけ動くかで、最終的な結果が決まってきます。それこそ、数億円単位で。だから、リスクヘッジの一環として中鋪御津花さんを射殺したんです。銃乱射事件が終わった後に」

「終わった……後？」

常察が呆然とした様子で呟いた。

「そうです。恐らく、撃ったのは主道さんでしょう。彼は当時から猟銃免許を持っていました。勿論、籤付晴乃ほどの名手ではなかったでしょうから、もっと近くから撃ったんでしょうね。彼は籤付が使った猟銃をそのまま拝借して、中鋪御津花さんを撃てる場所を探しました。観覧車と同じような役割を果たすお誂えのものがゲート近くにはあります。展望台ですよ。中鋪御津花さんがゲート近くで撃たれたのは、そこが理由付け的にも最適だったからでしょうね。『ゲートを閉めるのを手伝ってほしい』とでも言えば、彼女は断らなかったでしょう」

事件が起こった後、中鋪御津花は十中八九観覧車の方にやって来たはずだ。何故なら、彼女はこの事態の原因をいち早く察知しただろうからだ。その彼女に対し、緊急事態だから手伝ってほしいとでも言えば、彼女は断らないだろう。

「で、でも……一部のスタッフは残っていたんだよね？　御津花ちゃんが撃たれたのに気がつかなかったの？」

「籤付晴乃が使っていた猟銃が、そもそもサイレンサー付きだったのではないでしょうか？　サイレンサーが付いていれば精々拍手のような音が鳴るくらいですし、乱射が始まった際の初動で、ターゲットが逃げるのを防ぐことが出来ます。今となってはサイレンサー付きの猟銃は違法ですが、当時はまだ大量に残存していたでしょう」

そして彼女を射殺した後に、位置の問題に気がついた。

だから、アトラクションを元の位置に戻さなければならなかったのだ。

この仮説を思いついた時に、一番の枷（かせ）となるのが売野の存在だった。売野は自分が観覧車担当であったことを隠す為に、事件が起こってから警察が到着するまで、何一つ妙なことは起こらなかったと証言していた。アトラクションが動くことは、流石に看過出来ない『妙なこと』だろう。

だが、売野の証言は偽物だった。彼女はあそこで何が起こったかをまるで見ていない。そのことが分かったお陰で、アトラクション移動の仮説が通る。

「アトラクションの移動を見たスタッフは殆どいなかったはずです。あるいは、その時点で運営側しか園内には残っておらず、揃って警察には口裏を合わせたのかもしれない。実際には天体観測望遠鏡は来ていないんですし、プレオープンの日も正式オープン当日と同じアトラクション配置にしておこうという判断がなされたことを伝えなければそれで済む」

そこまで言ったところで、常察が震える声で口を挟んだ。

「……お金？　そんなことの為に、御津花ちゃんを殺したんですか？　なら、お望み通り、全部明らかにしてやる！　……絶対に、絶対に償わせてやるから！」

「……受けるべき批判はいくらでも受けましょう。ですが、この件で私を裁くことが出来るかどうかは分かりませんね」

まるで、子供の生意気な提案をすげなく却下するような声だった。それが渉島なりの挑発であることは、彼女の嗜虐的な顔からも察せられる。渉島はずっとこんな顔だっただろうか？　いや、ずっとこうだったのだ。二十二年前から、渉島という人間は、こうして他人を踏み躙ってきたのだ。

「ふざけるのもいい加減に――」

「常察さん」

今にも飛びかからんばかりの常察を静かに制する。

「少しだけ待ってください。俺は今の殺人事件を解決したいんです」

そう言うと、常察はぐっと堪えるような顔をして引いてくれた。申し訳ないことをさせてしまった、と眞上は思う。こうしてあれこれを暴き立てた上で、その人の感情に寄り添うことなく話を進めなければいけないなんて。一瞬自分が何をしているのか分からなくなる。それでも、眞上はどうにか先を続けた。

「ここで復讐の種が一つ明らかになりました。主道さんと渉島さんを憎んでいるのは、中鋪御津花さんが彼らに殺されたことを知っていた人間です。これで、第一の事件の動機には説明がつきます。あなた方が、もう裁けないから事件が起きたんですよ」

証拠が不十分だから、社会的地位がある二人には近づく方法が無いから。

犯人はそれでも、復讐を果たしたくてここに来たのだ。地獄を塗り固め、楽園を築いたこの場所に。

「主道さん殺しの不可解な点は、主道さんがギャニーの着ぐるみを着せられていた上で、わざわざコースターの上から落とされ、鉄柵に貫かれていたことです。わざわざ着ぐるみを下まで下ろして貫通させる徹底ぶりです。一体何故こんなことをしたんでしょうか？」

「犯人の不可解な意図を明らかにしたら、事件解決にとってプラスになるのかな？」

成家が静かに言った。

「その通りです。むしろ、一連の事件はそこから始まったんですから」

眞上が言うと、成家は納得したように頷いた。

「ところで、常察さんはギャニーの着ぐるみの仕様を覚えていますか？」

「え？」

急に話を振られた常察が、戸惑ったように眞上を見る。ギャニーの着ぐるみがあれだけ好きそうだったから話を振ったのだが、よくなかったかもしれない。仕切り直して、自分で説明をする。

「ギャニーの着ぐるみはアクロバットに対応している、とても伸縮性の高いものでした。手足が外れたら危ないんで、内部はタイツとか着圧ソックスみたいにぎゅっとしてて……構成パーツは主に右手・左手・右足・左足。それらが全て独立したパーツになってるんです」

それによって、ギャニーはある程度関節が自由になるようになっているのだ。あれならバク宙だって不可能じゃない。

「独立しているパーツを繋げているのが、着ぐるみの内側にあるフックです。これが無いと、アクションしてる時に手足がすっぽ抜けてしまいますから。ある程度の自由さを担保しつつ、不自由なところは不自由にというのがギャニーなんですね」

「それで？　だから殺人にうってつけで、次々と人を殺すことが出来ました、と？」

売野が怖々と言う。

「そういうわけじゃありません。ここで大事なのは、パーツ分け出来るということなんです。そして、それらは別々に着脱可能であるということです」

「着脱出来るからって、何かいいことがあるん？」

「結論から言うと、主道さんは、俺達が見つけたあの時既に、四肢を切断されていたんですよ」

「四肢を切断……⁉」

眞上は大きく頷いた。

「G2倉庫にはギャラクシアンパイレーツの装飾用の薪と、薪を割る為の斧が仕舞われていました。あの斧は玉切りされた木でも叩き割れるようなものです。人間の手足を切るだけなら三十分もかからない」

実際は何度か振り下ろして叩き割るような形になるだろうか。人間の骨より数倍固く太いものを切る為のものだ。自分なら上手くやれる自信がある。それに、木材用の斧の優れている点は、刃先がなまくらになろうとも機能するところである。多少の血では目的を妨げられない。

「あの夜、犯人は主道さんと待ち合わせをしたのでしょう。犯人は二十年前の事件を知っていた。そして、主道さんと二人きりで話をしたいと言った。コテージは出入りが簡単ですし、イリュジオンランドには明かりが一切無い。夜中の密会には最適です。ただ、それでも心配だった渉島さんは、宿泊客に睡眠薬を飲ませて密会のことがバレないようにした。睡眠薬の意味はそれだったんですよね、渉島さん？　もしかすると、その気遣いのことを主道さんは知らなかったかもしれませんが」

「ご想像にお任せするわ」

プライドが許さないのか、あくまで渉島はそう答えた。だが、それは肯定しているのと同義だった。

「それじゃあ、渉島さんは私達を狙っていたわけじゃないということ？　ならどうして——」

「売野さんの疑問に答えるより先に、あの夜の話をしましょう。こうして、犯人と主道さんは待ち合わせをしました。犯人は斧を携え、ギャニーの着ぐるみを着込んで主道さんに会いに行きます。そして、主道さんの首をロープで絞めて殺害します」

「斧で殺さなかったのは何でなん？」

「理由はいくつか考えられます。犯人は主道さんの身体をあまり傷つけたくありませんでしたが、頭を狙うと脳漿（のうしょう）などで斧が汚れてしまうから。あるいは、暗闇の中で狙いが定められず、被害者の顔を損壊してしまうことを恐れたからです。顔の正面から斧を当てることになれば、それが主道さんだと分かってもらえないかもしれないからです」

　どうして犯人がここまで主道さんを被害者だと思わせたかったのかについては後で説明したいのだが、幸いなことにここで質問は来なかった。ありがたく、眞上は先を続ける。

「そして主道さんを殺した犯人は、彼の手足を斧で切断します。喉を掻き切られたのもここでしょうか？　四肢を切るなら、先に血抜きをしておかないといけませんから」

「そんなこと言わないでよ……」

　売野が言うが、眞上は仕方ないと言わんばかりに緩く首を振った。全ての作業はあの鉄柵の近くで行われたのだろう。広範囲に血が広がっていたのは、主道が鉄柵のどこに刺さっても、ある程度大丈夫にする為だ。そして、四肢を叩き切る時の血を誤魔化す為でもあった。

「そして、その後に自分が着ていたギャニーの着ぐるみを着せます。主道さんにギャニーの着ぐるみを着せる時も、四肢が外れる方が都合がいいことは分かりますよね？　胴体を着せた後に、手足を付けられたら楽です。

　このように、切断された手足はギャニーの手足にコーティングされたまま、ギャニーの胴体パーツに引っかけていただけなんです」

「でも、そんなの脱がしてしまえばすぐに――あ」

言っているうちに思い出したのか、常察が口を手で覆う。そうだ。疑問点一、主道は何故着ぐるみを着たまま鉄柵に貫かれなければならなかったのか？　がこれで分かる。

「そうですね。脱がしてしまえばすぐに分かるトリックですが、主道さんの死体はギャニーごと鉄柵に刺さっていていたので、着ぐるみは脱がせられなかった。クレーンでもなければ持ち上げられない。あの時の俺達は主道さんの手足が切断されているだなんて夢にも思っていませんから、胴体を貫かれてる主道さんの死体を見て『とりあえず腕と足の着ぐるみだけ脱がしますか』なんて言わなかった。……もし誰かがそんな提案をしたら、不謹慎だと言えば止められますしね」

実際に、主道の死体は雨避けシートで覆われ、ギャニーの頭部すら取り去られなかった。ともすれば死者への冒瀆になってしまう、というのは予想以上に強いストッパーとして作用していたわけだ、と眞上は思う。

この真相に思い至ったことで、藍郷が意味ありげに『喉を掻き切られなければいけなかった理由』に言及したわけも理解した。

死体を必要以上に検分されない為には、頭部を外した時点で一目で死因が理解出来るようにしなければならない。四肢を切断した時の血を誤魔化す為には、その血の分かりやすい出所を――切り裂かれた頸部を見せなければならない。おまけに、首を絞められた跡も誤魔化すことができる。

あの時の藍郷は、どこまで真相に肉薄していたのだろうか。そう思うと背筋が寒くなるが、今はそんなことを気にしている場合ではなかった。

「四肢が切断されていたと仮定すると、鉄柵の件も解決するんです」

「確かにあれ、結局無理だって話になってたわよね。着ぐるみを着せたまま階段を上って、ジェットコースターのレールの上から突き落とすなんて……」

「売野さんの言う通りです。でも、ジェットコースターに丸ごと乗せてたんじゃなく、重い四肢を取り払って胴体だけなら、コースターを押して運ぶのも、落とすのも比較的楽でしょう。少なくとも、狙いはつけやすかった……」

想像しただけで嵩張るギャニーの着ぐるみも、胴だけならどうということもない。そもそも、鉄柵に落とす時は、大きな耳の付いた重たい頭部すら付けなくてもいいのだ。

「でも、ジェットコースターを使うなんて……眞上くんに見られるリスクが高そうだと思うんだけど」

「恐らく、知らなかったんじゃないですかね……。俺が外で寝るのを知ってたのは、初日に俺の所信表明を聞いていた方だけです。まさかコテージを出て明かりもない中に眠りに行くとは予想出来なかったんじゃないでしょうか。結果的に俺は観覧車の中ですやすや眠っていて、ジェットコースターでの場面は見てませんでした」

もし眞上がもう少し長く観覧車の外を見ていたら、犯人がジェットコースターを使って主道の胴体を運んでいるところが見られたかもしれない。そう思うと、銃乱射事件を自分の罪だと思う売野の気持ちが、ほんの少しだけ理解出来てしまった。

「さて、主道さんの四肢が切断されていたということを念頭に置くと、その行く先が一つ、思い当たりませんか？」

「まさか、ミステリーゾーンにあった——あの腕に古い傷跡がある四肢？」

「そうです。俺達が見たあの四肢は編河さんのものじゃなく、主道さんのものです。ですが、二人は体格がよく似ていました。間違えてもおかしくなかった。犯人は、隙を見てミステリーゾーンに手足を移動させておきます。あるいは、俺達が主道さんの死体を確認している時点で、鉄柵の向こう側にあった両脚は既に抜かれていたかもしれません。触って検められるとしても腕の方でしょうから」

「待って！　その……あの手足が編河さんのものじゃないとして……時計は？　あと時間は？　編河さんが殺された時間と四肢が見つかったのはほぼ同時刻ですよね？　あれが編河さんじゃないなら、死んだ時刻はどうなってるの？」

常察が戸惑ったように言う。

「わかったわ！　佐義雨さんが編河さんの死亡時刻を嘘吐いてたってことなのね！　だから、バラバラになった手足が見つかった時間を編河さんの死亡時刻にしたのよ！」

「私はそんなことをしません」

売野の言葉に、佐義雨がやや心外そうに答えた。嘘吐き呼ばわりされることはプライドが傷つくのか、今まで見た中で一番人間らしい態度だ。

「佐義雨さんの言葉は信用していいと思います。あのシステムは正しい」

一応、佐義雨の方を見ながら言う。彼女の表情は変わらなかった。

「その場にいなくても殺せればよかったんですよ。時間通りに殺す装置を作れば、両方とも解決出来ます」

「装置……？　どうやって？」

「溺死させたんですよ。呼び出した編河さんを襲い、水槽のような場所に閉じ込めればいい。そこに水を流し込めば、時間が経てば溺れ死にます。死亡時刻が一致しているから、あれは編河さんの死体であるというわけじゃなかったんです。切り取られた四肢を見つけるタイミングがそれに合わされたんですよ」

「確かにそれならいけるかもしれませんけど……どこにそんな水槽があったんですか？　プールは二十五メートルが四レーンある大型です。ある程度の水位になるまで極めて時間がかかる以上、悠長にそこに水を溜めて溺死させるのは難しいでしょうし、目立ちます。加えて、プールの底はひび割れていて植物が根を張っているような有様でした」

「なら、倉庫の中でこっそり溺死させたとかですか？」

常察が恐る恐る尋ねる。だが、眞上はゆっくりと首を振った。

「その可能性も無くはないですが、もっと上手い方法がありますよ」

眞上はそう言って、その場所の見取り図を出した。

「ミラーハウスの中です。あの迷路の中には引き戸で区切られた小部屋があったでしょう？　小部屋には排煙用の小窓がありました。あそこを開けてホースを繋いで水を送り込み、行き止まりの小部屋を水槽代わりにして溺死させたんですよ」

あのミラーハウス内の引き戸は、ぴっちりとしたレールの上に載っている。あれを見た時に『水も漏らさぬ』という表現が思い浮かんだが、本当に水は漏れなかったのだ。少しずつ染み出したとしても、水が溜まる速度の方が早ければ問題が無い。

「あまり早く死んでしまっても困るので、恐らく編河さんは椅子か何かに括り付けられて、その上で小部屋に置かれていたんだと思います。そうすれば、注水から二十分後くらいを死亡時刻にすることもできますからね」

仕掛けをセットしてしまえば、大体編河の死亡時刻はわかる。その間にどうにかして自分達をミステリーゾーンに誘導すればいい。最悪、誘導するのは誰か一人でも構わなかったのだ。ミステリーゾーンで死体を解体している暇が無かったことを証言してもらえばいいのだから。

「でも、ミラーハウスの部屋に水を注ぎ込むというのは……」

「プールの周りには長いホースがありましたよね？　五十メートルの散水用のものです。プールとミラーハウスはそう離れていませんから」

「けれど……小窓から水を注ぎ込んでいるうちに、ホースが外れてしまったり窓から抜けてしまうんじゃないかしら？」

「そうならないために、ホースは固定されていたはずです。ミラーハウスの横には例の売店のワゴンが横付けされていたでしょう？　ホースはその中を通していたんだと思います。アサガオの蔓みたいに、ワゴンの柱に巻きつかせれば外れません。

これでギャニーの首がミラーハウスに置かれた理由が説明出来るんです。あれは、首を、ミラーハウスの屋根に置きたかったんじゃなく、ミラーハウスの横にワゴンを置きたかったんです。ワゴンだけが横付けされていたら不自然ですが、屋根に首が置かれていたら、そちらの方に注目するでしょう？　そして、俺はまんまとそれに嵌まった」

ああして置かれていたら、どうしても首の方に理由を求めてしまう。そして、首の謎が解けないのに、ワゴンをわざわざ元の位置に戻そうという気にはならない。結果、使われる時までワゴンはあそこに放置され続けた。

「そう考えると、確かにミラーハウスで殺すっていうのはやりやすい気がするなあ」

藍郷が感心したように言う。

「ですが、ミラーハウスが編河さんの殺害に使われたと思った理由は別にあります」

「……もしかして、鵜走くんの件があるから？」

常察の言葉に、眞上は深々と頷いた。

「そうです。正確に言えば、どうしてミラーハウスを燃やさなくちゃいけなかったか、ですね。ミラーハウスに入れなくしなければならなかったから、ミラーハウスを燃やしたんですよ。油紙で包んだ蠟燭の一つでも立てておけば、火種は簡単に作れます。あとは、ポリタンクを二、三個ミラーハウスの各所に配置しておけばいい。ポリタンクの外側が溶ければ、燃料は自動的に追加投入されます。そして、爆発が起こった。普通の建物ならいざ知らず、ミラーハウスは大量の鏡によって構成された場所です。迂闊に入り込めば怪我をする恐れがあります。現実問題、火災が起きてから、俺達はミラーハウスの中に入っていません。恐らくあの中には、編河さんの死体もありますよ」

もしかしたら、水没させられた編河の死体はあの中に綺麗な状態で残っているかもしれないし、周りの鏡が割れないまま鎮火していったかもしれない。

だが、眞上でさえ足を踏み入れられなかった惨状のミラーハウスだ。編河の死体を見つけるのは難しいだろう。

「犯人はどうしてもミラーハウスに入ってきてほしくなかったんでしょうね。ギャニーちゃんの着ぐるみを処分したのは、着ぐるみに入ればミラーハウスに侵入出来てしまうからですよ」

だから、倉庫の着ぐるみをわざわざ燃やしたのだ。

「それに、火事を起こせばホースの回収も可能なんです。消火の為にホースを取ってくる、と言えばワゴンに取り付けたホースを外して持ってくることが出来ますから。実際は、ワゴンはミラーハウスの火事の勢いで倒れてしまっていましたけど。ホースの先が千切れていたのはその所為です。ワゴンが壊れて開かなくなった所為で、上手く回収出来なくなってしまった。だから犯人はホースを無理に切るしかなかった」

よく思い出せば、眞上は全く欠損の無いホースの話を藍郷から聞いているのだ。

「でも、鵜走くんはどうやって殺されたの？　鵜走くんの死体はミラーハウスの入口近くにあったんでしょう？　自分から死ににに行ったんじゃなければ、あんなことにはならないんじゃない？」

売野がそう指摘する。

「その通りです。鵜走くんは、ただミラーハウスに行ってしまっただけなんです」

ここから先は話すのが苦しい展開になる。だが、ここまで来たら話さなければならないだろう。

「そもそも、何故主道さんの四肢は切断されたんでしょうか？」

「え、それはさっき、アリバイ工作の為に……」

「常察さん。アリバイ工作をする時は、必ず他の要因が必要になりますよね？」

「他の要因……？」

「アリバイ工作をしたところで、他に犯人の候補になる人物がいなければ、それは不可能犯罪になってしまいます。でも、鵜走くんが死んだのは、犯人にとって予想外のことでした。なら、本来何を狙ったものだったんでしょうか？」

「そんなんわかるん？　だって、切った手足が必要な場面なんか、この奇矯なアリバイ工作以外にないやろ」

「そんなことはないんですよ。何故なら、主道さんの腕には『ハルくん』とよく似た傷があったんですから。俺達はあの傷を見て、ホールで『常察さんが籤付晴乃だと思っていた、腕に傷のある人物が編河だった』という仮説を立てました。主道さんの腕にはわざわざ編河さんの腕時計が着けられていましたから、編河さんの腕に誤認させるのは予定通りです。ただこの方法だと、四肢は調達出来ても胴体と首が足りません。ですが、天秤の上に載っていたギャニーの着ぐるみを見て、俺達は当然胴体と首がそこにあるものだと思い込んでしまいました」

イリュジオンランドに来たばかりの頃、イリュジオンパラシュートを下ろしてみたいと思ったことを思い出す。だが、結局は手立てがなかった。天秤の時もそうだ。釣り合っている天秤の片方に着ぐるみを載せ、片方に体重を掛ける。そうして一度上に上げてしまえば、そうそう下ろすことは出来ない。下ろすにはどうしても一手間が掛かる。

「本来はこの誤認だけが犯人の目的だったんです。編河の殺害時刻と切られた腕の発見時刻を揃えることで、編河の腕に傷があったように見せかける為でした。

犯人が編河を『ハルくん』だと思わせる為に行ったことは、編河をミラーハウスで溺死させ、ミラーハウスで火災を起こすところまでだったと考えてください。ですが、そこで誤算が起きました。何故か、鵜走くんがミラーハウスの中に入ってしまったんです。それで、火災に巻き込まれたんですよ」

「ちょっと待ってくれない？　眞上くんの話でいくと……ミラーハウスの中には灯油が撒かれていたのよね？　入った時点で灯油の臭いがしたら、いくら鵜走くんでも気がついたんじゃない？」

売野が首を傾げながら指摘する。

「その答えが、恐らくは鵜走くんの動機に関わってきます。鵜走くんも、警察を呼ぶことに反対していました。ということは、主道さんが殺された時点では、彼の目的は達成出来ていなかったということなんです」

「鵜走くんの目的？」

「編河さんへの復讐ですよ」

眞上は、はっきりとそう言った。

「……編河さんへの復讐？　鵜走くんと編河さんに何の関わりがあるの？」

「大きな関わりがあります。前提として、彼はここに来るだけの理由がある天衝村の出身者なんですよ」

憎々しげに編河のことを話す鵜走を思い出す。彼が語った過去の思い出と、編河を繋ぐ因縁で当てはまる役割は一つしかない。

「ずっと、違和感を覚えていたんです。鵜走くんの挙動が、特定の場面でだけおかしくなるのに。覚えていますか？　たとえば、睡眠薬の混入の時。鵜走くんはコーヒーとココアの区別が付かず、砂糖をココアに入れていました。また、渉島さんがミネストローネを作った時もそうです。あれだけホールの中にトマトの匂いが充満していたのに、鵜走くんだけがメニューを分かっていませんでした。いくら料理の知識に明るくなくても、ミネストローネとカレーの区別くらいはつくはずです。このことから、鵜走くんが嗅覚に障害を抱えていたことがわかります」

その話を聞いた時、常察が敏感に反応した。この条件が当てはまる人物を思い出したのだろう。

眞上は頷いて、話を続けた。

「編河さんの記事の中で、天衝村人災の為に後遺症を抱えた子供の話が出ていましたね。これが世間の目に触れたことで、天衝村は外からも進歩的ではない、間違っていると逆風に晒されることになりました。この子供が彼だったんですよ。いわば、鵜走くんはイリュジオンランドの誘致を加速させた要因です。結局、彼は一足早く天衝村を脱することになりました」

常察の話を思い出す。化学肥料を導入しようとした夏目さんのところの子供が利用されたという話だ。恐らく、彼は鵜走ではなく、夏目淳也だったのだろう。

夏目はその前にも、化学肥料の件で村で白眼視されていた。夏目淳也が編河の記事に登場したことは、反対派への直接的な攻撃に映っただろう。

「ですが、もし仮に鵜走くんの障害が先天的なものであって、あの大流行とは関係が無かったら？　そして、鵜走くんの父親が本当はイリュジオンランドの誘致の賛成派ではなかったら？　鵜走一家は、対立を煽る編河にまんまと利用されたことになります」

そこから先に何があったのかは、もう尋ねられない。

「鵜走くんは虎視眈々（こしたんたん）と編河さんに復讐する機会を狙っていたんでしょう。ですが、先に主道さんが殺される事件が起こり、自分の目的が果たされる前にイリュジオンランド滞在が終わってしまうかもしれないということになった。だから、あそこで強硬に反対したんです。そして、警察が介入してくる前に彼を殺そうと考えた」

「それで、どうしてミラーハウスに行こうとしたのかしら？」

ずっと黙っていた渉島が、急に口を挟んだ。

「鵜走くんは編河さんに盗聴器を仕掛けていたんです。どのタイミングでかは分かりませんが。鵜走くんは彼が誰かに襲われ、ミラーハウスに連れて行かれたことを知ったんでしょう。それで、様子を見に行ったんだと思います」

「何で盗聴器のことを知ってたん？　鵜走くんから告白された？」

「いえ。ですが、そうとしか考えられません。鵜走くんは、編河さんの腕に付いている腕時計に、ライト機能があることを知っていました。その機能を使っている場面を実際に見たことはないはずです。暗いところで編河さんと接触する機会がありませんから。ただ、この腕時計の機能、俺達も知っているんです。何故なら、俺達は事務所の裏手で聞いているからです」

「事務所の裏手で聞いていた？」

渉島が微かに顔を歪めた。あの時の編河との密会に思い至ったのだろう。

「はい。気づかれていなかったかもしれませんが、事務所の窓は割れていたんです。そこから、裏の倉庫にいれば会話が聞こえるようになっていました。あの場所に鵜走くんはいませんでしたから、事務所の中に潜んでいなければ盗聴器でしょう。

そうして鵜走くんは盗聴器越しに、編河さんが午後十時に外に出て、自分の部下と接触することを知った。それで、彼がコテージに戻ってくるだろう時間を見計らって編河さんを襲おうという計画を立てた。

ですが、編河さんは戻ってきませんでした。それどころか、誰かに襲われたような音がしました。そして、ミラーハウス入口の割れた鏡を踏む音が鳴った後に、水音が聞こえ、自分が取り付けた盗聴器が、全く作動しなくなります。こうして鵜走くんは、ミラーハウス内で編河さんが溺死させられているのではないかということに思い至った。

灯油の臭いに気づけない彼は、コテージに置いてあったランタンを持ちながら、ミラーハウスの中に入っていきました。それも原因です。……もしかすると、犯人の予想より早く、爆発が始まったかもしれません。鵜走くんの所為で」

「それじゃあ、あの遺書は？」

「あれは遺書ではありません。多分、次の脅迫文だったんです。恐らく、ウォーターサーバーの後ろに脅迫文を貼ったのは、鵜走くんです。両面テープの件から、あれを貼ったのは右利きの人間でした。右利きの人間は渉島さん、売野さん、成家さん、それに常察さんに鵜走くんです。彼は告発文に関して容疑者圏内でした。鵜走くんは、一通目に続き、二通目の脅迫文も皆さんの目に触れさせるつもりだったんでしょう。

　ですが、俺が脅迫文を貼った人間に対して妙なプレッシャーを与えたお陰で、二枚目が貼れなくなってしまった。鵜走くんはそれを遺していた所為で、余計な疑いを掛けられることになってしまったんです」

　鵜走があのウォーターサーバーの後ろに脅迫文を貼ったのは、同じようにこの中に編河に恨みを持っている人間がいるのではないかと疑ったからだろう。編河に対して彼が話していた時、眞上にもさりげなく編河との遺恨が無いかを探ってきていた。彼は、ここにいるゲストに各々の目的があることを察していた。そこで、同じターゲットを持つ共犯者を探していたのだ。

「けれど、これは全て犯人の意図とは違うことです。主道さんも編河さんも犯人のターゲットでしたが、鵜走くんと協力していたわけでも、意図を共有していたわけでもありません。ですが犯人は、鵜走くんが事故のような形でミラーハウスで死亡したことを知り、後からそれを利用することにしたんです。鵜走くんに一旦罪を着てもらうことで、時間を稼ぐことにしたんです」

「警察が到着するまでの時間かな？」

成家が静かに尋ねてくる。だが、眞上はゆっくりと首を振った。

「渉島さんを殺すまでの時間ですよ」

渉島が低く喉を鳴らした。それが恐怖によるものなのか、ここまで辿り着いた眞上を讃えるものなのかは分からない。

「犯人の復讐の対象者は中鋪御津花さんを殺した主道さん、彼女を記事で守り立てることでスケープゴートとして利用した編河さん、そして渉外担当かつ主道さんの共犯者である渉島さんです。まだ目的の達成に足りていません。今、この廃遊園地はクローズドサークルです。もし罪を逃れるつもりがないのなら、隙を見て渉島さんを殺せばよかった。けれど、主道さんが殺された時点で、渉島さんはこれが過去の復讐であることに気づいてしまい、ある対策を講じました。何かわかりますか？　藍郷先生」

「――睡眠薬の混入の犯人として名指しされることか……？」

藍郷の言葉に、眞上が大きく頷いた。

「先ほど言った通り、渉島さんは睡眠薬を混入した犯人です。けれど、彼女の本来の目的は主道さんと犯人の密会を誰かに見られないようにする為でした。彼女は睡眠薬を避けなくてもいいんです。元々不眠症を患っていたと言っているんですからね。元々飲むつもりだったんじゃないでしょうか？　それにもかかわらず、ゴミ箱の中からは柄の違うスティックシュガーの袋が見つかりました。自分が起きている必要は無かったのに、です。あの証拠は渉島さん自身が用意した偽物だったんですよ。
　思えば、俺ももっと早く気がつくべきでした。俺はちゃんと、スティックシュガーの袋が無地であることを確認していたはずなのに。
　けれど、渉島さんはあの物証によって一人になることなく佐義雨さんによって見張られることになってしまった」

　これで、渉島は自分の身の安全を確保したというわけだ。

　彼女が命の危険を感じながらも、警察を呼ばず、主道とあの夜密会した相手を告発もしなかった理由は、総合事務所で編河がビラを回収したことをそれとなく匂わせていたからだろう。編河とのことが片付くまで、彼女は外部の介入を拒んでいた。それに、低い可能性ではあるが、本当に睡眠薬を飲んだか定かじゃない編河が主道を殺した可能性も否定出来ていないことも挙げられるだろう。

　そうして渉島が自ら拘束されている間に、懸念事項だった編河が死んだ。渉島にとっては理想の展開だっただろう。更に、眞上は渉島の隣に居続け、犯人が彼女を襲おうとしても守ることをそれとなく示している。そしてこの解決編に至る。最早、犯人が渉島を殺す隙は無い。

「犯人が複数犯でないことは明らかですね。何故なら、第一の殺人を犯した人間でなければ、第二・第三の殺人であんな仕掛けを施す必要がなかったからです。では犯人とは誰だったのでしょうか？
　まず第一に、俺が外で眠ることを知らなかった人物です——売野さんと主道さん、それに渉島さんと成家さんがいらっしゃいますが、これだけでは絞りきれない。

なので、二つ目です。ミステリーゾーンに置かれた右腕には、ライト付きの腕時計を付けてあったのに懐中電灯も置かれていました。となると、犯人の候補は編河さんの腕時計がライト付きであると知らなかった人物——佐義雨さんと売野さんと成家さんです。

ですが、佐義雨さんは俺が外で眠ることを知っていたので除外されます。一方、売野さんは身体が小さすぎてギャニーの着ぐるみを着られない。そうなると、残るは——」

そう言うと、眞上はまっすぐに言った。

「犯人はあなたです。成家さん。むしろ、こんな犯人当てなんか意味が無い。渉島さんにお尋ねします。初日の夜、主道さんと会っていたのは成家さんですね？　これを明かしてしまえば成家さんに脅されていたことを説明することになるから黙っていたのでしょうが、あなたの罪はもう既に明かされています。答えてください」

「ええ、そうよ。……主道さんを呼び出したのは彼。私が彼を犯人として名指ししなかった理由もその通り。この展開が私にとって都合のいいものであることも認めるわ」

渉島は、試験の採点でも行うような声で言った。

対する成家は、凪いだ顔で眞上の方を見つめている。

「いや、本当にすごいね。眞上くん。……君は洞察力に優れていると思っていたけれど、まさかここまでとは思わなかった」

「俺に反論はありませんか」

「概ね反論は無いよ。僕が犯人であることも、渉島さんを殺すつもりであったことも、全部合ってる。一部、異なるところもあるね。主道の事件は魔が差したんだ。あの男を絞め殺した時に――腕に引き攣れた傷跡があるのを偶然知った。それを見た瞬間、四肢を切断することを思いついたんだよ。次に殺す予定の編河は、主道と体型が似ていた。身体的な年の頃も丁度いい。上手くいけば彼を『ハルくん』に仕立て上げられると思った。だから、ギャニーの着ぐるみを着て歩いたのは殺害した後だ。着ぐるみを運ぶ為に最も効率的なのは、自分が着てしまうことだから」

それを、眞上が目撃したというわけだ。ギャニーの着ぐるみが移動したのは、殺されたより後だったのだ。

「編河はあらゆる点でその配役に相応しかった。天衝村によく出入りしていたし、幼い常察さんにも目撃されていた。記憶の誤認であるという線を推すなら、これ以上の役は無い。イリュジオンランドで手を引いて、彼女を助けたのも魔が差したからだ。その筆で以て、一つの村を潰した罪を清算したいと願うような――人並の罪悪感が、あの男にもあったと、そういう筋書きなら理解もされる」

「……わかりません。どうして成家さんが主道さんと編河さんを殺すんですか？　それに、編河さんを『ハルくん』に仕立て上げようとした動機も理解出来ません。そんなことをしても、何の意味も無いじゃないですか！」

常察が無理矢理に割って入る。混乱しているというよりは、この流れをどうにか遮りたいとでも言わんばかりだった。眞上が何かを言うより早く、成家が言う。

「意味なら、ある」

「そんなわけ……」

「凜奈ちゃん。君はイリュジオンランドの銃乱射事件にも、籤付晴乃にも囚われすぎていた。この事件を捜査する為に警察官になって――そんな人生を選ばなくても良かったのに。君の人生には選択肢が無いんだ。あの銃乱射事件が終わらない限り」

「何でそこまで私のことを――」

そこまで言いかけて、常察がハッとした顔をする。震えた唇が開いた。

「――……眞上さん。この人は、誰？」

その問いを眞上に投げたのは、答えの近さに戦いたからだろう。真実への飛距離を求めていたのだ。けれど、眞上は彼女の求める言葉を与えず、まずは成家の方を見た。ややあって、彼が言う。

「凜奈ちゃん。まだ、ケーキ屋さんに興味はある？」

「――ケーキなんか作ったことない、一度も」

「だからだよ」

成家が笑う。それが全ての動機だった。

「常察さん。彼があなたの探していた『ハルくん』です。先の疑問にはこれで答えられると思います。彼はハルくんなんですから。彼が今回参加した目的は中鋪御津花さんを不当に扱われた復讐でしょう」

「でも、待って……成家さんが、腕に傷のあるハルくんなら――彼は籤付晴乃じゃないのに、ハルくんって呼ばれていたの？　庭で『晴乃に入って良いって言われたって言いな。責任は僕が取るから』って言ったのは――」

「一言一句よく覚えていたね」

懐かしげに成家が言う。

「……一言一句覚えていたから、分かったんです。『晴乃に入って良いって言われたって言いな。責任は僕が取るから』だと、この発言者が籤付晴乃のように思えます。けれど、この言葉の本当の意味はこうだったんじゃないですか？　もし誰かに咎められたら、晴乃に入って良いと言われたと嘘を吐けばいい。もし嘘が晴乃本人にバレたら、責任は僕が取るから、と」

言葉のマジックのようなものだ。幼い子供どころか、大人ですら誤認してしまうものだろう。

眞上は続けた。

「仮にハルと晴乃が別人だったとしましょう。呼び名を分けた意味はどこにあるのか？　と考えた時に、彼らが同名であったか、片方の本名がハルだったかのどちらかが考えられます。いずれにせよ、誤認する余地はあったわけです。――恐らく、成家さんの名字が――」

「……父方の名字が榛野（はるの）だったんだ。両親はもう離婚していて、母親の方の成家姓になったんだけど」

成家がぽつりと言う。

「天衝村にはもう有名な晴乃がいたから、こっちはハルと呼ばれるようになった。凜奈ちゃんと遊ぶようになった頃には、晴乃とは疎遠になっていたけれど、小さい頃はよく遊んでいたから」

「そんな……それでも、それでも納得出来ない。だって、成家さんがハルくんなら、なんでこんなことを、だって！　私に……言ってくれればいいじゃないですか？　犯人だって分かっちゃうから？　だからって、ハルくんが殺されたと思わせるなんて」

「凜奈ちゃん。……それは」

成家のその表情がどんな意味を持っているのかは分からなかった。この先に何を言えばいいのかを迷ってしまう。眞上はこれからの解決編を演じる為にこんなことをしているのに。

その時、いきなり藍郷が口を挟んできた。

「いや、犯人が成家さんだっちゅうことも、成家さんが常察さんの探してたハルくんだっちゅうことも分かった。けど、まだ解決してないところがあるやろ？　だって四肢を切断する第一の目的は、結局『編河を籤付晴乃だと思わせる為に、傷のついた腕を見せる』ことだった」

「その通りです。常察さんに編河が籤付晴乃だと思わせる為に」

「でもな、それが納得いかんねん。警察が来て、ミステリーゾーンの腕やら着ぐるみを着た主道さんの死体やらを検められたら、その腕が編河のものじゃないことくらいわかるやろ。そこでどうせバレるような偽装に意味なんかあるか？」

藍郷の言う通りだ。一連の偽装は、イリュジオンランドにいる時しか機能しない。この廃園が開かれれば解けてしまう一夜の夢でしかない。これだけ頑張っても何の意味も無いのだ。

そのことに思い至った時、逆説的に全てが解けた。

成家はこのイリュジオンランドを再び外に開くつもりなんか無いのだ。

「俺がこうして探偵気取りで解決をしたのは、あなたを説得したかったからです。成家さん、ど、う、か、イ、リ、ュ、ジ、オ、ン、ラ、ン、ド、を、爆、破、す、る、こ、と、を、思、い、留、ま、っ、て、く、れ、ま、せ、ん、か、？」

2

眞上が真面目に言うと、成家は気が抜けたように笑った。

「何を言い出すかと思えば……」

「イリュジオンランドを丸ごと消し飛ばしてしまえば、死体を検めることは出来ません。事件のことは記憶に残るだけになりますし、常察さんの誤解を拭い去る機会も無くなります。永遠に誤解させ続けることが出来る」

「もしかして、倉庫に残っている爆薬の話をしているのかな？　けれど、あれは土砂崩れが起きた時用のダイナマイトで、あの量じゃ到底イリュジオンランドを吹き飛ばすことは出来ないよ」

「確かにそうですね。けれど、イリュジオンランドにはダイナマイトに代わる爆薬が貯蔵されているんです。丁度、ステージの下辺り——今でいうと、コテージの下に」

「そ、そんなことあるはずないでしょ！　じゃあ、私達は爆弾の上で寝てたってこと？　いや、そうじゃないわ……そんな危険な爆弾の上に遊園地を建てたっていうこと？」

売野が大きく震え始める。ただでさえ今の話の流れを受けてショックを受けているのだろう、これ以上を拒否するように顔を手で覆っている。

「もしかして、天衝村の反対派がイリュジオンランドを破壊する為に仕込んでいたもの？　もしイリュジオンランドが消し飛ぶような爆発事故が起きれば、間違いなく廃園になる。それを見込んで？」

常察が恐る恐る尋ねてくる。だが、正確に言うならそうではなかった。

「天衝村の住人がイリュジオンランドを破壊する為に仕込んだものじゃありません。ただ、結果としてそういう事態を引き起こすものが、この地中に埋まっているんです。これこそが、イリュジオンランド銃乱射事件が起きたきっかけでした」

「起きた……きっかけ？　籤付晴乃は、イリュジオンランドを廃園にしたかったんじゃないの？」

「廃園にしたかったのは確かです。けれど、理由はイリュジオンランドへの憎しみだけではなかったんじゃないですか？」

眞上はわざわざ成家の方を見つめて言った。だが、彼は答えることなく、じっと眞上のことを見つめ返している。彼がすっと答えてくれることはない。浅く息を吐いて、眞上は続ける。

「イリュジオンランドを廃園にする為に、銃乱射事件を起こす。それはとても大それた計画でした。遺恨のある相手とはいえ、籤付晴乃は三人もの人間を手に掛けています。その後、天衝村の住人は自分達の出身を隠し、村の名残は少しもありません。加えて、事件を起こした本人も命を絶っています。これだけのリスクを払ってもなお、どうしてこの事件を起こさなければならなかったのでしょうか？」

「それだけイリュジオンランドに憎しみを抱いてたってことで、話は纏まりそうな気がするけどなぁ。籤付の家は天衡村に古くからある名家なんやろ？　人一倍執着があったとしてもおかしくないけどな」

藍郷がそう反論してくる。けれど、眞上は首を振った。

「幼い常察さんの証言もあります。籤付晴乃は中鋪御津花さんと親しかった。家の方針がどうであれ、彼女の意思はある程度認めていたでしょう。いや、中鋪御津花さんがイリュジオンリゾート誘致に懸けていた思いを知っているからこそ、籤付晴乃はそうせざるを得なかったんです」

「どういう意味や？」

「鵜走くんの家――というより、夏目の家が天衡村で白眼視されることになった事業の一つに、村の大規模な農業改革がありました。夏目淳也の父親が新たな化学肥料を導入しようとしたものの、草木灰の肥料を作っている槇田（まきた）さんの家に反対され、化学肥料は地下室に収蔵されることになったそうですね。同じように導入しようとして死蔵したものが天衡村には大量にあるとか」

「そうだね。……まともに導入された方が少ない。それがどうかした？」

常察が不安そうに尋ねる。

「夏目の家が大量に死蔵させ、放棄したものが問題なんです。彼が導入しようとしたのは硝酸アンモニウムと硫酸アンモニウムを混ぜ合わせた、硫硝安混成肥料です。これはとても優れた肥料ですが、適切な保存と運用をしなければ重大な爆発事故を引き起こします」

「そんな！　肥料が爆発するなんて聞いたことがない！」

売野が金切り声を上げる。だが、眞上は冷静に続けた。

「売野さんは聞いたことがなくとも、同じ事故の事例は沢山あります。一瞬にして一帯を廃墟に変えたオッパウ大爆発の例、フランス・トゥールーズの肥料工場での爆発の例。いずれも、貯蔵された硝酸アンモニウムや、それで作られた肥料の為に事故が起こっています。尤も、大量に集められたところに爆破の衝撃が加わったり、あるいは火災が起きて爆破に繋がったりと、明らかに管理の不備が原因ですが」

「全ての廃墟にはそうなるに至る原因がある」

ぽつりと藍郷が呟いたのは、眞上がイリュジオンランドに足を踏み入れたばかりの時に言った言葉とよく似ていた。言うまでもない、廃墟は廃墟として生まれるわけじゃない。廃墟というよりはクレーターになってしまったそれらの場所も、いつか眞上は見てみたいと思う。

「知らなかったよ。一瞬で辺りを吹き飛ばすほどの爆発力を持つのなら、確かにイリュジオンランドもひとたまりもないだろう」

成家は静かに言った。売野がひく、と怯えたように喉を鳴らす。

「そうですね。例えばあなたが――成家さんがコテージの部屋に少量の爆薬でも仕掛けていたら、そこから連鎖的な爆発が起きるかもしれません。今から逃げても俺達は全員死ぬくらいの被害が出ます」

「それは、遊園地にはそぐわない危険な話だ」

「そう。危険です。イリュジオンランドの地下に埋まっているものの危険さを籤付晴乃も知っていました。何故なら、槇田さんの要求を聞き入れ、土壇場で肥料を死蔵させたのは籤付の家なんですから」

「肥料が爆薬になるなんて、籤付晴乃が知っていたとは思えない。よしんば知っていたとしても、それが銃乱射事件を起こすような強い動機になるなんて」

「タイミングの問題だと思います。先のトゥールーズの事故が起きたのは二〇〇一年九月二十一日のことです。イリュジオンランドのプレオープンが二〇〇一年十月九日。トゥールーズの事故は千人以上の重軽傷者を出す爆発をもたらしました。この記事は、編河が編集していた忌むべき『週刊文夏』に取り上げられていた。目にする機会があったんです。そのニュースは、籤付晴乃に衝撃を与えた。それは、鵜走くんの家の地下にずっと仕舞われていたものだったから」

だが、そのタイミングでは全てが遅かった。既に旧天衝村の土地は上物が全て取り払われ、薄いコンクリートで覆われてしまった。その上には数々のアトラクションが鎮座している。マジカリゾートはイリュジオンランドの正式オープンを急いでいた為に、全ての準備を急ピッチで進めていた。転がり出したリゾート計画は止められなかった。

「それから、籤付晴乃は出来る限りの手段で硝安について調べたんでしょう。勿論、保管に気を付ければ便利で大切な肥料でしたが、爆発事故の多さにより現在は段階的に使用が取りやめられています。ちゃんと気を付けている管理者の下でさえそれだけ危険なのに、地中に埋められたそれは明らかに不適切な管理の下にあり、何が起こるかわからない。

不慮の事故に備えるのならば、イリュジオンランドのオープンを止めて、地面を掘り返せば良かったのかもしれない。けれど、そうなったらどうなるのでしょうか？　渉島さん、どうですか？　あれだけ強引に進められていたリゾート計画を一旦休止させるような事実が、プレオープンの直後に判明したら？」

「……困りますね。それこそ、全てに大幅な狂いが生じます。かといって、そのまま営業を続けていて万一にでも爆発事故が起こった暁には取り返しがつきません」

　渉島が、今でもイリュジオンランドの経営者であるような顔をして言う。

「そうですね。大変な出来事です。その場合、誰かが責任を取らなければなりません。マジカリゾート側からすれば、これは天衝村側の手抜かりでしょう。何しろ危険なものが地下に貯蔵されていることをみすみす伝えなかったんですから。だからその場合は——村の渉外役だった中鋪御津花さんが槍玉に挙げられる。籤付晴乃はそう考えた」

　中鋪御津花は天衝村側にもイリュジオンリゾート側にも属せない微妙な立場だった。だからこそ、彼女はスケープゴートに相応しかった。いつか起きるかもしれない大事故の際には、中鋪御津花は見逃してはならないリスクを見逃した大罪人になるだろう。村側は、伝えるべきことは全て彼女に伝えたと主張するだろう。強引に進められた計画のどこまでが彼女の肩に乗せられるのか、その勘定をするだけで気が遠くなりそうだ。

　イリュジオンランドは廃園にされなければならない。本当の理由は全て伏せられたままで、封印されなければならない。

「勿論、天衝村を奪ったイリュジオンランドへの憎しみもあったでしょう。銃乱射事件を起こすことは復讐でもあり、中鋪御津花さんを救う手立てでもあった。何が何でもイリュジオンランドは廃されなければ」

そして、それは為されたのだ。

籤付晴乃の命と、多くの犠牲者の命を糧に。誰もその裏にある本当の事情を知らなかった。何しろ、観覧車とゴンドラと猟銃は、それを為し得た彼の銃の腕は、それだけでドラマになった！真実の一歩手前に求める物語があればそれ以上は必要としないし、籤付晴乃と『ハルくん』が隠したかったものは薄いコンクリートに埋め立てられている。

成家がこの凶行を黙って見過ごした理由もこれで分かる。何のことはない。彼は籤付晴乃の共犯者だ。中鋪御津花を追い詰めたイリュジオンランド側の人間も、分断を生んだイリュジオンリゾートも、外に開かれることなく多くの人間の人生を狂わせた閉鎖的な天衝村も全て憎く、たった一人、中鋪御津花だけが救われればいいと願った人間だ。

その代償として、求めたたった一人だけを奪われた人間だ。

「そして、二十年後。あなたはここに戻ってきました。貯蔵された硝安に火を点けようと試みる人間はいません。人為的に大事故を起こす人間なんて想像もつきません。こんな状況でなければね。けれど、それさえ達成してしまえば、イリュジオンランドを葬り去れる。あの四肢を検められることもなくなる」

成家をしっかりと見据えて、眞上は言う。

「全ては君の想像だ」

「想像ですね。想像でしかない。ただ、イリュジオンランドに外部の人間が立ち入った時点で破綻するような偽装をするのなら、立ち入らせない方法を持っていなければおかしいんですよ。硝安の話が馬鹿げているというのなら、別のギミックでも構いません。今年、天継山に流星が降って、ここの一帯が更地になると知っていたというものでも」

「爆発を起こせば、僕も死ぬことになるね。それどころか、一世一代の茶番劇で騙そうとしていた凜奈ちゃんも」

「そうならない為に、あなたは先に常察さんや僕を先にイリュジオンランドから出そうとしたじゃないですか。『地元警察と早く合流した方がいい』ってね。一度は常察さんもそれに乗りかけた。なのに俺が引き留めてしまった。あれは俺のミスだったかもしれません」

あの時の成家はさりげなかったが、内心は必死だったのだろう。常察の為にここまでしたのだ。彼女は生きてイリュジオンランドを出なければならない。

「自分は元より死んでもいいと思っていたんでしょう？　だから、自分が『ハルくん』だと言わなかったんですから。中鋪御津花さんの復讐の為に主道、編河、鵜走を殺した人間が『ハルくん』だと知れたら、また常察さんの人生の重荷になってしまうかもしれないから。あなたはイリュジオンランドの爆発事故に巻き込まれた無辜（むこ）の被害者の一人でいい」

「ちょっと待ってよ……それ、私も死ぬところだったっていうこと⁉　信じられない！　私は何も……何もしてないのに！」

事態を理解した売野が再度悲鳴を上げる。

「死ぬところだった、わけじゃありません。今でも死ぬかもしれません。さっきも言った通り、渉島さんを殺すことが困難な状況で、成家さんが本懐を遂げる為には諸共死ぬしかないんです。成家さんの常察さんへの想いは強いかもしれませんが、彼女には自分が『ハルくん』だとバレてしまった。ならいっそのこと、ここで幕引きを選ぶかもしれない」

「な、成家さん……」

引き攣った顔で、常察が成家を見る。だが、成家の表情は依然として変わらない。眞上の言葉が説得として通用しているのかも分からなかった。

「こんな探偵ごっこなんてするつもりはありませんでした。けれど、あなたが遠隔で爆破を引き起こす手立てを持っていた場合、恐ろしいことになります。このままでは常察さんがイリュジオンランドを出た時点で、ランドが消し飛ぶ恐れがありました。他の人を巻き添えにして、です。だから、ここで全てを明らかにするしかないと思いました」

だが、こうして事件の真相を暴いてみせたところで、成家が自棄を起こして爆破を実行に移す可能性はゼロじゃない。眞上の背を冷たい汗が流れた。もしかすると、自分が余計なことをして、常察だけでも助かる可能性があったのをみすみす潰してしまったんじゃないだろうか。

「それなら、交換条件はどうかな?」

「交換条件?」

「渉島恵だけを園内に留めてくれるなら、残りの人は解放しよう。僕は彼女と一緒にここで死ぬ。それでどうかな?」

場違いな沈黙が流れた。当の渉島が何か言葉を発することも、常察が異議を唱えることもなかった。売野辺りが何かを言うかと思ったのだが、それすらない。決定権は眞上にだけ与えられていた。それも、最も理想的な形でだ。

ややあって、眞上は答えを口にした。

「それも嫌です」

「どうして？　渉島恵がどんなことをしていたとしても、人命は等しく尊いからか？」

「この廃園が好きだからですよ」

眞上は、はっきりと返す。

「二十年の時を経た、この廃遊園地が好きだからです。それが無くなってしまうのは悲しい。俺は、廃墟が好きだから。跡形も無くなってしまうのは、嫌です」

もしかすると、人命などは全て後付けなのかもしれない。眞上はイリュジオンランドがみすみす破壊されるのを見たくはなかったのかもしれない。だから、こんなにも必死になっているのだ。

対する成家の返答は短かった。

「そうか。なら、仕方がない」

「仕方ない、ですか。それは、どういう意味ですか？　空気が読めてなかったらすいません」

「元より、遠隔で爆破する方法は無い。僕が行くしかない。けれど、もういいんだ。確かに、この場所が無くなってしまうのは惜しい」

観覧車を見上げながら、成家は静かに言った。

「最初は、ただ復讐を果たせればいいと思ったんだ。もし、過去を書き換えられるのならという誘惑に負けた。そうして、随分迂遠な方法をとってしまった。今でもあなたのことは殺してやりたいと思う。けれど、もうその手立てはない」

あなた、のところで渉島の方に視線を向けながら、成家は言った。

「僕の部屋に爆破装置が仕掛けられている。パスコードは０５８７。僕はもうコテージには戻らない。罠ではないから、取り外してほしい。装置というほど大それたものではない。設置されているだけだから、放っておいてもいいのかもしれないけれど、確認してほしい」

「じゃあ、僕らが見に行こうか、眞上くん」

そう言ったのは藍郷だった。

「ちょっと待って！　私もコテージの近くまで行く！　成家さんの……成家さんの動機はわかったけれど、私、その」

売野が慌てたように言う。恐らく彼女は、成家の傍にいたくないのだろう。出来れば眞上たちと行動を共にしたいのだ。

「なら、いっそのこと佐義雨さんと渉島さんもコテージの方に行きましょうか。成家さんのことは常察さんが責任持って見といてくれるやろ」

「――見ています」

常察の声は凜としているのに、まるで幼い少女のように響いた。

「私が、見ています。だから、行ってください。みなさん」

そこから先に常察と成家が交わしたであろう、最後の私的な会話の内容を眞上は知らない。廃遊園地の中で取り交わされるべき、二人の会話は想像もつかなかった。

開かれた成家の部屋には、ダイナマイトと一緒に、灯油のポリタンクがあった。眞上は床に触れたが、その下にあるだろうものは何一つ分からなかった。

*

天衝村を出て移り住んだマンションは、いつも他人の臭いがした。天衝村を出て外で暮らす、ということを考える時に、自分が思い浮かべていた生活とはまるで違っていた。御津花とはあまり会えていなかったが、会う度に彼女がやつれているのが心配だった。

天衝村を立ち退いた住人達には、マジカリゾート側が用意したマンションに移り住むか、一時金を受け取って遠くまで移り住む選択肢が与えられた。後者の場合には天衝村で所有していたものと同程度の部屋に住めるだけの金額を二年分支給されることになっていた。

だが、実際には精々半年分までの額しか支給されておらず、それとは別に支給される手筈だった補償金についても未だ審査の段階で足踏みしている。本当に天衝村の住人であったのか、住んでいた実績があるのかを証明しなければならない、という理屈は分かるのだが、自分達が暮らしていた日々の証明とはなんだろう、と思ってしまう。

もう天衝村は影も形もなく、僕でさえそこに住んでいたことを夢のように思い返すだけなのに。

御津花はこの状況をよしとせず、マジカリゾート側に即時支払いを求めているが、あまり交渉は上手くいってないようだ。来月にオープンを控えたイリュジオンランドのことで忙しいらしい。このまま踏み倒されることになれば、御津花が主導で裁判を起こすことになるだろう。その時の御津花の負担を想像するだけで恐ろしかった。

僕は何をするでもなく、部屋の中でじっと過ごしていた。新天地で生活を始めたいという気にも、新しく仕事を始めようという気にもなれなかった。

そんなある日、晴乃が『週刊文夏』を持って会いに来た。

晴乃は未だに旧天衝村の近くに家を借りて家族と共に暮らしているらしく、会うのは久しぶりだった。反対派の筆頭として抗議を続けている彼が、自分のところを訪れるとは思わなかった。

「どうしたの？　急に」

「この記事見たか？」

初めはイリュジオンリゾートの建設が進んでいることを示す記事を見せたいのだと思った。その記事では天衝村のことには殆ど触れられておらず、これから建つリゾートがどれだけ素晴らしい観光拠点になるかが特集されていた。あれだけ村で騒ぎになった事件は、もう既に記事と記事の間に転げ落ちた過去になっていた。

だが、晴乃が示しているのはそんな記事じゃなかった。

「……フランスの爆発事故？　結構大きいみたいだね」

それはまともな報道というよりは、その事故のセンセーショナルさだけを喧伝するような粗悪なものだった。内容も海外の記事を雑に翻訳したようなものだ。だが、そこに出てくる肥料の名前に見覚えがあった。

　地下部屋の多かった天衡村は、上物を取り壊した後はそのまま埋め立てられている。晴乃が危ぶんでいる使われなかった肥料は——硝安は、イリュジオンランドの地下に埋まっているだろう。それがいつか爆発する日が来るのだろうか？　本当に？

「これ、夏目さんが……揉めた時のやつ？」

「夏目さんの家が地図でこの辺りってことは、ステージの下辺りだろ？　同じように事故が起こる可能性がある」

　それがどのくらいの脅威なのか、同じような事故が起こる可能性がどれだけあるのかはわからなかった。後で分かったことだが、硝安による事故の原因は多岐にわたっていて、何がきっかけになるかは特定しづらいのだ。だからこそ、すぐに連絡をして対処すべき事態であることは間違いなかった。少なくとも、地中に埋められたそれが、適切な保存状態だとは思えない。

「なら、イリュジオンランド側——マジカリゾート側に、教えないと——」

「それでどうなる？　プレオープンが遅れるぞ」

　そんなことを言っている場合じゃないだろう、という言葉が喉の奥に吸い込まれた。言っている場合じゃない不適切な言葉を敢えて用いる意味とは何だろう？　その極端な価値観の本来の持ち主を辿ると、背筋が冷えた。

「あいつらは烈火のごとく怒るだろうな。安全に掘り出して処分するのには時間と手間がかかるだろ。少しのスケジュールの遅れであれだけうるさく言うのにな。いつの間にか、ここで起きることの全ては金で換算されるようになった。ただでさえ俺達は存在を踏み倒されそうになってる。今回の不備は誰の所為にされるだろうな？」

御津花、と自然に名前が出た。

「あいつらは御津花を鬱陶しがっている。これは御津花の責任になる。危険物が埋まっているのを見過ごした女だ。もう大きな顔は出来ないだろうな」

「御津花の所為じゃない」

「リゾートが成功しても御津花のお陰じゃないのに、リゾートが失敗したら御津花の所為にはなるんだよ」

お互いに動くこともなく、呼吸の回数すら数えられるような痛ましい沈黙が過ぎる。

「イリュジオンランドが廃園になればいいと思わないか」

晴乃がそう言ったのは、しばらく経ってからのことだった。

「プレオープンの日にはマジカリゾートの人間も沢山来るよな。そんなところで事件が起きたら、遊園地に人は来なくなるよな。イリュジオンリゾートの計画も無くなる」

晴乃の目は暗く澱んでいた。

「理由が欲しいのかもしれない。イリュジオンランドを廃園にしてもいい理由が」

晴乃の猟銃の腕は確かだった。自分のように暴発させたこともなく、遠くにいる獲物もすぐに撃ち抜けた。それが人間に向けられるところを想像すると寒気がした。

あの時、止められるのは自分だけだった。それなのに、僕は何もしなかった。プレオープンの日は、旧天衝村の住人が招待された。僕はミラーハウスのスタッフとして潜り込んでいたので、園内で観覧車に乗る前の晴乃を見かけたが、会話は無かった。彼は黒く細長いバッグを持っていた。夢の国には不釣り合いなものだ。なのに、誰一人注目していない。これから起こることを予想すらしていない。

その時、ウサギのカチューシャをつけた凜奈ちゃんが通り過ぎた。どうやら迷子になってしまったらしく、不安そうに辺りを見回している。

晴乃の腕を疑っているわけじゃなかった。けれど、これから起きることの中に、彼女を放り込みたくなかった。この子だけは、この場所で一番安全なところにいてほしかった。

だから、声を掛けた。

「そのカチューシャどうしたの？」

彼女が振り向く。不安そうな目が微かな安心を得る。

エピローグ

1

成家は常察に付き添われてイリュジオンゲートの前で警察を待つことになった。自分の身を案じたのか、他の人間も一緒にゲートの近くへ控えている。

なので、ギャラクシアンパイレーツの傍にいるのは、佐義雨と眞上だけだった。佐義雨はすっかり火の絶えた松明と、帆の無くなった船を見つめている。風で揺れる大きさじゃないから、星の船はどこに向かおうともせず動かない。錆び付いた髑髏が揺れていた。

この場所に彼女を連れてきたのは眞上だった。

「宝探しに最後まで向き合うのが眞上さんだとは思ってもいませんでした。最初はあんなに気乗りしていなかったのに」

「最初から宝探しに真剣だった人なんていなかったじゃないですか。相対的に、俺が一番真剣だったたって言えてしまえるほどに」

だから、眞上は最後に答え合わせをしにきたのだ。解決編を行う探偵気取りじゃなく、イリュジオンランドに招かれたゲストとして。

「さて、宝は見つかりましたか？　宝とは一体何だったんでしょうか？」

「俺は、ヒントの——『かつての正しいイリュジオンランドを取り戻すこと』というのはプレオープンの時と同じ状態にしろ、ということだと解釈しました。あの日がそうだったように、イリュジオンパラシュートを動かして、天体観測用テントを置く場所を作る……という感じで」

「なるほど、眞上さんはそう解釈されたんですね」

「けれど、多分単にアトラクションの位置を動かせということではない気もするんです。どうしてプレオープン時のイリュジオンランドの配置を再現させたかったのかが、十嶋庵の意図を読むことに必要なことなんじゃないかなって」

佐義雨は黙って眞上の言葉を聞いていた。

「恐らく十嶋庵が期待していたのは、アトラクションの位置をあの日の位置に戻すことで、あの日起きた事件の真相を明かすことだったんじゃないでしょうか？　プレオープンの時の配置に戻せば、あの事件との矛盾に気づかざるを得なくなる」

それは、同じ参加者である主道や渉島の弱みを握ることになり、気づいた人間は編河のように彼らを害しようとしていたかもしれない。

「となれば、二十年前の事件も現在の事件も共に解き明かした、この眞上さんこそ宝探しの勝者であるということが言いたいんですね」

「正確に言うなら、十嶋庵はこの真相を知ることを宝と呼ぶような人間だっていうことですよ。——あなたがジェットコースターの前で言ったのと同じです。真実を知れば人は優位に立てる」

そう言うと、初めて佐義雨が不思議そうな顔をした。

「ジェットコースター？　……あなたとジェットコースターでお話した覚えがないんですが」

「この会話、藍郷先生も聞いているんですよね？　佐義雨さんと藍郷先生は情報を共有している。藍郷先生が本物の十嶋庵ですか？　それとも、あなたが十嶋庵で藍郷先生があなたの伝書鳩(ばと)なんでしょうか？」

「なぜそのように疑うのですか？」

「まず、一日目の話です。俺は藍郷先生にしか、自分が枇杷を取っていたことを言っていないんです。なのにあなたは俺にアレルギーが無いことを看破した。直接繋がっている話ではないですが、不可解な話です」

「藍郷さんが私に話した可能性もあるのではないですか？」

「雑談はしない主義じゃなかったんですか」

「主義破りを犯したのかもしれません」

佐義雨が笑う。だが、眞上は首を振った。

「それだけじゃないんです。元より藍郷先生のことは怪しんでいました。たとえば、警察を呼ぶかどうかで決を採っていた時。あの時の藍郷先生の反応が不自然だったんです。俺達は宝探しが反故(ほご)になるかもしれないから——という建前で警察を呼ぶのに躊躇いを覚えていた。なのに、後から来た藍郷先生は一人だけ『土砂崩れの為に警察が呼べない』という前提の元に話をしていたんです。佐義雨さんがそれを言い出すより先に」

「そんなことを藍郷さんは仰っていたでしょうか？」

「直接は言っていません。ただ、藍郷先生の発言に違和感があったのは覚えているんです。藍郷先生は話の途中から、参加者達が自分達の判断で警察を呼ばないことにしたのだということに気づいて、話を合わせたんです。佐義雨さんが事前に伝えていた――という抜け道はありませんよね？　だってあの時、藍郷先生は一旦別の軸で話を合わせようとしていたんですから」

本来なら、警察を呼ぼうという流れになった後で、佐義雨が土砂崩れの話を持ち出すはずだったのだろう。そうして、やむにやまれず警察不介入のクローズドサークルが出来上がってしまう、ということになったはずだ。

だが、藍郷の予想に反して、自分達の目的に貪欲なゲスト達は自ら警察の不介入を申し出た。目の前で殺人事件が起きたにもかかわらず、イリュジオンランドが山の上の孤島であることを望んだのだ。だから、そこに微かな齟齬が生まれた。

「そう考えると、あの土砂崩れも人為的に起こしたものにしか思えませんよね。掘削用の爆薬を使えば、道を塞ぐことは可能です。あなたはそこまでしたのかもしれない。そうまでして、この廃園で何をしたかったんですか？」

「あんまり佐義雨さんのことをいじめんといてや」

振り返ると、そこには藍郷の姿があった。ギャラクシアンパイレーツの鎮座する大きな台座についた錆びた柵に身体をもたせかけている。柵はぎしぎしと音を立てており、そのまま折れて落下してしまいそうだった。胡散臭い笑みを浮かべる彼のことを見上げる。

「いやあすごいなあ、眞上くん。本当に名探偵っておるんやな」

「……ちなみに、あなたを疑った理由は他にもあるんです。事務所で俺の手が汚れた時に、蛇口をひねってもみずに、藍郷先生はすぐに近くの水道を使うように指示した。コテージの水道が使えることは説明されていましたが、他の場所については何も言われていないのに」

「よう見てるなあ」

「それに多分、あなたは時任先生でもないですよね？　時任先生が十嶋財団のトップと小説家を兼任しているなら別ですが」

「いい設定やと思ったんやけどな。覆面作家で廃墟探偵なんて、それっぽいやろ」

「本物の時任先生に失礼ですよ」

眞上は半ば本気で言う。これでも眞上は廃墟探偵シリーズの読者なのだ。

「それで、やっぱりあなたが十嶋庵なんですか？」

「どちらがということはないけどなあ」

その言葉を発したのは、藍郷ではなく佐義雨の方だった。

「廃墟を散々見てきた君なら分かるやろうけど、大切なのは上物やなくて中が生きてるかどうかやろ？　今回のイリュジオンランドに限っては、僕は廃墟やなかったと思っとる。中で人間がこれだけ思惑を交わし合ったんや。これを廃墟と呼ぶんはつれなすぎるわ」

まるで藍郷のような口調なのに、発しているのは佐義雨である。

「つまり、二人が別の人間であることはまるで重要じゃなくて、同じ十嶋庵だっていうこと？」

「察しが良くて助かるわ。元の十嶋庵はそもそも四十代やしな」と、藍郷が言う。

「というか、ほんとは時任古美を名乗ったことも後悔しとるんよ。この作家が関西出身だって知ったの、ここに来る直前だったんよ」と佐義雨が言う。

くつくつと同じ笑い声を上げる二人を見て目眩がする。だが、彼らの事情を深く聞くより先に、したい話があった。

「それで、質問の答えは？　イリュジオンランドを開放して、あのメンバーを集めたら何が起きるかわかってたはずじゃないですか？」

「全てのものは朽ちていく。廃墟には廃墟になるだけの理由がある」

その時、藍郷の口調が急に変わった。

「これ、眞上くんも似たことを言ってたよね。僕も同じことを思う。全てのものは朽ちていく。変わらないものなんてない中で、基本的にこの社会は人間の感情が恒久的に変わらないことを前提として動いている」

「……そうでしょうか？」

「そうだよ。隣にいる人間が明日も自分を害さないっていう前提で、互いに社会の秩序を守り続けることを信じないと、社会は続いていかない」

藍郷の言っていることは酷く極端で、到底頷けない話だ。

だが、イリュジオンリゾート計画はたった一人が起こした凶行によって脆(もろ)くも崩れ去ったのだった。

「その中で、変わらない心があるのなら、それはどんなものだろうと考えたんだ。成家さんは独り身であったけれど、慎ましく幸せに過ごしていた。渉島さんと主道さんは言わずもがなだ。一方で常察さんは今でも事件の真相を知りたがっていて、人生をそれに捧げている」

「過去に囚われた人間を集めて、何が起こるかを観察したかったっていうことですか？」

常察が話していた小説のことを思い出した。殺人犯ばかりを集めたパーティーを催す富豪の話だ。

「過去に何があったのかを、十嶋さんは全て知っていたってことですよね」

「二十年は追跡調査を行うには有り余る時間だった」

佐義雨は静かに言った。

「応募してきた人間の中から厳正なる審査によって、イリュジオンランドを訪れるに相応しいゲストが選ばれたと思ったんですが、本当は違うんじゃないですか？　少なくとも、成家さんは招待を受けたはずです。あなたの目的に協力すると、全員に言ったんですか？」

「売野さんは応募をしてきたよ。そして、主道さんと渉島さんはそういったことを言わなくても参加の意思を示してきてくれたけれど」

それだけで、その他の人間がどんな気持ちで来たのかに想いを馳せてしまった。十嶋庵は、どんな言葉で復讐の種を蒔いたのだろうか。鵜走には編河を、成家には三人を。編河にはきっと、再起を懸けた一世一代の大スクープを餌にして。そうして、その全てが上手く作用してこの事件が起きたのだ。

「僕の方も気になっていたことがあるんだ」

「……何ですか？」

「眞上くんがどうして急に探偵役を買って出たのか。勿論、硝安の件があったから、早く成家さんを説得しなくちゃならなかったという理由はわかる。それに、常察さんに頼まれてもいたしね。それでも、君が探偵役に乗り気になったタイミングは不自然だ。どうしてそんなに謎を解くことに前のめりになったんだ？」

簡単なことですよ、と眞上は言う。

「俺も、天衝村にかつて住んでいたと気付いたからです」

2

「俺が籤付晴乃や天衝村のことを推理出来たのは、確かに傍証が揃っていたからではあります。けれど、それを参照出来るような知識があったからです」

藍郷も佐義雨も目立った反応は示さなかった。ただ黙って、眞上の言葉を待っている。

「幼い頃に住んでいた場所を出た後、俺は父親と二人で放浪生活を送っていました。故郷にそれきり戻ったことはありません。俺は幼すぎて、自分が住んでいたところの記憶をはっきりと持っているわけではないんです。それでも、思い当たることがあります」

「思い当たること？　はっきりとした記憶がないのにどうしてそんなことが言えるの？」

「第一に、俺は山間で暮らしていた記憶があります。枇杷の木は寒さに弱く、温暖な地域でなければ育ちません。ですが俺は、幼い頃にそれをもいで食べた記憶があります。山間でも雪があまり積もらない天継山の気候なら育てられる」

「枇杷の木だけなら、他にもいくらでも候補はあるだろうに」

「俺と常察さんは同年代ですし、村を出た時期も同じです。夏目くんの父親は、誰かと組んで天衝村の農業改革を推し進めようとしていたそうです。ですが、そのパートナーは早々に天衝村を出て行ってしまい、二度と帰らなかった。そこから例の硝安の一件が起こったんです。俺が父と放浪を始めたのは三歳くらいの頃です。二十四年前だとしたら、計算が合う」

眞上は自分の家に地下室があったことを覚えている。薄暗く恐ろしかったが、外の天気が荒れている時でも、地下室にいれば平気だという安心感があった。

「それと、編河さんの記事です。あの人の記事は事実を恣意的にねじまげて誇張するようなものでしたが、全く荒唐無稽な嘘は書いていません」

「それは納得がいくところもあるけれど。記事の中に眞上くんらしき人はいなかったよね？」

「いましたよ。登場してました。天衝村人災を報じた時に、子供達の中には嗅覚や味覚に異常を持った子がいた、とありましたよね？」

「それは鵜走くんのことじゃないの？」

「鵜走くんは味覚には異常がありませんでした。彼に無かったのは嗅覚です。編河さんの記事にあったのは『嗅覚や味覚に異常を持った子』という記述だったでしょう？『嗅覚と味覚に異常を持った子』ではなく」

「それじゃあ、まさか――」

佐義雨が訝るように眉を寄せる。それに対し、眞上はゆっくりと頷いた。

「俺は、味覚がありません。何を食べても味というものを感じられないんです。天衡村にいた障害を抱えた子供は一人じゃなくて、俺も加えての話なんです。編河さんが天衡村にやって来た時には、俺の存在は話に伝え聞くだけになっていたと思いますが」

天衡村に当時も住んでいた、という人間じゃないから記事としてはフェアではないかもしれないが、編河がそんなことを気にする人間ではないことは確かだった。

「そして、これは後から考えたことですが――俺が関係者じゃないのなら、十嶋庵が俺を招待する理由が無い。他の人間は全員、少なからず関係者なんですから。あなたの観察と興味の為に呼ばれたメンバーなら、やはり部外者がいるのはおかしいんです」

自分は例外なのだと思っていた。だが、その部分の思い込みを取り払ってしまえば、自分もこの法則の中に当てはめることが出来る。ここに呼ばれたのだから関係者なのだろうと思えば、見えてくる関係性があった。

「だから、地下室にも馴染み深かったし――俺がそうなんじゃないかなと推理した村のことも現実に沿ったものだった。だから本当は、推理じゃなくて確かめていただけだったのかもしれない」

宝探しの途中から、もしかしたら自分のルーツはこの場所だったんじゃないかと思うようになった。それだからこそ、眞上はこの事件を解決しようと奔走したのだ。ここで起きていることが、もしかしたら自分の出自に纏わるもので、二十年前の事件にも自分の存在が関わっているんじゃないかと思ったのだ。

「他の人達は、眞上という人間に聞き覚えがなかったようだけど」

「眞上という名前は、俺を引き取ってくれた保護司の眞上虎嗣からきた名字です。本名を使って生きるのは、差し障りがあるだろうからって」

「知ってるよ。燕石ヶ丘（えんせきがおか）空中庭園の事件。君とお父さんが最後にいた場所。あそこで君は、いなくなったお父さんを待っていたんだよね。でも、待っていても父親は帰ってこなくて、代わりに来た警官達から君が逃げ出すことになった。君のお父さんが、君をほったらかしてあの廃園で人を殺してたって知った時、どう思った？」

「そのことも知っているんですね」

眞上は皮肉げに言う。眞上とは結びつきにくいだけで、その事件自体はイリュジオンランド銃乱射事件に負けないくらい——いや、それ以上に有名だ。

「廃墟を渡り歩いていた親子がいて、その親が突如殺人事件を起こしたんだ。君を招待したのは天衝村の出身者だからじゃない。あの事件に興味があったからだ」

「俺は何も覚えてません。話を聞きたかったんだとしたら期待外れですよ」

「事件の概要ならインターネットにいくらでも転がってるご時世だ。本人がどのような人間かは、会ってみないとわからない」

「それで、概ねわかった」

佐義雨と藍郷が交互に言う。しばらく見つめ合った後、不意に佐義雨が言った。

「さて、宝探しの件だけれど。どうする？」

「どうする、というのは？」

「元は、ゲスト達が目的を達成しやすいようにという我々の心遣いであり、真相を暴いてほしいという期待でもあった」

藍郷がまるで懐かしむような口調で言う。

「過去のイリュジオンランドと今のイリュジオンランドを『合わせる』為に、イリュジオンパラシュートを移動させるとなったら、どうしてもこの作業が必要になる。宝探しの限られたヒントでそこに辿り着ける人間なら、これを楽しんでくれるんじゃないかとも期待していたんだ」

そう言って、佐義雨が手元のスマートフォンを操作する。

その瞬間、大きな鼓動が鳴った。

巨大な屍である廃遊園地が大きく息を吸い込み、唸りに似た猛り声を上げる。ずっと捨て置かれていたものを無理矢理に動かしたことで、機械の軋みが一斉に鳴ったのだろう。だが眞上にはその音が、イリュジオンランドの上げる断末魔のように感じられた。

藍郷の背後にある大きな船が動き出す。二十年ぶりだ。滑らかな出航とはいかなかった。辛うじて残っていた船の表面のペンキが粉になって散っていく。

動き出したのは海賊船だけじゃなかった。頭上の観覧車もゆっくりと回り始める。ゴンドラは二十年経ってもしっかりとしていて、脆く落下してしまうようには見えなかった。目立つのは園内に灯り始めた電飾だろうか。生き残っているものは少ない。星のように散りばめられた電球も、三割ほどしか光らない。だが、微かに輝いてはすぐに弾けるそれらは、ある意味で本物の星々と通じるところがあった。

十嶋はこれを見せたかっただけなんじゃないか、と不意に思った。

この事件の謎を解く為には、イリュジオンランドのアトラクションが移動されている可能性を指摘しなければならない。そうなれば、実証するという名目で話の流れが通電に向かう。何の理由も無く行われるただの通電ではなく、推理の果てにある意味のある通電に。

要するに、十嶋が求めたのは口実だ。この大いなるフィナーレに対する、理想的な口実。

眞上は思わず、イリュジオンメリーゴーランドに向かった。常察が最も好きだったというアトラクションも動き始めていた。緩やかに翔る馬は、錆びてはいたが誇らしげだった。メリーゴーランドで流れている音楽は音が割れていて、ただの雑音にしか聞こえない。

通電しているにもかかわらず、廃墟は変わらず廃墟だった。

イリュジオンランドは依然として死んでいる。

背後に佐義雨と藍郷の――十嶋庵の気配を感じる。振り返らずに、眞上は言った。

「俺がこのイリュジオンランドの所有者なんですよね」

「そうだね」

「なら、イリュジオンランドはこのまま残しておいてください。これからも十年も二十年後も。

……いつかの人間が、ここを通電しようとしてもどうにもならないように」

このまま死んでしまえ、と眞上は思う。もう二度と、誰も思い出さないように。

灰色の空からは雨が降りそうだった。

この雨がここに降れば、イリュジオンランドはまた一段色あせていくだろう。

それが眞上の心をまた少しだけ癒やしてくれるに違いない。

3

こうして全ては終わり、眞上は日常に帰った。即ち、コンビニで日夜働き、バイトをする生活に戻ったということだ。

「眞上、お前チーズと極チーズと激チーズの違いまだ分かんねえのかよ」

「すいません……。というか、三つになってもう諦めが入ってきましたね。出来れば揚げた後に別のバットに入れて欲しいんですが……」

「上から三分割して入れてるだろ。上からチーズ、極チーズ、激チーズで」

「それ逆ですよ。上から激チーズ、極チーズ、チーズでした」

店長が不快そうに眉を顰め「俺は区別つくからいいんだよ」と言った。その店長もこの間間違えていた——しかも、実際に食べていたのに間違えていた——のだから、そもそもこの商品の違いなんか重要じゃないのかもしれない。そもそも、一回極まったのにどうしてその上の商品が出てくるのだろうか。

「そんなんじゃお前、一生うだつ上がんねえぞ。男ならそれなりの資産を持って、自分のコンビニを持つもんだろうが」

「あ……それなら問題無いと思います」

「は？」

「僕、数十億の資産があるんですよ」

「はあ？」

「この間、譲り受けまして」

真面目な顔で眞上が言うと、店長は渋い顔をした。

「ならどうしてこんなコンビニで働いてんだよ。おかしいだろ。趣味か？」

「趣味ではないですね……」

そこはしっかりと否定しておく。趣味で働くなら、もっと楽しいコンビニがいくらでもあるだろう。というか、店長自身もこんなコンビニと言うような場所で働いている自分のことが、今更ながら哀(かな)しくなってきた。

とはいえ、眞上の資産であるイリュジオンランドは売却するつもりも、売却の当てもないのでコンビニのバイトを辞めるわけにはいかないのだ。眞上はあのイリュジオンランドを、あのままずっと放置しておくと決めた。あそこは廃遊園地のままにしておくのだ。

その後、十嶋財団がイリュジオンランドの地下の調査に入ったところ、コテージの下、地下十二メートル地点で一トン近くの硝酸アンモニウムを発見した。

ダイナマイトで刺激を加えたからといって、この硝酸アンモニウムが爆発するかどうかは定かじゃないが、地下に埋蔵されていたそれらがこのまま爆発することもなく安定している保証もなかったそうだ。もし爆破が起きていたら、他の事故と同じ規模の爆発が起こっていたことだけは確実なようだった。

なら、籤付晴乃や榛野友哉が案じたような悲劇は、全くの杞憂ではなかったのかもしれない。イリュジオンランドは、一度立ち止まるべきだったのだ。

コンクリートを剝がされ、地面を掘り返されたイリュジオンランドを、眞上は穴を埋めるだけに留めるように言った。あそこに生えていた雑草は随分たくましかったから、土が剝き出しになったイリュジオンランドでは、さぞかし生き生きとはびこることだろう。

眞上がそこを訪れるようになるのは、きっと十年は先だ。目を閉じると、未だに廃墟に命が灯り、アトラクションが断末魔のような声を上げたことを思い出す。悔しいことに、眞上はあの時のことを一生忘れないだろう。

「ほら、何ボーッとしてんだ。客が来たぞ」

「あ、はい。いらっしゃいませー」

店長はいつも客が来るとバックヤードに籠もるので、眞上が応対するしかないのだ。そこまでバックヤードでする作業があっただろうか、と思うのだが、藪蛇（やぶへび）になっても嫌なので黙っておく。

色々あるのだ。

　入ってきたのは上品な服装をした老婦人だった。老婦人は悩むことなく店内を回るとサンドイッチと『週刊文夏』を一冊レジに置いた。今週の『週刊文夏』には十嶋庵の特集が組まれており、彼がエクトプラズムによって憑依を行う魂だけの存在である、というとんでもない記事が載っていた。曰く、肉体とは容れ物に過ぎず、十嶋庵という存在の本質はそんなものでは括れない。ところで、廃墟が何故あれだけのスピードで古びるのか、それは建物の魂が抜け出てしまっているからだ。十嶋庵が廃墟に惹かれるのは、抜け殻でしかないそれを愛でることで、魂ある自分の優位性を示したいからで——。

　そこまで読んで、眞上は本を閉じたのだった。『週刊文夏』は、気づかない内にどんどん得体の知れないオカルト雑誌になってきているらしかった。

「お会計、七百八十九円です」

　続けてレジ袋は要るかと尋ねようとした瞬間、老婦人に手首を摑まれた。思わず、一歩身を引いてしまう。

「そんな反応をされるなんて、傷つくわあ」

　老婦人のものであるのに、けれど確実にそれと分かる声だ。彼女は佐義雨にも藍郷にも似ているように見える。そのまま彼女が、箔押しされた銀の封筒を渡してきた。

「レジ袋は要りません。手に持って行きます」

　ぴったり七百八十九円をトレイに置くと、老婦人はそのまま去って行ってしまった。銀の封筒をまじまじと見てから、バックヤードに向かう。店長はパソコンでテトリスをしているようだった。

「店長、休憩頂いていいですか」

「ああ？　この忙しい時にか？」

「でも、俺あと二時間で退勤なのに、まだ休憩してないんですよ。この間労基に怒られたんだから、ちゃんとしましょうよ……」

眞上がそう言うと、店長は渋々といった様子で頷いた。モニターを消し、揺れながら店内に戻っていく。

近くの椅子に腰かけて封筒を開けると、やたら綺麗な文字で書かれた手紙が現れた。

『拝啓　眞上永太郎様

先日はイリュジオンランドに来てくれてありがとう。

お陰で楽しい時間を過ごすことが出来ました。

君は天衝村の代表として、立派に名探偵を務め上げたと思う。

だからこそ、私はそんなあなたに敬意を払って、一つ誤解を解いておこう。

君は天衝村の出身ではない。

眞上くんが幼い頃に過ごしていた故郷とは、少なくとも天衝村のことではない。

勿論、これは追跡調査で明らかになった事実ではないから、私のただの勘違いとして聞き流しても……読み流してくれても構わない。だが、君には出来れば読んでほしいと思う。

一つ、天衝村の枇杷の木のことだ。

天衝村には枇杷が生っていたから、君がそれをもいで食べた記憶というのは矛盾しない。だが、天衝村の果樹というものは、すべて籤付家の敷地内に植えられていたものだ。だからこそ、榛野友哉は籤付晴乃の振りをして常察さんを敷地内から連れ出したんだからね。

眞上くんが反論するならこうだろう。自分はきっとその身体能力を生かして、敷地内に忍び込んだとか。けれど、常察さんが言っていたのだろう？　枇杷の実を自分で取って食べたって。ということは、枇杷の木の低い位置に生っているものを食べたのは彼女だ。枇杷の木は一、二本程度しかなかったのだから、同じ時期には同じ思い出を作れないことになる。

なら、時期が違ったのかもしれない。でも、時期をズラしたとしてもおかしなことはまだある。

二つ目は、君が観た覚えのある星のことだ。天衝村は星が有名だし君の父親が星を見せてくれたというのは間違っていないだろう。ただ、ケンタウルス座の下の十字架の星座——それは確かに実在するけれど、天衝村で見ることは出来ないんだ。船乗りを導いてくれるという導きの星で、南半球に近いところでしか見られない。山間の村では見られないんだよ。

以上のことから、君は天衝村の住人ではなかったのではないかと推察する。

調べても君のルーツを探れなかったのは、私としても悲しい。けれど、だからこそ君は、また巡礼の旅を続けるのだろうし、廃墟にノスタルジーを感じ続けるのだろう。

僕が君を招待したのは、君が廃墟巡りに取り憑(つ)かれていたからだ。

あの凄絶な事件を経験した君は、父親が事件を起こした舞台である廃墟を巡るようになった。君があの経験から得たものが、終わりなき巡礼の旅であることに私は興味を持ったんだ。ちゃんと伝えていなくて申し訳ない。

君の故郷は判明しなかったが、僕はそれすらも嬉しく思っている。少なくとも君の故郷は、失われた場所ではなかったわけだ。だとすれば君は、故郷に帰ることの出来る可能性がある。

それにしても、君のような故郷喪失者(デラシネ)が、わずかばかりの可能性を思い込むほど故郷を求めるのは何故なのだろう。そうして君が廃した場所にのみその面影を見出すのは何故だろう。もしかすると君は、自分の帰らざるその場所が、既に滅びていてほしいのかもしれない。

長くなってしまったが、また会えることを願って。それでは。

敬具』

読み終えた後、大きな溜息を吐いた。探偵ごっこが随分板についているじゃないか。惚(ほ)れ惚(ぼ)れするほどだ。手紙で告げられた以上、反論の余地もない。そもそも、反論する気にもなれない。自分は天衝村の住人ではなかったのだ。

あそこで推理を披露している時、自分もあの村のコミュニティーに存在していたのだと強く思ったが、それらは全て錯覚だったのだ。

眞上の「帰りたい」という思いが見せた幻だ。

寂しくは思うが、納得している部分もある。

十嶋の言う通り、自分はこれからも彷徨い続けるだろう。失われた場所に共感を抱き、自分のルーツを探り続けるに違いない。

その行く先で、十嶋庵とはまた出会うのだろうか。

そう思うと、奇妙な感慨に襲われた。

また会えることを願って、と誰でもない声で十嶋が言う。それに対し、眞上は一人で静かに頷いた。

◉参考資料

『廃墟シリーズ・幻想遊園地（レジャーランド・テーマパーク・遊技場編）』D.HIRO、二〇〇八年七月刊、メディアボーイ
『遊園地の文化史』中藤保則、一九八四年一〇月刊、自由現代社
『フランス　トゥールーズ市における肥料工場の爆発について』国際安全衛生センター（https://www.jniosh.johas.go.jp/icpro/jicosh-old/japanese/topics/disaster/information/accident/toulouse.htm）参照二〇二一年六月一日
「硝酸アンモニウムの爆発事故」中村順、『ＳＥ』第四四巻（三）一八八号、二〇一七年九月一日発行、公益財団法人総合安全工学研究所
『災害都市江戸と地下室』小沢 詠美子、一九九八年一月刊、吉川弘文館

本書は書下ろしです。

本作品はフィクションであり、実在の個人、団体、地名等とは一切関係がありません。（編集部）

[著者略歴]

斜線堂有紀（しゃせんどう・ゆうき）

上智大学卒。2016年、『キネマ探偵カレイドミステリー』で
第23回電撃小説大賞メディアワークス文庫賞を受賞してデビュー。
『コールミー・バイ・ノーネーム』『恋に至る病』など
次々と話題作を発表する他、ウルトラジャンプ連載中の
『魔法少女には向かない職業』などでの漫画原作や、
ボイスドラマの脚本も担当するなど幅広く活躍している。
2020年、『楽園とは探偵の不在なり』で『ミステリが読みたい！
2021年版』国内篇第2位を獲得するなど各ミステリランキングに
続々ランクイン。新世代の旗手とも言うべき若手最注目作家。

廃遊園地の殺人

２０２１年９月25日　初版第１刷発行
２０２２年４月15日　初版第５刷発行

著者　斜線堂有紀

発行者　岩野裕一
発行所　株式会社実業之日本社
〒107-0062
東京都港区南青山５-４-30
emergence aoyama complex 2F
電話（編集）03-6809-0473
（販売）03-6809-0495
https://www.j-n.co.jp/
小社のプライバシー・ポリシーは右記ホームページをご覧ください。

DTP　ラッシュ
印刷所　大日本印刷株式会社
製本所　大日本印刷株式会社

ISBN978-4-408-53793-1（第二文芸）